Vallat Pierre

Eliane Vallat

AFFAIRES NON CLASSÉES II

Christian English
Frédéric Thibaud

AFFAIRES NON CLASSÉES
II

FIRST
Editions

ISBN 2-87691-909-5

Dépôt légal : 2e trimestre 2004.
Imprimé en France
Conception couverture : Studio Flageul
Mise en page : MADmac
Documentation : Sébastien English

Nous nous efforçons de publier des ouvrages qui correspondent à vos attentes et votre satisfaction est pour nous une priorité. Alors, n'hésitez pas à nous faire part de vos commentaires :

Éditions Générales First
27, rue Cassette
75006 Paris – France
Tél : 01 45 49 60 00
Fax : 01 45 49 60 01
e-mail : firstinfo@efirst.com
Site web : www.efirst.com

SOMMAIRE

Avertissement

En vertu du principe issu de la loi du 15 juin 2000, relative à la présomption d'innocence, *« toute personne suspectée ou poursuivie est présumée innocente tant que sa culpabilité n'a pas été établie »*. Selon l'article 9-1, toutes les personnes citées dans ce livre et n'ayant pas encore été jugées sont donc présumées innocentes.

Cet ouvrage n'est pas un livre de fiction. Les personnages qui y sont évoqués ainsi que les faits qui y sont rapportés ont réellement existé. Les différentes citations qui émaillent les chapitres ont donc été prononcées par les protagonistes lors d'audiences d'enquêtes, de procès ou d'interviews. En reconstituant ces affaires, les auteurs ont donc veillé à la vérité historique des faits.

Le dossier très sensible de l'affaire Alègre

Tueur solitaire, proxénète à la tête d'un réseau dans la Ville Rose, ou bras armé au service des notables ? Patrice Alègre est, en tout cas, l'un des plus sanguinaires tueurs en série français. Des dysfonctionnements troublants n'ont cessé d'émailler et de perturber l'enquête. A-t-on tenté d'étouffer l'enquête ? Pourquoi de nombreux meurtres ont-ils été classés en suicide ? Le 5 mai 2004, la gendarmerie révèle des manipulations et critique les graves irrégularités de la cellule d'enquête sur les crimes du tueur dirigée par Michel Roussel : procès-verbaux antidatés, voire rédigés avant l'audition des témoins. Une enquête sans fin.

Comme chaque matin, le gardien de l'immeuble du 7 de la place commerciale de Jolimont, à Toulouse, se rend dans le local à poubelles. En ce matin froid et gris du 22 février 1989, encore mal réveillé, il se frotte les yeux : dans un coin, se trouvent un sac à dos, une chaussure et un trousseau de clés. Des objets qu'il connaît bien, puisqu'ils appartiennent à l'une des résidentes de l'immeuble. Un frisson parcourt l'homme, qui se dit, en son for intérieur, que quelque chose n'est pas normal. Il monte les escaliers et sonne chez Valérie Tariotte, la jeune femme en question. Un premier coup de sonnette... Pas de réponse. Un deuxième... Puis un troisième et un quatrième. Aucune réponse. L'appartement est silencieux et semble désert. Étreint par un sentiment bizarre, le concierge décide de prévenir la police.

Lorsque les policiers forcent la porte d'entrée de l'appartement, le pressentiment du concierge se confirme : il est bien arrivé quelque chose à Valérie. À 22 ans, cette jolie jeune femme est retrouvée ligotée sur son lit. Morte. Les mains sont liées sur le ventre et le cadavre est bâillonné : un foulard jaune est noué derrière la tête, un autre tissu est enfoncé dans la bouche et un autre encore, au fond de la gorge. La scène est atroce, mais un autre détail achève de la rendre terrifiante : la tête de Valérie repose sur une casserole remplie d'un liquide rouge. Du sang. Une profonde coupure est visible sur la pomme d'Adam.

Entre le lit et le mur, les enquêteurs trouvent une culotte déchirée – certainement l'une de celles de Valérie – et puis, plus loin, par terre, une serviette maculée de traces de sang. Enfin, le sac à dos découvert par le gardien dans le local à poubelles est ouvert. À l'intérieur se trouvent des objets étonnants, comme des Cotons-Tige, une ampoule et un fil électrique portant également des traces de sang, des mégots de cigarettes, un cendrier, etc.

N'importe quel enquêteur – et même n'importe qui – découvrant cette scène penserait immédiatement à un crime. Cela semble évident : une jeune femme bâillonnée, ligotée, des traces de sang un peu partout, le corps à moitié dénudé... Comment ne pas songer aussitôt au crime sexuel ? Et pourtant, aussi surprenant que cela puisse sembler, les conclusions des enquêteurs tombent quelques jours plus tard : pour eux, Valérie Tariotte s'est suicidée ! Comment en sont-ils arrivés à cette extraordinaire et surprenante conclusion ?

D'abord, en observant les lieux, qui ne présentent pas de réelle trace de lutte. Une culotte déchirée dans un coin ne prouve rien. Ensuite, parce que l'autopsie révèle que la petite coupure sur le cou n'est pas du tout à l'origine de la mort. La jeune femme est morte asphyxiée par les bâillons et intoxiquée par un excès de médicaments. L'analyse de sang montre, en effet, qu'avant la mort, elle avait absorbé un cocktail de tranquillisants. Enfin, les policiers ont retrouvé, dans l'appartement de la jeune femme, un livre, *Suicide mode d'emploi*, dans lequel sont recensés différents modes opératoires pour mettre fin à ses jours.

Dès lors, les policiers construisent un scénario qui devient vite la thèse officielle : Valérie Tariotte était dépressive. Elle aurait donc commencé par absorber des somnifères pour s'abrutir, avant de s'enfoncer un bâillon dans la gorge, un autre dans la bouche et un dernier sur les lèvres. Puis, pour s'empêcher de retirer ses bâillons lorsqu'elle suffoquerait, la jeune femme se serait liée les mains, elle-même et seule. Ce scénario, d'ailleurs, n'est-il pas décrit dans le livre *Suicide mode d'emploi* ? Conséquence : quelques jours plus tard, l'affaire est classée.

Plusieurs mois après, le 20 septembre, Dominique, la mère de Valérie, et Philippe, son oncle, portent plainte. Pour eux, il est impossible que la jeune femme se soit suicidée. Contrairement à ce qu'affirment les enquêteurs, elle n'était pas du tout dépressive. Et puis sa mère est très troublée par une conversation téléphonique que sa fille a eue avec sa tante quelques jours avant sa mort :

– J'ai peur ! affirme alors Valérie.

Sa tante se souvient que la jeune femme était particulièrement stressée :

– Je me sens menacée... Je crois que j'ai mis les pieds là où je n'aurais pas dû...

Quant aux objets retrouvés dans le sac de Valérie, ils sont couverts d'empreintes digitales. Elles ne seront pas analysées par les enquêteurs, qui les ignoreront superbement. Pourtant, s'ils s'étaient donné la peine de comparer ces empreintes à celles de leurs fichiers, ils auraient trouvé un nom : Patrice Alègre. L'homme, à l'époque, a tout juste 20 ans. Mais il a déjà été arrêté pour de petits délits, des vols dans des maisons, des braquages. Dans les milieux toulousains de la police, Patrice Alègre est connu également parce qu'il est le fils d'un CRS de la ville.

Le 29 octobre 1989, un non-lieu est prononcé dans cette affaire : Valérie Tariotte, selon les policiers, s'est suicidée, et la contre-enquête menée par le SRPJ de Toulouse confirme que l'enquête initiale a été correctement menée.

Rétrospectivement, on ne peut s'empêcher de s'étonner d'un tel manque de discernement. La police vient de commettre là son premier grave impair dans une affaire qui, malheureusement, en connaîtra bien d'autres. Si les empreintes d'Alègre avaient été identifiées, l'un des pires tueurs en série français aurait été arrêté au tout début de sa longue carrière meurtrière. Rappelons qu'à l'époque du meurtre de Valérie, Patrice Alègre n'a que 20 ans. Il sera arrêté huit ans plus tard. Entre-temps, on sait qu'il tuera au moins quatre autres jeunes femmes et qu'il en violera une autre.

****

Le 27 juillet 1990, deux promeneurs marchent dans la campagne des environs de Toulouse, à Fenouillet. On est samedi, il est 17 heures et il fait encore beau.

– Regarde, là-bas ! C'est quoi, dans le fossé ? demande l'un des promeneurs.

– On dirait un mannequin ! rétorque l'autre.

Les deux passants s'approchent. Ce n'est pas un mannequin, mais le corps d'une jeune femme. Il s'agit de Laure Martinet, 19 ans, disparue deux jours plus tôt. Laure habite alors dans la maison familiale de Saint-Geniès-Bellevue, l'endroit où Patrice Alègre a grandi.

Le 25 janvier, elle sort en douce de sa chambre en passant par la fenêtre pour éviter d'être remarquée par ses parents. Elle rejoint alors son petit ami, Andreas, un jeune squatter d'origine allemande avec qui elle passe la soirée. Vers 23 heures, Laure se fait raccompagner une partie du chemin. Ils passent devant la

Voie 12, une boîte de nuit dont Alègre est un habitué. Andreas est apostrophé par des amis. Il les rejoint et laisse Laure rentrer chez elle seule. Sur le bord de la route, la jeune femme fait du stop. Une Mini Austin s'arrête. Plus tard, Patrice Alègre racontera comment se sont déroulés, selon lui, les instants qui ont suivi.

– Salut, tu veux monter ? aurait demandé le conducteur d'un air aimable et avenant.

– Oui, tu m'emmènes à Saint-Geniès ? aurait rétorqué Laure.

Elle n'a aucune raison de se méfier. Laure connaît bien l'homme qui s'est arrêté. Ils sont voisins depuis de nombreuses années. Et même s'ils ne se fréquentent pas, ils se connaissent de vue et vont dans la même direction.

Alègre aurait alors proposé à Laure d'aller fumer un joint dans un coin tranquille, près du cimetière de Saint-Loup-Cammas. Après une ou deux cigarettes de shit, Alègre aurait subitement eu envie de faire l'amour à Laure. La jeune femme aurait refusé, parce qu'elle sortait avec Andreas. Vexé et énervé par ce refus, Alègre explique alors avoir déraillé. Il l'étrangle jusqu'à ce que Laure s'évanouisse. Puis, il la déshabille et la viole alors qu'elle est inconsciente. Quelques instants plus tard, la jeune femme se réveille et se débat. Elle griffe Patrice Alègre, tente de lui donner des coups de poings. L'homme l'étrangle à nouveau, serrant plus fort et plus longtemps, cette fois-ci, jusqu'à ce que la jeune femme ne respire plus du tout. Toujours dans l'excitation du moment, il la viole à nouveau, avec une batte de base-ball qui sera retrouvée dans la voiture. Quelques minutes plus tard, Alègre jette le cadavre de sa victime dans un fossé et se débarrasse des affaires de Laure un peu plus loin.

Voici en tout cas la version d'Alègre. Selon lui, cette nuit-là, c'est donc parce que Laure l'aurait repoussé qu'il aurait perdu pied. Mais la réalité est peut-être très différente de la version du tueur qui l'excuse presque du viol et du meurtre. Selon le gendarme Michel Roussel, qui a longtemps dirigé l'enquête sur Alègre avant de prendre sa retraite, notamment parce qu'il était contesté par ses pairs, une autre hypothèse peut être envisagée avec vraisemblance. Un premier témoin, un chauffeur routier, aurait ainsi vu une jeune femme courir sur un pont d'autoroute, l'air complètement paniqué à peu près aux horaires où Laure a quitté Andreas et où elle aurait rencontré Alègre. Ce témoignage montrerait, selon le gendarme Roussel, que Laure ne serait pas montée de son plein gré dans la Mini Austin d'Alègre, mais qu'il l'y aurait forcée. Donc, dès le départ, il aurait eu l'intention de la violer ; la jeune femme s'en serait rendu compte immédiatement.

Et puis, surtout, une voisine, Pierrette Roy, mère d'Isabelle, une amie de Laure, affirme que, vers minuit, Laure a frappé à sa porte. La jeune femme avait l'air affolé et l'aurait suppliée d'ouvrir. Mais voilà, Pierrette trouve que Laure a une mauvaise influence sur sa fille. Croyant qu'elle vient pour déranger Isabelle, elle refuse donc de la laisser entrer. Puis, quelques secondes plus tard, Laure lui lance à travers la porte :

– N'ouvrez pas, ils sont fous, c'est les voisins, ils mettraient le feu !

Pierrette aurait alors entendu une voiture démarrer et le calme, enfin, serait revenu.

Le témoignage, corroboré par celui d'Isabelle, qui se trouvait dans sa chambre au premier étage de la maison, mais qui ne dormait pas, est extrêmement intéressant, car il apporte un élément supplémentaire. Laure désigne le ou les coupables : « les voisins », et laisse même clairement entendre que plusieurs personnes sont à ses trousses. Patrice Alègre… et qui d'autre ? Le tueur en série aurait-il eu, comme on l'en soupçonnera dans d'autres affaires, des complices ? Peut-être…

Deuxième meurtre pour Patrice Alègre et deuxième monumental raté dans l'enquête. Les enquêteurs ont découvert sur le corps de Laure des traces d'un ADN inconnu. Ils décident donc, quelques jours plus tard, d'effectuer des prélèvements d'ADN sur toutes les personnes habitant dans le village. Toutes les personnes ou presque… Le jour où ces prélèvements ont lieu, Patrice Alègre n'est pas chez lui. Il passe donc à travers les mailles du filet sans que les gendarmes s'en rendent compte à aucun moment, alors qu'il est pourtant déjà connu de leurs services pour des braquages et d'autres affaires de délinquance… Son frère et sa compagne de l'époque, Sylvie, avec laquelle il a un enfant, n'alerteront pas non plus la police sur l'absence d'Alègre. On ne peut s'empêcher de penser que si le tueur en série avait subi ce simple prélèvement d'ADN alors il n'aurait pas poursuivi son effroyable chevauchée meurtrière.

Dans les meurtres avoués par Alègre lors de son arrestation en 1997, il y a un trou de plusieurs années. Entre les deux premiers qui remontent à 1989 et les suivants, huit ans s'écoulent. Huit ans durant lesquels Alègre a certainement tué, car un tueur en série ne s'interrompt pas ainsi. Il est d'ailleurs mis en examen dans six nouvelles affaires rouvertes par la cellule Homicide 31 du gendarme Roussel, dont la plupart se déroulent entre 1989 et 1997. Mais pour toutes ces affaires, Alègre est présumé innocent, d'autant qu'il n'a pas avoué.

Ce n'est pas le cas dans l'affaire Martine Matias. Le 10 février 1997, Martine rentre chez elle vers 21 heures, après son entraînement de boxe. La jeune femme est championne de France dans cette discipline. Son sac de sport sur l'épaule, elle appuie sur l'interrupteur allumant la lumière du palier pour trouver la serrure. Mais elle a beau appuyer, cela ne fonctionne pas, l'escalier reste obstinément sombre. Martine pose alors son sac de sport, cherche ses clés, puis parvient enfin à ouvrir la porte de son appartement. À peine la porte est-elle entrebâillée que Martine est propulsée dans son appartement par quelqu'un qui se jette sur ses épaules en la bâillonnant d'une main pour l'empêcher de crier.

Martine est alors certainement projetée dans la salle de bains par la violence du choc. Sans doute sa tête heurte-t-elle la baignoire et sans doute aussi la jeune femme se bat-elle contre son agresseur. Elle a de la force et, grâce à la boxe, elle est habituée au combat. On retrouvera dans cette pièce de nombreuses traces de sang témoignant de cette bataille. Mais finalement, Patrice Alègre – puisque c'est bien de lui qu'il s'agit – parvient à maîtriser sa victime. Il la traîne jusque sur le lit, lui fait boire et inhaler du chloroforme pour l'abrutir et l'affaiblir. Une fois assuré de sa tranquillité, le tueur peut s'atteler à sa tâche. Il la viole, certainement avec des objets, avant de mettre le feu à son appartement et de quitter les lieux.

Au petit matin, Alègre sort de l'appartement, un sac sur l'épaule. Non loin des lieux du drame, il croise une personne de sa connaissance, un chauffeur de bus, qui viendra témoigner au procès.

– Qu'est-ce que tu fais de si bonne heure ? Tu vas faire du sport ? lui demande celui-ci.

Après lui avoir fait une réponse quelconque, l'air détendu, Alègre passe son chemin, comme si de rien n'était. Comme s'il ne venait pas de violer, de torturer et d'assassiner une femme.

Le lendemain, le corps de Martine Matias est découvert sans vie dans son appartement. La baignoire est remplie d'une eau mélangée de sang. Des traces de sang sont également retrouvées sur le sol. Scène de désolation. Quant au corps de Martine, il est sur le lit, mais pas vraiment allongé comme on s'y attendrait. Il est un peu arqué, cambré.

Et que concluent les enquêteurs chargés de l'affaire ? Contre toute attente, comme dans l'affaire Valérie Tariotte, ils pensent que Martine Matias s'est suicidée ! La jeune femme se serait donné la mort volontairement en mettant le feu à son appartement et en s'asphyxiant – l'autopsie a montré que c'est la fumée qui l'a tuée – parce qu'elle aurait été dépressive. Ils en arrivent à cette conclusion parce qu'une collègue de Martine l'aurait vue arriver plusieurs fois au travail, dans les jours précédant la mort, les yeux rouges, comme si elle avait pleuré.

Mais tout de même ! Dans cette affaire, comme dans celle de Valérie Tariotte, les évidences sautent aux yeux. Comment expliquer le sang dans la salle de bains s'il s'agit d'un simple suicide ? Comment expliquer surtout la position arquée du corps ? Peut-être par les traces de brûlures électriques dans l'anus de la victime découvertes lors de l'autopsie. Et pourquoi les enquêteurs n'ont-ils pas fait le rapprochement avec l'ampoule noircie retrouvée à côté du corps ? Enfin, comment ont-ils pu « oublier » les témoignages de plusieurs voisins ayant déclaré avoir entendu des cris de femme déchirant la nuit aux environs de 22 heures ? Là encore, ils semblent avoir été pris d'un aveuglement criminel pour le moins surprenant et inquiétant...

Quant à Alègre, lorsqu'il avouera en 1997, il donnera une tout autre version des faits, bien plus à son avantage. La reconstitution du drame, tel que les indices laissent croire qu'il s'est déroulé, montre bien que l'agression sauvage était préméditée. Le tueur, lui, racontera qu'en réalité, il avait rencontré Martine la veille, dans un fast-food : il l'aurait abordée et lui aurait proposé de la revoir le lendemain. Il lui aurait alors donné rendez-vous devant un bar à 23 heures. C'est de là qu'ils se seraient rendus ensuite chez la jeune femme. Il dira avoir bu quelques verres de bière, fumé quelques joints et être allé aux toilettes pour sniffer de la cocaïne. Et plus tard, il aurait eu envie d'elle. Martine aurait refusé et c'est à ce moment-là qu'il aurait perdu le contrôle.

Évidemment, la version que donne Alègre est, si l'on ose dire, tout à son avantage. Il n'est presque plus coupable tellement il insiste sur le fait qu'il était sous l'emprise de la drogue. Par ailleurs, c'est parce que la jeune femme l'aurait repoussé qu'il se serait énervé, comme si, pris d'une forme de démence, il n'avait plus réussi à contrôler ses pulsions. Bref, c'est un homme presque irresponsable qui aurait agi à sa place… Mais voilà, la version, en plus d'être malhonnête, est totalement fausse. Car un élément la dément formellement. Alègre aurait, selon ses dires, retrouvé Martine devant un bar à 23 heures le soir du drame. Or, le réveil se trouvant sur la table de chevet de la victime s'est arrêté à 23 heures, c'est-à-dire précisément au moment où l'incendie ravageait l'appartement et que la chaleur provoquait l'arrêt de l'appareil. Cela faisait donc au moins une heure que la victime et son bourreau se trouvaient dans l'appartement.

Quelques mois plus tard, en février 97, Alègre commet une erreur, la première de sa longue errance de tueur en série : pour la première fois, il viole une jeune femme en lui laissant la vie sauve. Les faits se déroulent le 21 février, après une soirée au cours de laquelle il rencontre Émilie, 20 ans. Elle le trouve plutôt charmant et gentil. Lorsqu'il le faut, Alègre sait se montrer sous son meilleur jour, avenant, souriant et tout ce qu'il y a de plus rassurant. Émilie accepte donc de monter dans la Mini Austin de Patrice Alègre pour se faire raccompagner. Sur la route, la jeune femme ne comprend pas très bien ce qui lui arrive : elle sent sa tête dodeliner, elle est prise d'une irrépressible envie de dormir. Alègre a pris soin de la droguer sans qu'elle s'en rende compte. Émilie sombre dans un sommeil lourd et, lorsqu'elle se réveille, Patrice Alègre est sur elle. Elle se rend compte qu'il est en train de la violer, elle se débat, Alègre riposte, la frappe violemment au point qu'Émilie s'évanouit. Quelques minutes plus tard, elle reprend connaissance. La voiture roule. Émilie n'ose pas bouger, pas faire un geste. La peur qui l'étreint ne l'empêche pas d'avoir un réflexe qui lui sauvera la vie. Elle se met à parler doucement à son bourreau :

– Patrice, tout va bien… Tout est OK, ne t'inquiète pas… Je ne t'en veux pas… Ce n'est rien, ce n'est pas grave…

Ses paroles se veulent rassurantes. Elle essaie de tranquilliser Alègre, qui la croyait morte. Peut-être culpabilise-t-il, l'espace d'un instant. En tout cas, il panique, s'affole :

– Émilie, ne dis rien… Ne m'en veux pas… Tu tiens dix ans de ma vie entre tes mains !

Le contact humain rétabli, Alègre ne voit plus seulement Émilie comme un objet sexuel. La jeune femme continue de lui parler et lui demande de la ramener chez elle. Il refuse et lui propose d'aller chez des amis à lui, chez qui il loge provisoirement. Lorsqu'ils arrivent, il est tard. Tout le monde dort dans la maison. Émilie nettoie ses plaies dans la salle de bains. Alègre l'observe, puis se couche et s'endort enfin. La jeune femme reste éveillée à ses côtés. Pétrifiée, elle n'ose pas faire un geste. Les minutes passent, les heures coulent. Trop lentement, mais le matin finit par arriver, le jour, par se lever. Émilie entend alors du bruit dans la cuisine. Elle descend et rencontre la maîtresse des lieux, qui est affolée par le visage tuméfié d'Émilie.

– Ce n'est rien... Juste une bagarre, hier soir... Heureusement que Patrice était là, c'est lui qui m'a défendue.

– Et tout va bien maintenant ?

– J'aimerais bien aller à l'hôpital. Pouvez-vous m'y conduire maintenant ?

– Bien sûr ! On y va tout de suite !

Une fois dans la voiture, loin de cette maison où dort encore Patrice Alègre, Émilie dit la vérité. Elle raconte le viol, les coups, l'évanouissement, la peur de mourir. Émilie porte plainte contre Alègre. Le couple d'amis qui l'héberge lui demande, le matin-même, de prendre ses valises et de partir. Dès lors, la police le recherche. Le tueur est en fuite.

Désormais, selon les lieux et les circonstances, il se fait appeler Richard ou bien Franck. C'est sous cette identité-là qu'en juin 97, Alègre rencontre une femme d'une trentaine d'années qui l'invite chez elle. Le 19 juin, Mireille Normand agonise dans d'atroces souffrances. Comme d'habitude, Alègre affirmera avoir voulu coucher avec sa nouvelle « amie », qui se serait refusée à lui, et c'est alors qu'il l'aurait violée, ses actes dégénérant peu à peu jusqu'au meurtre. En réalité, les choses ne se sont pas tout à fait passées comme il le raconte. Il a poursuivi Mireille à travers la maison. Affolée, Mireille s'est alors enfermée dans sa chambre. Il parvient à y pénétrer et la frappe alors à plusieurs reprises à l'aide d'une chaise avant de la violer. Une fois satisfait, il bâillonne sa victime comme il l'avait fait avec Valérie Tariotte quelques années plus tôt pour ne pas entendre ses plaintes. Puis, énervé par les râles, Alègre lui bouche le nez afin que Mireille étouffe. Elle agonise lentement et s'asphyxie peu à peu, son calvaire dure plusieurs heures. Pendant ce temps, alors que sa victime n'est pas encore morte, le tueur creuse un trou dans le jardin de la maison. Il y enterrera, au petit matin, le corps de Mireille avant d'essayer d'effacer les traces de son passage dans la maison. Il ira jusqu'à poncer le parquet de l'escalier et repeindre la moquette de la chambre pour faire disparaître les taches de sang.

Sa cavale l'emmènera en Allemagne et en Espagne. C'est là qu'à l'été, il rencontre deux jeunes parisiennes. Les amies sont en vacances et sympathisent avec Alègre. Quelques jours plus tard, les vacances se terminent et Isabelle et Valérie laissent leurs numéros de téléphone à leur nouvel ami.

– À l'occasion, si tu passes à Paris, n'hésite pas à nous passer un coup de fil, ça nous fera plaisir de te revoir !

L'invitation n'est pas tombée dans l'oreille d'un sourd… Quelques semaines plus tard, Alègre est dans la capitale, où il tente de gagner un peu d'argent en faisant des petits boulots. Mais il n'a presque pas d'argent et surtout ne sait pas très bien où loger. Il appelle Isabelle Chicherie, qui accepte de l'héberger dans son appartement du quinzième arrondissement. Le 3 septembre au soir, le calvaire commence pour la jeune femme. Alègre la viole une première fois, puis la roue de coups. La jeune femme s'évanouit. Quelques heures après, il la réveille et la viole à nouveau avant de l'étrangler. Le tueur met alors le feu à l'appartement et, avant de sortir, ouvre une bouteille de gaz. Lorsque les pompiers arrivent sur les lieux de l'explosion, ils découvrent le cadavre supplicié de la jeune femme.

L'expertise médico-légale montre qu'il s'agit bien d'un meurtre. C'est alors que la chance tourne pour Alègre. Depuis la tentative de viol d'Émilie, le tueur est identifié par les enquêteurs toulousains, qui le suspectent également des meurtres de Mireille Normand et de Laure Martinet. Prévenus de cette nouvelle affaire à Paris, les Toulousains font le rapprochement avec leurs dossiers et ont le flair de faire parvenir une photo de Patrice Alègre qui est montrée à Valérie, l'amie d'Isabelle Chicherie :

– Oui, c'est bien lui ! C'est bien cet homme que nous avons rencontré en Espagne et qui nous a contactées à Paris, il y a quelques jours. Isabelle a accepté de l'héberger. Il lui avait dit que c'était juste pour quelques jours.

Dès lors, tout est fait pour arrêter Alègre. Tous ses amis sont placés sur écoute. Le tueur finit par appeler l'un d'entre eux : il n'a plus d'argent, plus de vêtements, il faut absolument l'aider, dit-il. L'ami lui dit qu'il va voir ce qu'il peut faire et lui demande de le rappeler quelques heures plus tard. La gendarmerie s'empresse de contacter l'ami en question, qui est prié de donner à Alègre une adresse où l'attendent les forces de l'ordre. C'est dans une cage d'escalier d'un immeuble de Châtenay-Malabry que Patrice Alègre est arrêté sans violence.

La carrière de l'un des plus grands criminels du siècle vient de prendre fin. Et pourtant, ce n'est alors que le début de « l'affaire Alègre ». La gendarmerie de Toulouse commence à enquêter. Alègre est interrogé. Il n'avoue presque rien, mélange les dates, les noms et les lieux et finit par reconnaître, froidement, le viol et le meurtre de Laure Martinet et de Mireille Normand. Rien d'autre, mais les dossiers sont bouclés rapidement et le tueur pourra donc être jugé.

Quelques semaines après l'arrestation, un gendarme a l'idée de faire sortir Patrice Alègre de sa cellule pour l'emmener dans les rues de Toulouse comme pour une sorte de reconstitution du meurtre de Laure. Le gendarme se dit qu'en se promenant en voiture dans les lieux qui lui sont familiers, le tueur donnera peut-être des détails et parlera. Et cela fonctionne :

– Là, il y en a une… lance Alègre en passant à proximité de la gare.

Les gendarmes mènent une petite enquête et découvrent effectivement qu'une jeune femme a été retrouvée morte dans des circonstances étranges quelques années plus tôt : il s'agit de Valérie Tariotte. Le dossier sera rouvert et la culpabilité d'Alègre prouvée.

Dès lors, les enquêteurs se disent qu'ils se trouvent peut-être face à un véritable tueur en série. Et s'il avait, en fait, commis bien plus de crimes qu'il ne voulait bien le dire ? Cette idée obsède les gendarmes, au point qu'en 1999, le vice-procureur de Toulouse, Christiane Vignaud-Rabastens, leur demande officiellement de « rechercher toute personne susceptible d'avoir été victime des agissements de Patrice Alègre ». La gendarmerie met alors au point un logiciel tel qu'en possèdent d'autres grands corps d'enquête comme le FBI aux États-Unis : il s'agit d'une base informatique baptisée Alègre 3. Elle recense tous les rapports liés à l'activité du tueur, tous les renseignements connus comme les endroits où il est allé, les personnes de son entourage, ses amis ou de simples connaissances. Tous ces renseignements y sont archivés, l'objectif étant de faire des recoupements entre ces informations-là et d'éventuels crimes, suicides ou disparitions inexpliqués.

C'est grâce à cette précieuse aide informatique que plusieurs dossiers pourront être rouverts par la cellule Homicide 31 créée spécialement par la gendarmerie de Toulouse à l'été 2000 pour faire la lumière sur le passé d'Alègre. Plusieurs années seront nécessaires à l'adjudant Michel Roussel pour mener à bien cette tâche et, même si le directeur d'enquêtes n'a pas fait l'unanimité dans le traitement du volet politique de l'affaire, nul ne peut critiquer des compétences qu'il a largement su prouver. C'est, en effet, grâce à son obstination qu'Alègre sera finalement condamné en février 2002 par la cour d'assises de la Haute-Garonne à la réclusion criminelle à perpétuité, assortie d'une peine de sûreté de vingt-deux ans pour les meurtres de Valérie Tariotte, Laure Martinet, Martine Matias, Mireille Normand et Isabelle Chicherie et pour le viol et la tentative de meurtre d'Émilie Espès. C'est aussi grâce à lui qu'au-delà de ces dossiers jugés, l'affaire Alègre rebondit et qu'à l'heure actuelle, le tueur en série est mis en examen dans six nouveaux autres cas.*

Quoi qu'il en soit, ce qui surprend d'emblée dans ces six affaires, c'est que presque toutes les victimes sont issues du monde de la prostitution toulousaine. La première de ces affaires remonte au 5 décembre 1987. Ce soir-là, un jeune motard vient ennuyer les prostituées qui tapinent dans les environs de la rue Denfert-Rochereau de la Ville Rose. Il les importune au point que certaines des filles décident de quitter les lieux et de rentrer chez elles. Ce n'est pas le cas de toutes et il est probable que Josette Legoy, 60 ans, spécialisée dans les relations sadomasochistes, ait fait monter celui qui n'est encore à l'époque qu'un jeune homme. La femme sera retrouvée assassinée. Après avoir été classé

---

* Cependant, les conclusions de l'enquête de la gendarmerie sont accablantes sur le volet proxénétisme de l'affaire Alègre. Roussel est accusé d'avoir voulu à tout prix accréditer la version des ex-prostituées qui accusaient de viol Marc Bourragué et Dominique Baudis.

faute de piste, le dossier a été rouvert par la cellule Homicide 31 et les anciennes prostituées importunées ce soir-là ont, bien des années plus tard, formellement identifié Patrice Alègre comme leur agresseur.

Dès 1987, il semble donc acquis que le tueur fréquente le monde de la nuit et de la prostitution, même s'il l'a toujours fermement nié, notamment lors de son procès en 2002. Développe-t-il alors des amitiés avec des souteneurs, certains clients, voire de gros bonnets évoluant dans un univers mafieux ? C'est, en tout cas, ce que l'affaire Line Galbardi laisse supposer…

Cette jeune prostituée a été assassinée dans la nuit du 2 au 3 janvier 1992 dans une chambre de l'hôtel de l'Europe de Toulouse. Elle est morte étranglée, mais l'enquête n'avait pas abouti et l'affaire avait été bien vite classée. Homicide 31 n'en aurait jamais eu vent si Alègre ne leur en avait pas « spontanément » parlé un jour, en échange d'un transfert de la prison de Mende vers celle de Toulouse. Et encore le tueur s'est-il contenté de localiser l'hôtel, de décrire la chambre dans laquelle le meurtre a eu lieu et de dire que la jeune femme a été étranglée. Pourquoi ces réticences ? Il avouera le meurtre devant le juge d'instruction, avant de se rétracter, puis d'avouer à nouveau dans un courrier devenu célèbre à l'animateur Karl Zéro et de se rétracter encore, définitivement cette fois-ci, semble-t-il, sur les conseils du très médiatique Mᵉ Collard, son nouvel avocat.

Au fur et à mesure que l'enquête progresse sur le meurtre de Line Galbardi, les gendarmes remontent la piste de deux autres prostituées que la presse a surnommées Fanny et Patricia. Elles aussi tapinaient dans les environs de l'hôtel de l'Europe à l'époque des faits. Ces deux filles, qui ont quitté les trottoirs toulousains depuis de nombreuses années, auraient, selon d'anciennes « collègues », des déclarations à faire, des souvenirs et certainement des choses intéressantes à dire aux enquêteurs sur Patrice Alègre. Les gendarmes s'élancent alors sur la piste de ces anciennes prostituées, dont les témoignages pourraient s'avérer essentiels. Quelques semaines plus tard, mission réussie : Fanny et Patricia ont été retrouvées. L'une habite encore à Toulouse, mais elle a laissé son passé derrière elle : elle élève des enfants et vit avec un homme qu'elle aime. Quant à l'autre, elle habite à la montagne, elle aussi a des enfants maintenant et une vie normale et stable.

Il faudra aux gendarmes de la persévérance et de la persuasion pour les convaincre de parler, de raconter ce qu'elles savent, de livrer leurs témoignages. Au début, affirme l'adjudant Roussel dans son livre*, toutes deux sont effrayées : elles craignent d'être rattrapées par un passé qu'elles ont tout fait pour oublier. Effrayées et peu coopératives. La première à craquer, c'est Patricia. Le 8 janvier 2003, elle livre un témoignage capital en affirmant avoir assisté au meurtre de Line Galbardi.

Pour comprendre ce qui se serait passé, il faut remonter quelques jours avant le meurtre de Line.

---

* *Homicide 31, au cœur de l'affaire Alègre*, éditions Denoël, collection Impacts, 2004.

Patricia explique en effet que Patrice Alègre serait venu les chercher, elle et Line Galbardi, en voiture. Le tueur se trouvait alors avec un souteneur : Lakhdar Messaoudène. Ils auraient également fait monter une autre prostituée plus jeune, une nouvelle. La voiture aurait alors pris la direction des environs de Toulouse, vers un lac tranquille entouré d'arbres. C'est à cet endroit qu'Alègre et Messaoudène auraient violé la jeune prostituée avant de l'étrangler et de jeter son cadavre à l'eau. Ils auraient ensuite ramené Patricia et Line en ville. Et puis, quelques jours plus tard, torturée par le spectacle du meurtre, hantée par le remords, Line se serait rendue à la police. Au commissariat, elle aurait raconté et expliqué ce qu'elle avait vu, dénonçant Patrice Alègre.

C'est alors que le témoignage devient particulièrement intéressant. Patricia affirme que les policiers de Toulouse étaient, à cette époque-là, des ripoux, et qu'Alègre leur donnait régulièrement des enveloppes de billets pour acheter leur bienveillance. L'un des représentants de l'ordre aurait prévenu Patrice Alègre que Line Galbardi l'avait dénoncé. Messaoudène, prévenu par Alègre, aurait alors convoqué Line à l'hôtel de l'Europe le 2 janvier au soir. Il serait ensuite également allé chercher Patricia, puis aurait donné ordre au veilleur de nuit de l'établissement – Gilbert Carteyrade a été mis en examen depuis – de fermer l'hôtel en affichant une pancarte « Complet ». Patrice Alègre les aurait rejointes. Il aurait alors violé Line avant de la frapper, puis de l'étrangler selon son habitude. Le veilleur de nuit serait ensuite monté pour nettoyer grossièrement les traces du crime.

Lorsque Patricia raconte cela, les enquêteurs toulousains, on l'imagine bien, n'en croient pas leurs oreilles. Car s'ils connaissent Alègre le tueur en série qui viole et tue pour son plaisir, ils ne connaissent pas encore Alègre le tueur à gage ayant des relations dans les milieux policiers.

Et ils ne sont pas au bout de leurs surprises ! Quelques semaines plus tard, l'autre témoin, Fanny, se met à table à son tour. Les circonstances de son témoignage sont relatées par Michel Roussel : « Le magistrat nous reçoit dans son bureau. Il se présente. Florence K. (alias Fanny) aussi, mais à sa façon : la dernière fois qu'elle a vu un procureur, lui dit-elle, il l'a « enculée »... L'air se raréfie d'un coup. Le magistrat me jette un rapide coup d'œil, nous avons la même pensée : elle reproche vraisemblablement à la justice de lui avoir retiré ses enfants dans un passé pas si lointain. Mais le magistrat, quoique visiblement choqué par le vocabulaire de la jeune femme, tient à décrypter. Il reprend fermement : que veut-elle dire ? Elle nous regarde une fraction de seconde, soupire, et nous le dit avec réticence : elle prétend s'être fait sodomiser dans l'enceinte même du tribunal. Le magistrat et moi sommes dans le même état : stupéfaits et sans voix. »

Le lendemain et dans les jours qui suivent, Fanny, puis Patricia désigneront ceux qui, selon elles, les ont violées. Dans la liste, on trouve plusieurs magistrats, dont Marc Bourragué et même l'ex-maire de Toulouse et actuel président du Conseil supérieur de l'audiovisuel, Dominique Baudis. Patricia ira même jusqu'à expliquer que Patrice Alègre et Dominique Baudis, surnommé « Nénette », étaient amants et qu'elle-même aurait été « offerte » à l'ancien maire de Toulouse le jour de ses 20 ans... Incroyable !

Dès lors, l'affaire Alègre bascule irréversiblement vers un gigantesque embroglio et scandale politico-judiciaire. Le pire est qu'il y a d'autres témoins – ou prétendus témoins –, comme un travesti, un certain Djamel, qui confirme les propos des prostituées, ce qui n'est guère difficile dans la mesure où les témoignages ont été largement reproduits dans toute la presse. Très rapidement, cependant, Djamel sera discrédité et apparaîtra comme ce qu'il est vraiment, c'est-à-dire un illuminé qui prétend, par exemple, être le fils illégitime de Michael Jackson et qui affirme par ailleurs avoir aperçu Tony Blair, le Premier ministre britannique, dans les soirées chaudes de la Ville Rose ! Le climat qui règne à Toulouse, on le voit, n'est pas des plus sereins. Jean Volff, le procureur général de la ville, mis en cause par les témoignages de Fanny et Patricia, est, pour sa part, démis de ses fonctions par le garde des Sceaux pour n'avoir pas signalé à la chancellerie que le dossier Alègre était devenu aussi explosif.

Le tueur en série, quant à lui, du fond de sa cellule, se mêle de « l'affaire dans l'affaire ». Il écrit une lettre à l'animateur de Canal +, Karl Zéro : « (...) J'ai constaté que de nombreuses personnalités soi-disant blanc bleu se sont exprimées longuement pour clamer leur innocence ! Donc, moi, aujourd'hui, je revendique également une tribune médiatique. Je ne suis pas d'accord avec les affirmations des uns et des autres, je ne peux imaginer que la vérité soit étouffée car tous les gens impliqués dans ces affaires sont des gens de pouvoir (...). Patricia et Vicky (NDA : alias Fanny) disent la vérité lorsqu'elles affirment s'être rendues avec moi dans des soirées sadomasos (...). Martinez Claude, le travesti, participait parfois à des soirées au cours desquelles des films ont été réalisés par lui en caméra cachée. C'était sa lubie, son fantasme. Mais un soir, il m'a proposé de m'associer avec lui afin de faire chanter tout ce beau monde (...). Après concertation, j'ai été chargé d'aller récupérer les cassettes en question et de faire taire Claude Martinez. Ce que j'ai fait (...). S'agissant du meurtre de Line Galbardi, Line a été tuée parce qu'elle aurait assisté au meurtre d'une autre prostituée. Elle a pris peur et s'est confiée à X (NDA : ici est mentionné un policier) un soir de ramassage d'enveloppes en lui parlant également de mon trafic de cocaïne et d'armes. X est venu m'informer le lendemain que l'affaire était très chaude, qu'il fallait que je l'élimine et que l'affaire serait classée (...). »

Au fil des jours, l'affaire Alègre devient donc une véritable affaire d'État, car le tueur en série implique non seulement des notables mais il reconnaît aussi avoir été au centre d'un système mafieux de proxénétisme dans lequel certains policiers jouaient le rôle de protecteurs. Les médias s'emballent pour ce qui promet d'être l'un des plus grands scandales du siècle en France. La machine devient folle : il ne se passe plus un jour sans que des « témoins » fassent de nouvelles révélations dans une surenchère de précisions. À Toulouse, un journal, *La Dépêche du Midi*, tient un rôle particulier. Le quotidien régional n'épargne pas Dominique Baudis, grand rival politique du patron de *La Dépêche*, Jean-Michel Baylet, radical de gauche.

Et si, dans cette affaire, le monde médiatique peut être mis en cause pour sa très grande promptitude à relayer les moindres propos, on peut également s'interroger sur le rôle de la gendarmerie toulousaine et notamment sur celui de la cellule Homicide 31. Michel Roussel, à qui l'on doit d'avoir rouvert des dossiers dans lesquels Alègre est mis en cause, a-t-il pris toutes les précautions pour recueillir les témoignages de Patricia et Fanny ? Peut-être pas. C'est en tout cas ce qui lui a été reproché. Car quelques semaines après le déchaînement médiatique, les choses retombent quelque peu. Dominique Baudis, confronté à ses accusatrices, est finalement blanchi, son emploi du temps prouvant qu'il se trouvait à l'Assemblée nationale le jour des faits. Quant aux deux anciennes prostituées, elles finissent par se rétracter et revenir sur leurs propos, en tout cas pour ce qui concerne le président du CSA, car elles ont jusqu'à ce jour maintenu leurs accusations pour ce qui concerne notamment Marc Bourragué. Patricia expliquera face à la justice :

– J'avais l'impression que vous vouliez entendre certaines choses, alors je les ai dites, même s'il s'agit de conneries…

Cela signifie-t-il, pour autant, que tout est faux dans les témoignages de Patricia et de Fanny ? Sans doute pas. D'abord parce que les expertises psychiatriques ont démontré que les deux jeunes femmes étaient parfaitement conscientes de leurs propos, qu'elles n'étaient pas irresponsables. Certes, elles ont parfois menti, parfois exagéré la vérité, mais pour le reste ?

Un élément permet d'envisager une réponse. Le 22 août 2003, Maxime Ribar, le directeur de la prison de Toulouse-Seysses, où est détenu Alègre, écrit ainsi un courrier au garde des Sceaux : « Mes services ont constaté que ce détenu avait changé ses habitudes de sortie de cellule dans le courant de l'été. Ce détenu, qui habituellement sort quasi quotidiennement en cour de promenade (y compris pour y réaliser des exercices sportifs), a interrompu son rythme de sortie. Depuis le 19 juillet 2003, il n'est sorti que sept fois et a connu une grande période d'interruption entre le 25 juillet et le 17 août, période durant laquelle il n'est absolument pas sorti. Monsieur Magne, directeur adjoint, a rencontré le détenu le 21 août pour connaître les motifs de ce changement d'habitude. Il l'a informé qu'il n'y avait aucune raison particulière, qu'il s'interrogeait seulement sur sa situation pénale et son affaire en cours. Il a affirmé ne pas faire l'objet de quelconques pressions ou menaces. »

Un peu plus loin dans son courrier, le directeur de l'établissement pénitentiaire précise toutefois un détail essentiel, montrant qu'il ne croit guère à l'explication d'Alègre : « J'attire votre attention sur le fait que le détenu Payet Pascal a été écroué à l'établissement le 19 juillet en provenance de la maison d'arrêt de Grasse. Aucun élément d'information pénitentiaire ne permet d'établir que les deux détenus se sont déjà croisés au sein d'une enceinte carcérale ou qu'ils se connaissaient avant l'incarcération. Néanmoins, les sorties en promenade du détenu Alègre ont commencé à s'espacer, puis se sont suspendues vingt jours, depuis l'arrivée de ce détenu. » C'est intéressant, car Pascal Payet est une figure du milieu marseillais, et la coïncidence entre son arrivée et le changement d'attitude d'Alègre pourrait laisser penser que le tueur en série – qui a beaucoup parlé quelques semaines plus tôt d'un réseau de proxénétisme protégé par certains policiers et dans lequel certains notables seraient impliqués – aurait pu subir des pressions de la pègre pour se taire.

Pour autant, Alègre reste aujourd'hui une véritable énigme. Est-il le tueur en série qui tue gratuitement, pour son plaisir qui a été jugé par la cour d'assises en 2002 ? Est-il au contraire l'homme de main d'un réseau qui tue sur commande ? Aux yeux de certains *profilers*, cette hypothèse paraît en tout cas étonnante, car rares sont les criminels qui cumulent les casquettes de tueur en série et de tueur à gages. Ce sont, en théorie, deux univers radicalement différents. L'écheveau de l'affaire Alègre sera donc bien difficile à démêler. Tout ce qui, pour l'heure, est certain, c'est que Patrice Alègre a été condamné dans cinq dossiers de meurtres et dans un de viol et de tentative de meurtre. Il est, par ailleurs, mis en examen pour cinq autres meurtres et un autre viol et tentative de meurtre.

Le mystère Francis Heaulme

Francis Heaulme est l'un des tueurs en série français les plus violents et énigmatiques : déjà condamné plusieurs fois, il passera sa vie derrière les barreaux. Mais cet homme qui a parcouru toutes les routes de France, laissant de nombreux cadavres derrière lui n'a certainement pas avoué tous ses meurtres.

Le petit Joris a 9 ans et, comme tous les enfants de son âge, il est heureux de passer ses vacances au bord de cette mer si bleue. En effet, la famille Viville s'est installée au camping de Port-Grimaud pour les vacances de Pâques. Il fait déjà beau et tout le monde profite du soleil de la Provence, un soleil qui n'a rien à voir avec celui de la Belgique flamande où la petite famille habite. Joris est un garçon très vif, souriant, curieux de la vie. Son frère, Steven, a 6 ans de plus. Une différence d'âge importante mais qui n'empêche pas les deux frères de s'amuser ensemble, surtout en vacances.

Pourtant, ce soir du 5 avril 1989, Steven n'est pas aux côtés de son frère lorsqu'il s'éloigne un peu pour faire du vélo avant le dîner en famille. Il est 17 heures lorsque Joris croise le chemin de ses assassins, par un terrible hasard. L'homme qu'il aperçoit près d'une voiture a un air étrange, il semble un peu perdu dans ce coin de nature en bord de mer, mais l'enfant n'a pas conscience du danger. Il lui parle, mais l'homme ne comprend pas le flamand. Est-ce cette incompréhension qui déclenche le passage à l'acte ? En quelques secondes, c'est un tourbillon de violence qui s'abat sur le petit Joris. Il est sauvagement frappé, tente de crier, mais les grandes mains se resserrent sur son cou. Il tombe et perd connaissance. Quelques instants plus tard, un deuxième homme s'approche de la voiture, il ne s'est éloigné qu'une vingtaine de minutes, le temps de demander un renseignement au camping. Il comprend immédiatement ce qui s'est passé :

– Mais qu'est-ce que tu as fait… Bon Dieu !

– C'est un accident…

– Il faut s'en débarrasser !

Les deux hommes mettent alors le petit Joris à l'arrière de la Fiat bleue. Il est encore vivant.

Au camping, la famille s'inquiète.

– Il devrait être rentré depuis longtemps… Ce n'est pas normal… Jamais il ne rentre si tard !

De minutes en minutes, l'angoisse monte, car les appels et les recherches autour du camping ne donnent rien. Alors que la nuit tombe, les gendarmes sont alertés et une évidence s'impose : Joris s'est perdu ou a été enlevé. Personne n'ose encore penser à un meurtre puisqu'il n'y a pas de traces, pas de corps. Alors, enlevé ? Mais pourquoi ?

Dans les jours qui suivent, tout le secteur est passé au peigne fin, des avis de disparition sont placardés dans les commerces, les lieux publics, les gendarmes interrogent les vacanciers, sans résultat. Ce n'est que le 23 avril que le corps de Joris est retrouvé, au bord d'une toute petite route qui se perd dans la pinède. Le petit corps, en grande partie dénudé, est dissimulé derrière une citerne servant de réservoir d'eau aux pompiers. Joris est mort sous le soleil couchant, dans ce paradis qui domine le golfe de Saint-Tropez. Il faudra huit ans pour que la justice soit rendue, mais seulement partiellement. L'un des deux hommes court toujours.

C'est lui qui, alors que Joris a repris connaissance, s'est penché sur le petit corps dont il a commencé à enlever les vêtements.

– Qu'est-ce que tu fais ? lance l'autre, un grand échalas dégingandé dont les yeux roulent derrière de larges lunettes cerclées de fer.

– Laisse-moi faire…

Sa voix laisse transparaître son excitation.

Le petit garçon crie, se débat. Alors, le sang se met à couler : Joris est frappé des pieds à la tête avec le tournevis trouvé dans la boîte à outils de la voiture. Encore et encore.

– Quatre-vingt-quatre fois ! précisera presque fièrement le coupable devant ses juges.

La nature retrouve son calme. Aucun promeneur n'a rien vu, rien entendu. Ce n'est que seize jours plus tard que deux touristes anglais découvrent le corps : il est tellement décomposé que le médecin légiste a du mal à déterminer avec quel instrument l'enfant a été frappé.

Le soir du meurtre, Francis Heaulme est rentré tard au centre psychiatrique de la Fontonne, à Antibes.

Il est très agité, des images se télescopent dans sa tête. Comme d'habitude, il a beaucoup bu et ne sait plus très bien où il est ni ce qu'il fait. D'ailleurs, il ne veut pas vraiment le savoir : cela fait six ans qu'il boit pour échapper à sa vie, à son passé. L'infirmière qui s'occupe de l'accueil remarque l'état de cet homme franchement inquiétant arrivé au centre quelques jours plus tôt.

– Vous devriez aller regarder la télé avec les autres dans la salle de repos. Cela vous calmerait.

Il refuse.

– Aujourd'hui, j'ai tué un homme avec mon couteau… J'ai tué quelqu'un sur le port d'Antibes, grogne le grand Francis dans un état d'énervement extrême… Il avait un short et un tee-shirt… Il y avait du sang, beaucoup de sang !

Les mots s'enchaînent et s'emmêlent dans de grands silences. Comme toujours.

– J'ai laissé le corps près de la route et j'ai jeté les vêtements près d'un petit pont… J'ai même un couteau, regarde !

L'infirmière ne réagit pas devant le petit Opinel ébréché que l'homme sort de sa poche. De toute façon, elle le prend pour un dingue, un vrai, qui s'invente des vies et des histoires incroyables. En plus, les actes auraient été commis, selon lui, avec la complicité de l'un des membres du personnel du centre. Quel cinglé ! Il est vraiment à sa place au centre.

– Je crois que tu es très fatigué, Francis. On va te donner quelque chose pour dormir. Tu en as besoin. Le docteur viendra te voir demain.

L'homme est gavé de tranquillisants et l'infirmière glisse quelques mots sur le registre d'entrée : « Il est revenu dans un état de grande anxiété en racontant avoir tué quelqu'un. » Ces mots resteront sagement dans un cahier, sans que personne ne s'en alarme. Et ce d'autant plus facilement que, le lendemain, la presse ne dit rien d'un quelconque meurtre dans la région. L'infirmière oublie l'incident et le centre psychiatrique considère bientôt que le patient est apte à reprendre ses errances de région en région. On lui offre même un billet de train.

Lorsque le corps de Joris est découvert, personne ne fait le rapprochement avec les propos incohérents de cet étrange patient.

Quelques jours plus tard, il tue à nouveau…

La mer arbore des reflets qui hésitent entre le bleu et le vert, au gré du passage des nuages qui s'attardent encore sur la Bretagne. Depuis le milieu d'après-midi, le soleil est plus franc, mais l'on sent que ce n'est pas encore le beau temps qui s'installe sur la région. Quelques personnes ont néanmoins profité de l'occasion pour s'allonger sur la plage du Moulin-Blanc, au Relecq-Kerhuon, à quelques encablures à peine de Brest. Certains citadins ont pris là leurs habitudes pour prendre un bon bol d'air iodé, surtout pendant les week-ends.

Aline, 49 ans, est aide-soignante à l'hôpital de Brest et profite de ce dimanche pour entretenir son bronzage. Elle s'est installée près des rochers : c'est plus tranquille, plus discret pour le monokini. Un garçon d'une quinzaine d'années s'arrête à quelques mètres d'elle et fait mine de jouer dans le sable, mais elle remarque son regard qui s'arrête, rougissant, sur sa poitrine dénudée. Elle se retourne et remet son soutien-gorge. Un peu plus loin, un homme entre tout doucement dans l'eau encore froide en cette saison, et le garçon s'éloigne. Au loin, il remarque un homme grand, aux longs cheveux hérissés par le vent et vêtu d'un anorak bleu tellement rembourré qu'il serait plus adapté à l'hiver. Il est 16 h 45. Le destin d'Aline est scellé.

Elle ne remarque pas tout de suite les deux hommes qui descendent vers la plage. Elle entend du bruit, lève la tête et s'assoit. Francis Heaulme est déjà tout près d'elle. Son haleine pue l'alcool.

– Je m'appelle Francis Heaulme ! dit-il immédiatement. J'ai un problème : j'ai rêvé que vous alliez être poignardée !

– T'es taré ! Fous le camp ! réplique-t-elle en tentant de le repousser.

Il s'approche encore et elle voit, derrière les lunettes, ses yeux injectés de sang. Il est, comme il le dira plus tard, « en crise ». Aline comprend que c'est sérieux. Elle tente de saisir ses clés de voiture dans la poche du pantalon soigneusement plié tout près. Trop tard ! Il est sur elle, la saisit à la gorge de sa main gauche et serre. Elle tente de crier. L'autre homme, qui s'est un peu approché, panique :

– Qu'est-ce que tu fais ? Qu'est-ce que... Oh putain !

– Dégage ! Pourquoi tu me suis ?

Le ton est rauque, terriblement menaçant. L'homme à l'anorak fait rapidement demi-tour en voyant Francis sortir le petit couteau dont il se sert pour casser la croûte. Le geste est précis, puissant. Il frappe la poitrine, deux fois. Dans des soubresauts convulsifs, Aline tente encore désespérément de se relever pour s'échapper. Il la ramène vers lui et, d'un seul geste, toujours aussi précis, lui tranche la gorge jusqu'à l'oreille gauche. Puis il assène un autre coup, directement au cœur. La serviette de plage et le sable sont désormais marbrés de grosses taches rouges.

L'autre homme a disparu. Il est sous le choc. Il a bien tenté d'empêcher Heaulme d'aller embêter la dame sur la plage, mais il avait bu un bon demi-litre de vin et n'était pas en état d'entendre quoi que ce soit. Quelques heures plus tard, il prend le train et met le maximum de kilomètres entre lui et le meurtrier.

Et dire que tout cela a commencé comme une plaisanterie de potache ! Comment aurait-il pu imaginer ?

– Elle est belle, hein ? avait-il lancé à Francis, qui venait de le rejoindre en haut de la plage.

– Oui.

– Je suis sûr que t'es même pas capable d'aller lui parler !

Francis avait alors déployé son grand corps trop maigre et s'était approché de la femme… La suite, il ne veut plus y penser, il ne veut plus revoir la scène. Il entendra parler le lendemain de ce corps de femme retrouvé sur une plage de Brest, de la sauvagerie des coups portés, mais ne dira rien. Par peur de la justice et des conséquences que cela pourrait avoir pour lui.

Une autre attitude aurait permis à la justice d'aller plus vite et d'éviter d'autres meurtres.

À la section de recherche de Rennes, c'est le maréchal des logis-chef, Jean-François Abgrall, qui est de permanence ce dimanche. Le Télex qui lui annonce le meurtre du Moulin-Blanc va littéralement bouleverser sa vie. Cela fait une vingtaine de minutes qu'Aline est morte et le gendarme se précipite dans la voiture de service pour arriver le plus vite possible sur la scène du meurtre, si possible avant que le soleil ne se couche. Il lui faut un peu moins de deux heures pour arriver sur la plage où ses collègues sont en train de terminer les relevés d'usage. Le corps est étendu sous un drap blanc. Quelques badauds regardent la scène depuis le haut de la plage.

– Personne n'a vu ce qui s'est passé ! explique l'un des collègues. Le meurtrier a pris des risques incroyables… N'importe qui aurait pu voir ce qui se passait…

– D'ailleurs, un vacancier a effectivement aperçu deux hommes s'approcher de la victime.

– Ils étaient mal habillés… Je ne voyais pas bien… J'avais le soleil de face…

– Que s'est-il passé ?

– Je ne sais pas… Je me suis retourné de l'autre côté… Il était un peu plus de 17 heures. J'en suis sûr parce que j'écoutais l'arrivée des courses à la radio !

Les investigations des gendarmes vont longtemps rester au point mort. Le jeune garçon qui s'était arrêté quelques minutes près d'Aline se présente spontanément aux enquêteurs pour raconter qu'il a aperçu un homme trop chaudement vêtu dans les rochers. Rien de plus. Pour les enquêteurs locaux, le meurtrier se trouve sans doute parmi les marginaux de Brest. Et il n'en manque pas ! D'ailleurs, la plage était parfois fréquentée par des revendeurs de drogue. Et puis, ce même dimanche, il y a eu un peu plus tard une autre agression à l'arme blanche à Brest. Le parallèle est facile à faire. Jean-François Abgrall, désormais officiellement en charge de l'enquête, ne croit pas à cette thèse. Il tente de recueillir le maximum de témoignages directs et s'intéresse notamment aux « squatters » et autres marginaux de toutes sortes : SDF, exhibitionnistes, drogués, revendeurs, prostituées qui fréquentent la plage. Les témoignages à vérifier et à recouper sont nombreux, et ce n'est que plusieurs jours plus tard que l'enquêteur se rend à la communauté Emmaüs installée à quelques centaines de mètres de l'endroit du meurtre, tout au bout de la plage du Moulin-Blanc.

La propriété, entourée d'un vaste jardin et de murs surveillés par un concierge, accueille en permanence une douzaine d'asociaux, des gens de passage hébergés pour quelques jours ou quelques semaines, le temps pour eux de souffler, de reprendre pied. Il n'y a que rarement des « histoires » sérieuses avec la communauté, mais il ne faut négliger aucune piste. Le directeur de l'endroit s'étonne d'ailleurs de ne pas avoir été interrogé plus tôt, d'autant que les pensionnaires n'ont pas attendu la venue des enquêteurs. Dès le lendemain du drame, la plupart ont pris le large, redoutant d'avoir à faire aux gendarmes.

Il ne reste dans les locaux que deux marginaux qui se souviennent bien du jour du meurtre :

– Il ne s'est rien passé de particulier dans l'après-midi ?

– Il y a eu une dispute dans la salle où l'on jouait aux cartes. L'un des hommes a triché et les autres lui sont tombés dessus. C'était assez tendu. Plusieurs pensionnaires sont sortis pour se calmer.

– Il était quelle heure ?

Les deux hommes réfléchissent un instant et tombent d'accord :

– Environ 16 h 30 !

Le gendarme sent qu'il tient quelque chose. Et si l'un de ces hommes « sortis pour se calmer » avait vu la scène du meurtre ?

Aussitôt, les noms de ceux qui étaient présents au centre Emmaüs sont transmis aux brigades de gendarmerie et activement recherchés sur tout le territoire. Mais retrouver des SDF est une tâche de longue haleine : pas d'adresse, pas d'habitudes connues, peu de relations familiales. Il faut laisser faire le temps.

La chance sourit au gendarme Abgrall dans l'après-midi du 19 juin. Il reçoit un appel de la gendarmerie de Saint-Clair-sur-l'Elle, dans la Manche.

– Nous avons interpellé l'un des gars que vous recherchez. Ça vous intéresse ?

– J'arrive !

Lorsque Jean-François Abgrall entre dans la petite pièce où l'homme fait les cent pas, regardant avec anxiété par la fenêtre, il ressent l'énorme tension qui habite le vagabond, dont le regard fixe semble vouloir lire en lui. La poignée de main est hésitante, les lèvres ne forment qu'une mince ligne étroite, l'homme n'aime manifestement pas le contact physique :

– Pouvez-vous décliner votre identité ? demande Abgrall, pour le procès verbal de rigueur.

– Francis Heaulme. Je suis né le 25 février 1959 à Metz.

L'enquêteur s'étonne : l'homme a 30 ans et en fait vingt de plus !

– Vous êtes de Saint-Lô ? demande Francis.

Le gendarme se contente de sourire. Il ne sait pas où il s'engage avec ce drôle de personnage, alors autant ne pas lui donner d'indications pour ne pas créer de blocage.

– J'ai juste besoin de retracer un peu votre parcours, ce ne sera pas long.

– Nous avons presque le même âge, je pourrais vous tutoyer, non ? demande Heaulme.

Surpris, le gendarme accepte : cela pourrait faciliter l'audition, instaurer une certaine complicité. Il n'a rien à perdre. Manifestement satisfait, Francis Heaulme commence à parler de son ton monocorde et saccadé, les phrases s'enchaînent de façon impersonnelle :

– J'ai été élevé par mes parents. J'ai une sœur de 22 ans. À 17 ans, j'ai obtenu un CAP d'électricien et, l'année suivante, je me suis engagé dans l'armée. Bien qu'étant dans les Transmissions, je faisais du combat. Parmi les techniques enseignées, j'ai appris à manier le poignard. Par exemple, pour neutraliser une sentinelle, il faut la surprendre par derrière. À l'aide du bras gauche, il faut lui lever la tête en lui plaçant l'avant bras sur la bouche pour l'empêcher de crier. Avec le bras droit, on lui porte un coup au niveau de la carotide, puis un coup au cœur et un dernier coup au niveau de la colonne vertébrale.

Le gendarme n'en croit pas ses oreilles ! Il sent un frisson le parcourir. L'homme qui se trouve en face de lui vient précisément de décrire la manière dont la victime a été tuée. Une telle coïncidence serait incroyable !

Et Francis Heaulme poursuit. Il raconte comment il a tenté de se suicider après la mort de sa mère, cinq ans plus tôt.

– J'ai fait plusieurs séjours en hôpital psychiatrique et, depuis, je suis sous traitement médical. J'ai quitté le domicile familial après le remariage de mon père et, depuis, je fréquente les communautés Emmaüs de France.

– Pouvez-vous me raconter ce que vous avez fait le mois dernier ?

Abgrall évite soigneusement toute allusion directe à la plage du Moulin-Blanc. Heaulme ne se fait pas prier et raconte son passage dans les foyers de Brest, Quimper, Saint-Brieuc, Quimperlé, Caen, Cherbourg… Il n'a cessé de changer d'endroit et souligne qu'il a fait un séjour en psychiatrie à Quimper.

– Il m'arrive d'avoir des pulsions, surtout après avoir bu. Je vois des scènes de combat avec un poignard, je vois du sang sur mes mains. Je ressens le besoin de regarder mes mains pour voir si c'est vrai.

Toujours cette violence, et ce regard dont les paupières ne battent quasiment pas. Abgrall est alors persuadé d'avoir en face de lui le tueur qu'il recherche. Mais il décide de ne pas brusquer les choses et de remettre la suite de l'entretien au lendemain. Il est étonné de voir la réaction des autres gendarmes qui ont assisté à l'audition. Eux ne croient pas en la culpabilité du prévenu :

– Ce bonhomme n'aurait jamais raconté tout cela s'il était vraiment coupable... Il a lu les articles dans la presse et il s'amuse avec nous, c'est tout !

– Je ne crois pas. Il s'est confié à moi parce qu'il pense que je suis de Saint-Lô, pas de Brest... Il n'imagine pas que je puisse faire le rapprochement avec le meurtre.

Le lendemain, l'ambiance a changé. Abgrall sent que la nuit a fait réfléchir Francis Heaulme et qu'il se méfie beaucoup plus. Il lui demande alors s'il se souvient de la communauté Emmaüs du Moulin-Blanc et du meurtre qui a eu lieu sur la plage.

– J'ai quitté la communauté la veille, sur un coup de tête, et je me suis rendu à Quimper en stop. Mais là, j'ai eu un malaise et j'ai été hospitalisé en cardiologie au centre Laennec... J'y suis resté jusqu'au 16, jour où j'ai rejoint la communauté Emmaüs de Quimperlé. Je n'ai donc rien à voir avec votre affaire...

Hospitalisé au moment des faits ! L'enquêteur tombe des nues. Il était pourtant sûr de tenir le meurtrier... Les vérifications montrent que Heaulme était effectivement en cardiologie le dimanche. Un alibi parfait. Heaulme est désormais moins nerveux : il parle de son enfance, de la mort de sa mère. Malgré ses doutes, le gendarme n'a pas d'autre choix que de le laisser partir, le procureur estimant qu'il n'a pas suffisamment d'éléments pour le retenir après sa garde à vue. Le gendarme a ainsi raconté ce moment dans le livre consacré à l'affaire* : « Je le regarde partir tranquillement en direction de Caen, la démarche déglinguée, portant son sac à dos. J'ai l'impression qu'il se passe quelque chose de grave et je ne peux rien y faire. »

Malgré l'alibi de Heaulme, le gendarme se refuse à croire que ses sinistres déclarations ne sont dictées que par le hasard ou par l'envie de jouer avec les enquêteurs. Son intuition lui souffle qu'il doit y avoir une explication… Mais laquelle ? Il se rend donc en personne au centre hospitalier de Quimper, où on lui affirme que toutes les entrées et sorties sont filtrées :

– Vous savez, ce n'est pas un moulin, ici ! lui assène-t-on.

Tout est donc consigné noir sur blanc dans le registre des admissions : Heaulme était bien hospitalisé lors du meurtre. Il y avait été conduit après un malaise sur la voie publique. Il disait souffrir du cœur.

– En fait, précisent les infirmières, il n'avait rien au cœur, c'est surtout de repos dont il avait besoin.

Abgrall s'obstine.

– Je voudrais entendre son voisin de chambre.

Il sent l'hostilité du personnel médical qui considère son insistance comme une mise en cause de leur établissement, de leur travail. D'ailleurs, le voisin de chambre confirme que si Heaulme s'est absenté, « ce n'est qu'un

---

* Jean-François Abgrall, *Dans la tête du tueur : sur les traces de Francis Heaulme*, Paris, Albin Michel, déc. 2002.

moment ». En outre, il y a les relevés de température des patients recueillis ce dimanche par les aides-soignantes entre 16 heures et 16 h 30. Celui de Heaulme est bien dans le lot.

– Et si le patient est absent au moment du passage des infirmières ? insiste Abgrall.

– On pose le thermomètre sur la table de nuit, précise un malade. Elles notent alors la température sur leurs tablettes, c'est tout.

Enfin, une faille ! Jamais le personnel hospitalier n'a reconnu que les températures pouvaient être relevées en l'absence du malade, ce serait une faute professionnelle ! C'est pourtant le cas, surtout le week-end, où l'établissement tourne au ralenti. Cet élément renforce « l'intime conviction » de l'enquêteur, mais celle-ci ne suffit toutefois pas à ordonner une mise en examen.

Au mois d'août, un homme d'une soixantaine d'année, ancien légionnaire, est retrouvé le crâne fracassé au bord d'une rivière, près de Courthézon, dans le Vaucluse. Le chemin au bord duquel le corps était dissimulé mène directement à une communauté Emmaüs, comme à Brest.

Le lendemain du meurtre, un nommé Francis Heaulme a été contrôlé à proximité, le jour de la découverte du corps. Hasard ? Il faudra trois mois de recherches avant que les gendarmes réussissent à l'interpeller, au cours d'un contrôle de routine pour vagabondage. Mais aucun élément ne peut être retenu contre lui dans l'affaire de Courthézon. D'ailleurs, ce jour-là, il était à l'hôpital de Marseille. Heaulme lâchera tout de même une petite phrase à Abgrall concernant le meurtre du Moulin-Blanc, mais en dehors de la procédure légale d'enregistrement :

– Je sais que tu sais... C'est un pépin, cette histoire... Tout ça, c'est de la faute du Gaulois !

– C'est qui, ce Gaulois ?

Mais l'homme se ferme : il n'en dira pas plus. Une fois encore, les enquêteurs n'ont d'autre choix que de le laisser reprendre sa route.

– Qui peut bien être ce Gaulois ? s'interroge Abgrall, qui a compris que les propos de Heaulme étaient comme une pelote de laine à dénouer.

Rapidement, il se rend compte que ce n'est pas un pur produit imaginaire, puisque d'anciens pensionnaires de la communauté Emmaüs se souviennent qu'effectivement, un certain Philippe avait une allure un peu spéciale et que certains le surnommaient ainsi en raison de ses cheveux blonds et de sa longue moustache. Il s'agit d'un SDF qui avait quitté la communauté plusieurs jours avant le meurtre, mais qui traînait toujours dans le secteur du Relecq-Kerhuon. Un avis de recherche est lancé.

Le temps passe, et il faut attendre le mois de juillet 1991, vingt-six mois après le meurtre d'Aline, pour que l'enquête rebondisse. Entre-temps, la hiérarchie a considérablement réduit les effectifs de la cellule chargée du meurtre d'Aline : Abgrall est désormais quasiment seul pour mener ses investigations.

– Il faudrait voir à terminer cette enquête ! lui répète-t-on tout en lui confiant d'autres dossiers.

La mort d'Aline n'intéresse plus grand-monde.

Le 7 mai 1991, quasiment deux ans jours pour jour après la mort d'Aline, Francis Heaulme se rend à la foire de Metz pour y passer la soirée. Il se dirige vers l'une des nombreuses buvettes.

– Excusez-moi !

Il vient de bousculer un jeune homme de 19 ans accompagné de sa cousine, Laurence, jolie jeune fille de 14 ans. Francis entame la conversation, offre à boire. Le jeune homme parle facilement de ses problèmes, de sa copine qui l'a quitté... Peu après, la jolie cousine annonce qu'elle doit rentrer : elle a promis à son père de rentrer avant la tombée de la nuit. Francis reste seul avec le cousin, dont il sent croître la tension. Une tension qui lui plaît bien...

– On la suit ? propose Heaulme avec son regard perçant. On lui éclairera la route avec les phares, c'est plus sûr...

Michel accepte et prend le volant de sa Renault 5. Pendant ce temps, Laurence a récupéré son scooter garé à l'entrée de la foire et roule sur plusieurs kilomètres. À bord de la voiture, la conversation porte sur la jeune fille, si jolie... Michel reconnaît qu'il la trouve attirante et qu'il aimerait bien « se la faire ».

Brusquement, en pleine campagne, près du village de Servigny, la voiture accélère et accroche le deux-roues : la jeune fille bascule dans le fossé. Les deux hommes se précipitent sur elle : Francis la gifle et la fait monter dans la voiture. Ils roulent ensuite durant quelques minutes, jusqu'à trouver un chemin de terre qui s'enfonce dans les champs. Là, Laurence est frappée et presque entièrement déshabillée.

– Tu la voulais, lance Francis, alors, vas-y ! Prends-là !

Mais Michel se rend compte que les choses sont en train de dégénérer, toute excitation sexuelle a disparu. La jeune fille se débat, lance des insultes, pleure. Heaulme reconnaîtra plus tard avoir eu alors un « trou noir » : il était « énervé ». Il traîne la jeune fille derrière un bosquet, puis ses mains courent sur le corps nu. Elle crie encore. Francis lève alors le couteau avec lequel il la menaçait et frappe, sauvagement.

Le corps de Laurence sera découvert deux jours plus tard par un jeune garçon du village voisin. Elle ne porte plus que sa paire de chaussettes vertes à motifs.

L'enquête ? Le blouson de la victime et son portefeuille ont été retrouvés bien en évidence dans une station-service de l'autoroute A31 qui mène à Nancy, mais cela sent la mise en scène. En définitive, la gendarmerie n'a aucune piste sérieuse.

Jean-François Abgrall, sans résultat, est tout près de refermer le dossier de la mort d'Aline lorsqu'il reçoit, le jour de Noël et alors qu'il est en vacances, un coup de fil de ses collègues de Bourges. Ils viennent d'interpeller le Gaulois. Abgrall se précipite.

L'homme qu'il a en face de lui est paniqué :

– Je n'ai jamais mis les pieds en Bretagne ! Je ne sais même pas où c'est !

– Tu étais au Relecq-Kerhuon ! Nous avons plus de témoins qu'il n'en faut !

Philippe, puisque c'est son vrai prénom, n'a pas d'autre choix que d'avouer qu'il fréquentait effectivement la plage du Moulin-Blanc, dormant parfois dans des buissons. C'est bien là qu'il se trouvait au moment du meurtre :

– Mais je n'ai rien à voir avec tout ça ! Je ne veux pas payer pour un autre !

– Quel autre ?

Le Gaulois réfléchit à peine. Il veut sauver sa peau :

– C'est Francis qui l'a fait !

Enfin un témoignage sérieux qui permet à l'enquête de trouver un nouveau souffle !

Le 7 janvier, Francis Heaulme est interpellé à son nouveau domicile, qui, étonnamment, n'est plus un foyer d'accueil, mais un petit appartement dans le centre-ville de Bischwiller, en Alsace. Et il n'est plus seul : une femme partage sa vie. Elle l'a remarqué un jour alors qu'il travaillait sur la voirie pour la mairie.

– Tu veux manger quelque chose ? lui demande-t-elle de manière impulsive.

– Oui… J'ai bientôt fini mon travail…

La femme est psychologiquement fragile mais tout à fait capable de se débrouiller seule dans la vie. Elle décide de prendre ce grand gaillard en charge et de l'installer à son domicile.

– C'est le Bon Dieu qui me l'a envoyé ! dira-t-elle plus tard.

C'est Francis Heaulme qui ouvre la porte aux gendarmes. Il semble heureux de revoir Abgrall, comme s'il s'y était soigneusement préparé.

– Ah ! C'est toi !

– Bonjour, Francis, répond Abgrall en remarquant que l'homme a dissimulé une petite hachette derrière la porte.

– C'est parce qu'il y a beaucoup de Turcs dans le village et que je n'aime pas les étrangers, explique-t-il.

– Je t'avais dit que j'allais revenir, Francis.

– Oui… En t'attendant, je suis allé voir la mer !

Le gendarme ne comprendra que deux ans plus tard ce que cette petite phrase signifie.

Deux jours avant cette interpellation à Bischwiller, le tueur s'était en effet rendu à Boulogne-sur-mer, en train. Là, il rencontre Jean, un homme de 65 ans, très déprimé par la mort de sa femme. Il est venu en Normandie comme on va en pèlerinage. Les deux hommes parlent. Jean raconte sa tristesse, son envie d'en finir avec cette vie désormais solitaire… Ils marchent tous deux sur la plage, contemplant la mer. Avant de faire demi-tour tout au bout de la grève, Heaulme agrippe son compagnon et lui plante son couteau, plusieurs fois.

– C'était un accident ! expliquera-t-il. De toute façon, il voulait mourir…

Après son interpellation, Heaulme est placé en garde à vue au commissariat de Strasbourg, où on l'interroge à nouveau sur les circonstances du meurtre d'Aline au Moulin-Blanc. Une véritable complicité s'est développée entre l'homme et Abgrall. Et cette fois, confronté aux déclarations du Gaulois, il reconnaît avoir eu un « flash », une « crise », après avoir (un peu) trop bu.

– Je l'ai saisie par le cou et je l'ai frappée, trois fois, très fort. J'ai senti que je touchais l'os. Je ne me contrôlais plus. J'ai entendu le Gaulois hurler, mais j'ai continué à frapper la femme… Tu sais, c'est un accident, cette histoire !

Cette fois, l'enquête sur la mort d'Aline est terminée. L'avenir de Heaulme est désormais entre les mains de la justice.

Mais pour Abgrall, rien n'est fini. Il a le sentiment que l'homme qu'il traque depuis plus de deux ans était, lors de cette affaire, loin d'en être à son coup d'essai. Il y a cette précision dans les gestes, cette violence non maîtrisée, et puis ces récits décousus lancés au cours des auditions dans lesquels il parle d'un « autre », de « pépins », de « sang », de « crânes fracassés à coup de pierres »…

L'enquêteur reconstitue alors minutieusement le parcours du vagabond au cours des dernières années, au travers des contrôles d'identité, des procès-verbaux pour vol, des listes d'hébergements des foyers, des registres d'hôpitaux, des amendes de la SNCF… Un véritable travail de fourmi qui fait apparaître plusieurs affaires non élucidées : le meurtre d'un jeune militaire à Périgueux dans un gymnase en 1986, un corps de femme retrouvé en juillet 1989 dans un champ près de Reims, et puis il y a la mort du petit Joris et celle de la jeune Laurence. Dans cette dernière affaire, pourtant, Heaulme semble hors de cause : les gendarmes ont vérifié son emploi du temps, et il se trouvait en

Alsace, hébergé dans un couvent de bonnes sœurs. Le procès-verbal des gendarmes locaux précise bien, noir sur blanc, que « les investigations permettent de dire qu'il n'y a pas de rapport entre Francis Heaulme et l'affaire Laurence ».

Pourtant, le mode opératoire ressemble tellement à celui de Heaulme… Et puis, dans l'une de ses divagations verbales, l'homme a évoqué un jour le nom d'une petite route près de Metz. Une route qui se révèle être celle où la jeune fille avait été enlevée. La coïncidence semble difficile à accepter pour Abgrall, qui refait alors minutieusement toutes les vérifications sur l'emploi du temps du vagabond assassin. Et là, il s'aperçoit, ébahi, que ses collègues se sont tout bonnement trompés dans les dates ! Non, Heaulme n'était plus en Alsace lors du meurtre de Laurence !

Confronté à ces éléments, il avoue d'ailleurs finalement ce deuxième « pépin »… Oui, le meurtre de Laurence, c'est lui… Que de temps perdu !

Mais la piste sanglante ne s'arrête pas là ! Abgrall a noté une autre déclaration troublante du tueur au cours d'une audition :

– Une fois, j'ai étranglé un arbre : j'ai serré et il est devenu tout mou. Quand j'ai regardé à mes pieds, j'ai vu que c'était un jeune garçon. Je l'ai laissé dans les herbes folles, près de la mer. C'était en 1989.

Une fois encore, les recoupements entre les errances du tueur et les crimes impunis aboutissent à un nom, celui du petit Joris Viville. Mais Heaulme tergiverse, reconnaît qu'il a vu le meurtre mais affirme qu'il n'y a pas participé… C'est un autre gars qui l'a tué.

Toujours cet « autre »... Les dépositions sont de plus en plus confuses et, en plus, il a un alibi : le jour de la mort de Joris, Heaulme était au centre psychiatrique d'Antibes, à quatre-vingts kilomètres de là. Même en trompant la surveillance du personnel, il n'avait pas les moyens de rejoindre Port-Grimaud : il ne sait pas conduire.

La presse s'est désormais emparée de l'affaire. En première page, Heaulme devient le « routard du crime ». À longueur de colonnes, on s'interroge sur sa possible implication dans la mort de Joris. En prison, les tueurs d'enfant sont ce qu'il y a de plus méprisable. Ses codétenus le menacent, et il est même battu. Au bout du compte, Heaulme se ferme totalement et clame son innocence.

La pression médiatique est énorme sur la gendarmerie en général et sur le gendarme Abgrall, en particulier. En haut lieu, on s'inquiète :

– Il n'y a pas de preuves solides... Et s'il était effectivement innocent ? S'il est acquitté aux assises, cela rejaillirait sur la gendarmerie !

La hiérarchie est dépassée par l'ampleur de l'affaire et ses implications. Le « tueur en série à la française » fait peur.

– Vous savez que nous sommes très satisfaits de votre travail, mais il faut savoir jusqu'où on peut aller... Nous allons dissoudre la cellule chargée d'enquêter sur le passé de Heaulme. D'ailleurs, officiellement, cette cellule n'existe pas, elle n'a pas de statut.

Malgré les obstacles de sa hiérarchie, Abgrall continue de monter un dossier solide sur le meurtre de l'enfant, avec des lieux, des dates, des noms. Une dernière confrontation est organisée avec le tueur, elle sera enfin couronnée de succès. Il reconnaît avoir tué l'enfant dans un « flash ». Il avait pu se trouver sur place grâce à la voiture d'un infirmier du centre médical qui devait aller faire des réservations au camping. Personne n'avait pensé à un complice possédant le permis de conduire ! Le nom de cet homme qui a participé au meurtre et aidé à dissimuler le corps, Heaulme refusera toujours de le donner, en tout cas clairement. Quinze ans après les faits, même si les enquêteurs ont de lourds soupçons, ce complice est toujours en liberté.

Les experts ont estimé que Francis Heaulme était d'une intelligence moyenne, conscient de ses actes, et donc apte à être jugé en cour d'assises. Son premier procès, pour le meurtre d'Aline, s'ouvre en janvier 1994, dans un véritable déchaînement médiatique. L'avocat du tueur le défend gratuitement, préférant se rémunérer sur l'énorme publicité que ce procès lui fait. Il tente de présenter Heaulme comme un irresponsable, un être facilement influençable face à la pression. D'ailleurs, n'aurait-t-il pas avoué ses crimes à cause de la pression psychologique du gendarme Abgrall ? Heaulme n'est peut-être pas l'assassin d'Aline. Il a peut-être simplement vu la scène du crime. Mais cette défense s'écroule comme un château de sable devant le récit du Gaulois, venu témoigner à la barre.

Puis le verdict tombe : vingt ans de réclusion. Abgrall respire. Jusqu'au bout, il a craint que le jury ne se laisse influencer par les incohérences du prévenu et par les effets de manche de l'avocat.

Le tueur en série est désormais neutralisé. Il passe d'une cour d'assises à l'autre et sa liste de condamnations s'agrandit : la prison à perpétuité et dix-huit ans de sûreté pour le meurtre de Laurence. La perpétuité avec vingt ans de sûreté pour celui de Joris... En septembre 1999, quinze ans de prison pour le meurtre du sexagénaire, rencontré par hasard sur la plage de Boulogne-sur-mer.

Deux mois plus tard, la cour d'assises de Meurthe-et-Moselle juge Francis Heaulme coupable du meurtre de Lyonelle Gineste commis en 1984. Un acte de barbarie avec, une fois encore, l'aide d'un complice, Joseph M***, rencontré sur un chantier de travaux publics pour lequel tous les deux travaillaient. Au cours d'une virée nocturne en voiture, ils avaient pris à bord une jeune auto-stoppeuse de 17 ans :

– Elle était sexy avec ses collants noirs, raconta Heaulme. Elle s'est assise à l'arrière. Moi, j'étais à côté du conducteur.

La jeune femme avait été retrouvée entièrement nue, étranglée et égorgée dans un bois, près de Pont-à-Mousson.

Avant et après ce meurtre, Heaulme était une fois encore officiellement hospitalisé !

En décembre 2001, Heaulme écope de trente ans de réclusion pour avoir tué Annick Maurice avec son complice Philippe Elivon. Le 3 décembre 1986 au matin, elle se dirige à pied vers le grand magasin de Metz dans lequel elle est manutentionnaire. Il est près de 5 heures. Comme d'habitude, cette jolie jeune femme de 26 ans emprunte le petit tunnel qui passe sous l'autoroute A31. C'est là qu'elle croise Francis Heaulme et son acolyte, qui l'agressent et entament un simulacre sexuel... Annick se débat, appelle au secours, mais à cette heure très matinale, il n'y a personne pour entendre ses cris. Brusquement, des mains puissantes se referment autour de son cou... Le corps sera retrouvé à plusieurs kilomètres de là. Francis Heaulme séjournait alors depuis quinze jours à l'hôpital psychiatrique de Jury et il y restera encore une dizaine de jours après les faits. Personne ne s'est étonné de son degré extrême d'agitation.

En décembre 2002, le tueur en série comparaît pour le meurtre de Jean-Joseph Clément, un agriculteur retrouvé mort, le crâne fracassé à coups de pierre, sur les bords d'une rivière, à Bédarrides, dans le Vaucluse, dans un secteur fréquenté par des prostituées.

Il avait tout d'abord reconnu les faits :

– Je n'aimais pas la manière qu'il avait de regarder les filles ! dira-t-il avant de se rétracter.

La cour a considéré que les preuves n'étaient pas suffisantes, d'autant que la majeure partie d'entre elles, notamment un vêtement appartenant au meurtrier, avaient tout bonnement été perdues ! Après le procès, Heaulme s'est d'ailleurs déclaré le premier surpris d'avoir été innocenté. Le jour du meurtre, il était hospitalisé à l'hôpital de Marseille-Nord...

Et les procédures visant le tueur en série ne sont sans doute pas terminées. Il reste des zones d'ombre sur les meurtres de deux retraitées, Ghislaine Ponsard et Georgette Manesse, à Charleville-Mézières en 1988, tout comme sur celui de Sylvie Rossi, en juillet 1989, à Villers-Allerand, dans la Marne.

Et puis il y a l'énigme de la mort de Cyril Beining et Alexandre Beckrich en septembre 1986, à Montigny-lès-Metz. Dans cette affaire, un innocent a passé quinze ans de sa vie en prison avant d'être libéré. Ce jeune homme, c'est Patrick Dils, finalement reconnu non coupable en 2001. Les deux jeunes victimes de 8 ans avaient été retrouvées au bord d'une voie ferrée, tout près du domicile de celui qui n'était alors qu'un adolescent de 16 ans. Les garçons avaient été littéralement massacrés à coups de pierre. Malgré des incohérences et de gros doutes, la justice a considéré pendant quinze années que Patrick Dils était coupable, le seul et unique coupable. Jusqu'à ce que l'on se rende compte que la route sanglante de Francis Heaulme était passée par Montigny... Au cours de l'un de ses entretiens avec un psychiatre, le tueur a raconté qu'une fois, il avait vu quelque chose :

– J'étais passé en vélo, ce jour-là. J'avais vu des garçons qui se battaient à coups de pierres. Après, je suis allé à Metz et, dans la soirée, en repassant, j'ai vu des pompiers et des policiers.

Plus tard, au gendarme Abgrall, il précise :

– J'ai vu ces enfants en passant sur le pont… Ils me lançaient des pierres !

Lors d'une autre audition, il évoque que « l'un des garçons avait son pantalon baissé », ce que la presse n'avait jamais mentionné.

Et que penser du fait que le tueur en série ait travaillé dans une entreprise de zinguerie, à quatre cents mètres à peine du lieu du crime ?

Un témoignage très tardif, puisqu'il n'intervient qu'en 2001, vient alimenter les soupçons : le dimanche du drame, Francis Heaulme a été ramassé au bord d'une route par deux pêcheurs qui le connaissaient de vue. Il avait le visage griffé et du sang sur ses vêtements.

– Je suis tombé près du pont de chemin de fer ! tente-t-il d'expliquer.

C'est à proximité de ce pont que les corps ont été retrouvés.

– J'étais bien présent sur les lieux, reconnaît Heaulme lors du procès en révision de Patrick Dils, auquel il participe en tant que témoin. Mais je vous donne ma parole, ma parole d'homme, que je n'ai pas tué les deux enfants !

Francis Heaulme n'a donc jamais reconnu les faits. Ce qui est certain, c'est qu'il s'est rendu compte, après avoir avoué le meurtre du petit Joris, que les tueurs d'enfant sont réellement honnis de tous, surtout en prison par les autres détenus. Il y a aussi sa sœur, Christine, qui reste son seul lien familial solide et qui ne supporterait pas de le savoir coupable de ce double meurtre. Heaulme n'a pas trop intérêt à avouer pour ces deux raisons.

Quoi qu'il en soit, on ne peut s'empêcher de trouver les coïncidences bien nombreuses et les recoupements très troublants. L'enquête sur la mort des deux enfants doit reprendre à zéro et, en septembre 2003, les policiers scientifiques investissent la maison d'enfance de Francis Heaulme. C'est là qu'il vivait au moment de la mort des enfants, en compagnie de sa grand-mère. La petite chambre du premier étage est passée au peigne fin.

– Il nous faut une scie sauteuse ! On va faire sauter le plancher ! lance un technicien par la fenêtre.

Dans leurs combinaisons blanches, ils traquent le moindre indice et repartent au bout de plusieurs heures avec deux sacs de vêtements, des échantillons de poussière et quelques cheveux. L'objectif est de comparer l'ADN de ces éléments avec celui des familles de Cyril et Alexandre. Mais, dix-sept ans après les faits, la science est impuissante à établir un lien : malgré la « quasi-signature criminelle du tueur en série », la justice baisse les bras.

– Il n'y a pas assez d'éléments pour mettre Heaulme en cause dans ces meurtres ! déclare le procureur de la République au grand désarroi des familles des victimes.

Francis Heaulme a été officiellement condamné pour six meurtres, mais son nom apparaît toujours dans une vingtaine d'affaires, pour la plupart trop anciennes pour qu'il y ait un jour une chance de confondre un coupable. La piste sanglante du tueur en série traverse une quarantaine de départements de 1984 à 1992, huit années au cours desquelles il a pu impunément laisser libre cours à ses pulsions meurtrières, à ce qu'il nomme ses « flashes », et dont les résultats sont ces fameux « pépins » pour lesquels il n'éprouve pas le moindre remords.

L'affaire Francis Heaulme constitue un incroyable camouflet aux forces de police et de gendarmerie. Comment est-il possible que personne ne se soit intéressé avant à cet homme violent, incohérent, qui avait même fait de courts séjours en prison pour des agressions mineures ? À cet homme qui a fait près d'une centaine de séjours en hôpitaux psychiatriques et à qui l'on souhaitait bon voyage au bout de quelques semaines de repos ?

Francis Heaulme a une personnalité suffisamment perturbée pour que cela soit une évidence, surtout pour des médecins. Pourtant, jamais un hôpital psychiatrique où il s'est fait admettre n'a tiré la sonnette d'alarme en estimant qu'il fallait peut-être se renseigner sur cet homme et vérifier son parcours. Cela a duré huit années, peut-être plus, pendant lesquelles Francis Heaulme a utilisé les centres hospitaliers comme d'avantageux alibis. Comment le soupçonner d'un meurtre alors que les registres montrent, comme dans le cas d'Aline, qu'il était censé être sagement dans son lit ? Et lorsque, dans l'une de ses « crises », il lance au personnel hospitalier : « Aujourd'hui, j'ai tué un homme avec mon couteau », on se contente de lui donner un calmant. On ne peut que déplorer qu'il n'existe aucune procédure efficace permettant, tout en respectant la nécessaire confidentialité des dossiers médicaux, de tirer la sonnette d'alarme dans des cas évidents de dangerosité.

Et tous les psychiatres qui se sont penchés sur le fonctionnement mental de Francis Heaulme sont d'accord : il s'agit d'un homme à l'esprit fragile à qui les mélanges d'alcool et de Tranxène enlèvent le peu de repères qui lui restent. Lorsqu'un spécialiste lui fait passer le test de Rorschach, celui des taches de couleurs à interpréter, le tueur s'agite :

– Je vois deux personnes qui discutent... Non, qui se battent... Il y a des taches rouges, c'est du sang ! Là, je le serre avec mes mains... Il crie comme un animal... il y a du sang partout, c'est plus fort que moi...

Comment les dizaines de médecins, de psychiatres, de psychologues qui se sont trouvés en sa présence au cours de toutes ces années ont-ils pu ne rien déceler ? Et sinon, dans le cas contraire, pourquoi n'ont-ils rien fait ?

Le passé de Heaulme, période qu'il aime à raconter, est également révélateur : battu et dénigré par son père, il se mutile à plusieurs reprises après la mort de sa mère. Il est agressif envers les plus faibles, instable dans ses relations, et commence très jeune à consommer de fortes quantités d'alcool. Il y a également cette énorme frustration sexuelle dont on retrouve le signe dans les meurtres avec le déshabillage quasi systématique des victimes, mais sans qu'il y ait de rapport sexuel. Ce n'est qu'en 1994 que les médecins diagnostiquent chez Heaulme le « syndrome de Klinefer », une anomalie chromosomique provoquant une confusion sexuelle et une atrophie des organes génitaux. En tant que tel, ce handicap n'explique absolument rien, mais il complète un portrait de Heaulme, qui avait de quoi inciter médecins, psychiatres, responsables de centres d'hébergement, policiers et gendarmes à l'extrême prudence.

Il n'existe malheureusement en France aucune coordination permettant de suivre ces patients qui, d'une région à une autre, passent d'asiles en hôpitaux spécialisés. C'est chaque fois un nouveau dossier qui est constitué, document forcément parcellaire. De toute façon, les centres hospitaliers ne sont pas tenus d'informer les autorités de la présence d'un personnage « douteux » et se réfugient derrière le « secret médical ». En outre, ceux qui ont pu avoir des doutes sur Heaulme se sont tus.

Sans l'intime conviction de Jean-François Abgrall, le tueur n'aurait jamais été confondu, ni pour le meurtre du Moulin-Blanc, ni pour les autres, et il hanterait peut-être encore les routes de France :

– Ce vagabond est un homme au psychisme fragile. Il est influençable et n'a avoué que pour vous faire plaisir ! Cette enquête est une obsession chez vous ! Il faut savoir terminer une affaire ! répétait la hiérarchie.

Même lorsque Heaulme est entendu pour la première fois par les gendarmes pour le meurtre d'Aline, il n'est pas possible de le retenir, faute de preuves flagrantes. Et, entre ce matin de 1989, où il quitte tranquillement les locaux de la gendarmerie, et le jour de son arrestation effective, en janvier 1992, il commet – pour ce que la justice en sait à ce jour – deux assassinats pour lesquels il a été condamné, et sans doute un troisième, celui de Sylvie Rossi.

Cette jeune femme de 31 ans, mère d'un garçon de 13 ans et hôtesse dans un bar de nuit, a pris en stop celui qui allait être son assassin. Il l'entraîne dans les champs, elle résiste, il lui donne des coups si violents dans le ventre qu'il gardera l'empreinte précise de sa chaussure. Puis il l'étrangle. Francis Heaulme a reconnu lors d'une audition en 1992 par les gendarmes de Reims qu'il était bien l'auteur des faits. Douze ans après, le procès n'a toujours pas eu lieu ! La mère de Sylvie, Marie-Thérèse Rossi, ne cesse d'interpeller les pouvoirs publics pour que Heaulme soit enfin jugé dans cette affaire :

– La société nous a laissés avec notre chagrin, sans rien faire. Nous sommes des laissés-pour-compte. La justice ne nous a jamais tenus au courant de l'enquête. J'ai été convoquée une seule fois chez le juge d'instruction, et il ne m'a dit que des platitudes que je savais déjà. Depuis, plus rien. Je redoute la confrontation avec Francis Heaulme. Pour lui, ce ne serait qu'une condamnation de plus. Peut-il au moins éprouver de la honte, des remords ? Pour moi, l'essentiel est quand même de mettre un visage sur le meurtrier de Sylvie.*

Le chemin sanglant emprunté par le tueur au cours de toutes ses années de vagabondage est comme une terrible trace sur la carte, y compris en Belgique, où il a fait quelques séjours. Combien de victimes a-t-il laissées derrière lui ? Sans doute bien plus que celles que l'on connaît déjà. Les enquêteurs ont des doutes dans plusieurs dossiers, une vingtaine, mais le temps a passé

* *L'Union* 01/2004.

et les témoins ou les preuves se sont envolés. Il y aussi un manque de volonté des autorités judiciaires : quel intérêt y aurait-il à poursuivre un homme qui, quoi qu'il se passe, passera le reste de sa vie en prison ?

– As-tu tué plus d'hommes ou de femmes ? demande un jour Abgrall à celui qu'il a appris à si bien connaître et qui, pourtant, demeure une énigme.

– Plus d'hommes, répond-il sans hésiter en le fixant de son regard perçant.

Un silence.

– Tu te rends compte que nous n'en connaissons qu'un seul ?

Il reste de marbre et n'en dit pas plus.

Pour Francis Heaulme, l'indifférence des psychiatres et des médecins et les atermoiements de la gendarmerie se sont révélés être de véritables permis de tuer.

Guy Georges, le tueur en série de l'Est parisien

Pourquoi le tueur de l'Est parisien n'a-t-il pas été confondu plus tôt : chance insolente ou incompétence de la police et de la justice ? C'est la question lancinante qui revient sans cesse quand on parle de Guy Georges, le serial killer *qui a violé et tué alors qu'il était déjà connu et fiché par les services de police.*

Comme chaque début d'année, Guy Georges se sent nerveux, particulièrement mal dans sa peau après la période des fêtes. En ce 24 janvier 1991, il savoure toutefois sa liberté. Cela fait quinze jours qu'il n'a pas réintégré sa cellule de la prison de Caen alors que sa semi-liberté lui imposerait de rentrer docilement dormir derrière les barreaux. Il a tenu dix jours à ce régime-là avant de s'évaporer dans la nature. Bien sûr, il a pensé aux risques de prolongations de peine, mais tant pis : « Il n'y a que les animaux qui vont docilement à l'abattoir. » Il a regagné la capitale, où il sait pouvoir compter sur le soutien de ses amis des différents squats qu'il fréquente. Il n'y a qu'avec eux qu'il se sent bien. S'il n'y avait pas cette tension en lui, cette énergie impulsive qui demande violemment à s'exprimer...

Et il sait qu'il ne pourra pas faire autrement que de lui céder, une fois encore…

Il a passé l'après-midi au cinéma Gaumont, au pied de la tour Montparnasse, puis est allé s'installer derrière la vitre de la brasserie voisine, pour savourer une bonne bière fraîche… et trouver une proie. Ce soir sera le bon, il le sent. C'est pour cela qu'il est allé dans une pharmacie toute proche pour « s'équiper » d'un rouleau de sparadrap ultra large. Son expérience lui a appris que cela valait bien mieux qu'une corde ou des lacets pour attacher les poignets ou les chevilles.

Vers 22 heures, il aperçoit sur le trottoir Pascale E***, 19 ans.

– Elle était seule, elle avait de longs cheveux blonds. Elle m'a tout de suite plu. J'ai flashé immédiatement. Je me suis levé et je l'ai suivie dans la petite rue, jusqu'à chez elle.

La jeune étudiante n'entend pas l'homme qui se presse sur le même trottoir, elle est entièrement concentrée sur les images de l'agréable soirée qu'elle vient de passer avec des amies. Elle se dépêche de composer le code de la porte d'entrée de son immeuble. L'homme ne rate pas l'occasion. D'un geste rapide, il bloque la porte avant qu'elle se referme et se glisse dans le hall, juste derrière la jeune femme, qui s'inquiète un peu de cet inconnu qui la dépasse dans l'escalier, pour ne pas lui faire peur. Il l'attend…

– Elle m'a rejoint au dernier étage et m'a demandé ce que je voulais. J'ai sorti mon couteau et j'ai répondu « Toi ! »

Pascale est tétanisée par la peur, elle voudrait crier, dévaler l'escalier, mais elle sait que l'autre est suffisamment fort pour l'en empêcher. Alors, elle ouvre sa porte à l'agresseur, il inspecte rapidement l'appartement. La jeune femme profite de ce qu'il lui tourne le dos pour saisir le téléphone. Elle compose à peine le numéro qu'il est déjà sur elle :

– Pas de ça !

Il arrache le câble de l'appareil et jette Pascale à terre pour lui lier les poignets avec le sparadrap acheté dans l'après-midi.

– Je ne lui ai attaché que les mains et je lui ai enlevé ses chaussures, ses collants, le short…

Terrorisée, Pascale ose à peine se débattre. Elle sait ce que son agresseur va lui faire subir… Elle est prête à tout pourvu qu'il s'en aille et la laisse en vie ! L'agresseur coupe la culotte sur les côtés et le soutien-gorge entre les bonnets, laissant les lambeaux de vêtements pendre sur les côtés. Elle est totalement à sa merci. Il aime ce regard de bête traquée qui lui rappelle ses parties de chasse lorsqu'il était adolescent, il aime sentir les muscles de la jeune fille se tétaniser dès qu'il approche son couteau. Là, il se sent puissant. Là, il a le sentiment d'exister à plein. Le viol dure d'interminables minutes. Plusieurs fois, il la pénètre, lui fait mal et savoure la souffrance et la peur qui se lisent sur le beau visage. Enfin, il s'éloigne pour fouiller l'appartement à la recherche d'objets à revendre. Pascale tente alors de se libérer : elle lui envoie un coup de pied et se rapproche de la porte. Mais il est trop tard.

– Ça m'a énervé ! Je suis sûr que dès le départ j'avais l'intention de la tuer, sans trop savoir pourquoi, mais son geste a décuplé mon envie. Je l'ai poussée vers le lit et je lui ai incisé la gorge. Elle n'était pas morte car elle m'a dit « qu'est-ce que tu fais ? Pourquoi tu me tues ? » J'ai donc dû donner encore deux ou trois coups de couteau dont un à la carotide gauche. Elle a mis trois ou quatre minutes à mourir, je crois…

Le sang gicle partout, mais l'assassin reste calme, il se sent bien. Il se lave les mains, prend une bière bien fraîche qu'il sirote en passant l'appartement au peigne fin. Tranquillement, il repart avec un baladeur, une chaînette en or, un appareil photo, une montre, la carte bleue de Pascale et une deuxième canette de bière. Il n'a pas un regard pour le corps étalé sur le lit. Guy Georges vient de commettre son premier meurtre…

****

À ce moment-là, il a 28 ans et traîne déjà une longue carrière de délinquant. D'ailleurs, il a été condamné à dix ans de prison pour agression sexuelle et aurait dû, ce 24 janvier, se trouver derrière les barreaux, mais il a profité de sa liberté conditionnelle pour « s'offrir un peu de bon temps dans la capitale ». Trois semaines après le meurtre de Pascale, rassasié, il se constitue prisonnier et réintègre sa cellule de la maison d'arrêt de Caen. Trop heureux de le voir rentrer au bercail, le juge d'application des peines ne lui pose pas trop de questions sur son emploi du temps précis pendant sa cavale.

– Pour nous ce n'était qu'un détenu comme un autre que nous étions heureux de récupérer, c'est tout.

Pourtant Guy Georges a le profil d'un individu très dangereux, son dossier judiciaire en témoigne. Il a en effet été condamné pour avoir violé Pascale N*** dans un parking sous-terrain. Occupé à forcer des portières de voiture pour trouver des objets à revendre, il avait aperçu cette jolie jeune femme qui regagnait sa 4L. Il l'avait menacée de son couteau et, après l'avoir attachée, lui avait imposé une fellation. Mais la jeune femme s'était ensuite mise à hurler au moment où une voiture pénétrait dans le parking, forçant Guy Georges à prendre la fuite. Le soir même, grâce à une description précise, les policiers lui mettaient la main dessus.

L'assassin de Pascale E*** se sent désormais à l'abri des murs de sa prison : il sait par la presse que les enquêteurs n'ont pas l'ombre d'une piste. Étrangement, aucune empreinte digitale n'a été relevée dans l'appartement de la victime, alors que Guy Georges n'avait pas mis de gants. Il n'a pas non plus utilisé de préservatif, mais, en 1991, la France est à la traîne pour les analyses génétiques et le sperme recueilli sur place est mal stocké et donc parfaitement inutilisable !

Le tueur, lui, attend sagement son heure dans sa cellule et se comporte en prisonnier modèle pour obtenir une remise de peine. Pari gagné, il sort en avril 1992, quatre ans avant l'échéance prévue grâce aux remises de peine. Il se retrouve à l'air libre avec le sentiment d'être nettement plus malin que la justice. Lui, le SDF, lui, le paumé mal aimé, lui, le métis rejeté par ses parents, il est finalement le plus fort. Il se gargarise de cette sensation. Deux semaines après sa sortie de prison, il cède une fois encore à ses pulsions, à ces scènes qui ont hanté ses longues nuits de détention.

Il est un peu plus de 23 heures lorsqu'il quitte le squat où il a passé la soirée à boire et à fumer des joints avec ses amis marginaux. La joyeuse camaraderie et le style de vie sans contrainte lui conviennent parfaitement. Il gagne un peu d'argent en volant dans les magasins, en fracturant des portières ou en se prostituant à des hommes de passage, du côté de Pigalle. Il n'est pas franchement homosexuel, mais avoir des rapports avec des hommes pour gagner quelques billets ne lui pose pas de problèmes. Il se fait même entretenir par des hommes plus âgés chez qui il va habiter pendant quelques semaines. Mais cette image de lui-même le met tout de même mal à l'aise et ne ressemble pas à l'homme qu'il voudrait être. Sa tension s'exprime par des « pulsions », celles du chasseur en quête de proies, ces belles jeunes femmes à qui tout semble sourire.

Celle qu'il repère s'appelle Éléonore P***. Elle se dépêche de remonter le boulevard Malesherbes pour retrouver son fiancé. Le scénario est maintenant bien rôdé : il attend qu'elle compose le digicode, bloque la porte et agrippe la jeune femme dans un recoin du hall en sortant son Opinel.

– File-moi du fric !

– Je n'ai rien sur moi…

Elle sort son portefeuille et lui montre en tremblant qu'il est quasiment vide.

Guy Georges sent que sa victime ne tremble pas autant qu'il le désire. Il appuie son couteau contre la gorge, une entaille sanglante apparaît. Le sang coule… Il exige une fellation, mais elle refuse, se débat. L'agresseur veut la forcer et la fait tomber. Brusquement, la minuterie s'arrête et ils se retrouvent dans le noir. Eléonore en profite pour se dégager de quelques centimètres, suffisamment pour pouvoir crier. Aussitôt, la lumière des parties communes se rallume. Quelqu'un est sorti dans les étages et a appuyé sur le bouton. Guy Georges hésite… Des pas se font entendre…

– Bon, je te laisse ! Je veux bien t'épargner ! dit-il avant d'ouvrir tranquillement la porte de l'immeuble et de s'enfoncer dans la nuit.

Éléonore court jusqu'à son appartement où l'attend son fiancé et se précipite sur le téléphone pour appeler la police, qui est déjà prévenue. C'est la concierge qui, depuis sa loge, ayant entendu une partie des menaces, a téléphoné aux forces de l'ordre, paniquée, alors que Guy Georges était encore là.

Il est une 1 h 30 du matin et le quartier est quasiment désert. Cinq minutes après l'agression, une voiture de police arrive et repère tout de suite cet homme d'une trentaine d'années qui s'éloigne rapidement, l'air inquiet. Alors que la voiture se rapproche, l'homme part en courant. Il ne va pas loin. Guy Georges est formellement reconnu par Éléonore. Il avoue les menaces :

– C'est par hasard que j'avais un couteau sur moi… J'étais ivre.

Parce que cela permet d'aller plus vite, la justice ne s'intéresse pas aux menaces de mort proférées pendant l'agression, ni à l'entaille sur le cou de sa victime, et Guy Georges est condamné à deux ans de prison ferme et à trois ans avec sursis pour simple « attentat à la pudeur ». Le « détenu modèle » ne fera qu'un an et demi derrière les barreaux, sans que les psychiatres s'inquiètent le moins du monde de son degré de dangerosité, pourtant évident. Jamais il ne manifeste le moindre remords, et lorsqu'il évoque ses actes, c'est comme s'ils avaient été commis par un autre lui-même. Personne ne veut, ou ne peut, voir que Guy Georges est un psychopathe.

Après sa libération, il reprend donc tranquillement sa fréquentation des bas-fonds de la capitale, en se créant une façade valorisante, à ses propres yeux, de « révolutionnaire » moderne, une sorte de marginal politique, réfractaire au système qui ne ferait « qu'exploiter les pauvres ». On le croise à l'association Droit au Logement, aux Restos du Cœur, à quelques réunions anarchistes. Il aime à se considérer comme un Robin des Bois urbain. Il se trouve une petite amie avec qui il a une liaison suivie : sa vie est alors plus structurée qu'elle ne le sera jamais. Cela n'empêche pas l'envie irrésistible de dominer des femmes.

Le 7 janvier 1994, vers 1 heure du matin, Guy Georges est en chasse dans le douzième arrondissement avec dans sa poche son Opinel et ses rouleaux de sparadrap. Il est sorti pour tuer. Il croise une voiture qui s'arrête à l'entrée d'un parking. La porte électronique s'ouvre et le tueur se glisse derrière la Peugeot conduite par Catherine R***, 27 ans.

Le parking est désert et la jeune femme ne résiste pas devant la menace du couteau. Guy Georges l'immobilise à l'arrière de la voiture et la fouille, satisfait de trouver une carte bleue.

– C'est quoi, le code ?

Terrifiée, elle le lui donne sans hésiter.

Il la bâillonne, découpe méticuleusement les vêtements en terminant par le milieu du soutien gorge, comme d'habitude, et la viole, mais sans parvenir à jouir. Frustré, il frappe.

– Je me suis installé à califourchon sur elle, et lui ai donné plusieurs coups de couteau au niveau de la gorge. Je tenais le couteau comme un poinçon. (...) J'ai frappé un peu au hasard, en tournant la tête pour ne pas regarder.

La gorge de Catherine est déchirée d'une dizaine de coups, tous plus violents les uns que les autres. Elle meurt en quelques minutes. Pour ne pas laisser d'empreintes, le tueur enlève soigneusement les bandes adhésives et essuie les surfaces qu'il aurait pu toucher. Il sort rapidement du garage et va retirer le maximum de liquide avec la carte bancaire de sa victime. Une fois de plus, il se sent fort, dominateur, intouchable, sans la moindre trace de culpabilité. Il marche dans les rues de la capitale, jusqu'à Pigalle, où il prend un copieux petit déjeuner avant d'aller se coucher dans un logement réquisitionné par l'association Droit au Logement.

Dans le parking, les enquêteurs s'affairent, traquant la moindre trace. Ils n'en trouveront aucune de Guy Georges : pas d'empreinte, pas de sperme, pas de cheveux. Les policiers sentent qu'ils ont affaire à un tueur organisé. Un homme qui risque de commettre d'autres crimes.

Cinq semaines plus tard, le tueur s'en prend à Annie L***, animatrice radio. À peine a-t-elle franchi la porte de son immeuble qu'il la menace de son couteau, s'empare de sa carte de crédit et tente de la violer. Mais la victime résiste, affirmant qu'il y a quelqu'un chez elle. Guy Georges hésite, mais la renverse dans l'escalier en lui enlevant son blouson. Gêné, il se laisse distraire pendant un instant. Annie en profite pour s'élancer dans l'escalier en criant. Ce soir-là, elle a sans doute sauvé sa vie. Les policiers qui prennent la déposition de la jeune femme ne retiennent, une fois de plus, que les faits d'agression sexuelle, négligeant les menaces de mort. Aucune enquête sérieuse ne sera lancée et Guy Georges constate, qu'une fois de plus, personne ne s'intéresse à lui.

En novembre 1994, il reprend sa traque. Comme pour Catherine R***, il suit une voiture conduite par une femme seule au moment où elle pénètre dans un parking du treizième arrondissement. Elsa B***, 22 ans, est assassinée à l'arrière de sa voiture. Ses vêtements sont coupés de cette manière particulière qui conduit les enquêteurs à faire le rapprochement avec la victime précédente. Pour la première fois, les policiers parlent du « tueur des parkings ».

– La présence dans les deux cas de longues et de petites perforations n'est sans doute pas un hasard, écrit un inspecteur dans son rapport. Nous retrouvons dans les deux cas un Tee-shirt ou un pull criblés de trous, groupés ou en ligne.

Il n'y a pas d'empreinte exploitable et l'enquête piétine.

Un mois plus tard, se sentant plus fort que jamais, Guy Georges cède une fois de plus à ses pulsions. Le 9 décembre au soir, il arpente les rues du quartier de la Bastille, jusqu'à croiser une grande femme au visage rayonnant de fraîcheur. Agnès N*** rentre chez elle, pensant à son compagnon qu'elle doit rejoindre un peu plus tard dans la nuit. Elle pousse la porte de son immeuble sans composer le code puisque cela fait des mois qu'il ne fonctionne plus. Quelques mètres derrière elle, Guy Georges la regarde monter les escaliers jusqu'au troisième étage. Cette fois-ci, pas question de prendre de risques avec une concierge insomniaque. De toute façon, il est encore trop tôt, il risque d'y avoir encore du passage. Il grimpe jusqu'à la porte de l'appartement et entend sa proie qui parle au téléphone :

– Je me change et je te rejoins ! Je t'embrasse !

Elle va donc sortir. Il suffit d'attendre. Un quart d'heure plus tard, Agnès ouvre sa porte. Elle est brutalement repoussée vers l'intérieur.

– Que...

– Tais-toi ! Où est la chambre ?

La victime est terrifiée. Elle ne tente même pas de résister pour ne pas mettre l'agresseur en colère. Cela n'empêche pas le sinistre scénario de se répéter : sparadrap autour des poignets, vêtements soigneusement découpés, viol et coups de couteau mortels portés à la gorge. Mais, dans l'excitation, Guy Georges néglige de mettre un préservatif et laisse, pour la première fois, des traces génétiques exploitables.

En toute logique, les dossiers concernant les meurtres d'Agnès N***, de Catherine R*** et d'Elsa B*** auraient dû être regroupés, mais ce ne fut pas le cas, les deux premières victimes ayant été assassinées dans un parking souterrain. Malgré la similitude des sévices infligés, les enquêteurs ne font pas le lien et ce sont des équipes différentes qui mènent les investigations. Sans grand succès.

Six mois plus tard, Guy Georges repart en chasse, toujours dans le quartier de la Bastille.

Le 15 juin, un peu avant minuit, il marche quelques mètres derrière Élisabeth O***, qui rentre chez elle. Mais les choses ne se déroulent pas comme prévu pour le tueur. Face à son agresseur, Élisabeth réussit à garder son calme. Guy Georges est sûr de lui : il l'attache et visite l'appartement, tranquille, au point de fumer une cigarette. Il monte à l'étage pour éteindre une lumière, sans se rendre compte qu'Élisabeth a réussi à défaire le sparadrap liant ses poignets. Elle se précipite sur la fenêtre de l'appartement qui est au rez-de-chaussée et saute dans la rue avant que Guy Georges se soit rendu compte de quoi que ce soit. Elle court de toutes ses forces jusqu'au café voisin. Les consommateurs voient, interloqués, cette belle jeune femme faire irruption, complètement affolée, avec un large sparadrap autour de la bouche. Lorsque la police arrive sur les lieux, le tueur a emporté le sac d'Élisabeth, mais a commis une seconde grossière erreur en laissant derrière lui un mégot de cigarette. Les policiers scientifiques sont formels :

– Nous avons analysé l'ADN extrait du mégot et nous l'avons comparé à l'ADN masculin inconnu identifié après le meurtre d'Agnès N*** : les deux sont identiques, avec un risque d'erreur minime.

L'ombre d'un *serial killer* parisien se confirme. Et la police dispose désormais d'un portrait-robot puisque Élisabeth a passé suffisamment de temps avec son agresseur pour l'apercevoir en pleine lumière, ce qui n'était pas le cas d'Annie L***. Mais le résultat rendu sur le papier montre bien le caractère aléatoire de la perception d'un individu.

– C'était un homme de type nord-africain, sans accent, entre 1,70 m et 1,75 m, large d'épaules, athlétique, cheveux quasiment rasés, yeux noirs un peu en amande, sourcils fournis et droits, les traits fins, un visage ovale, rasé de près et soigné.

Dans sa description, Élisabeth se trompe du tout au tout puisque Guy Georges n'est pas de type nord-africain (c'est-à-dire maghrébin) mais de type métis, nettement plus sombre de peau. Pendant des heures, elle va tenter de guider les techniciens dans la réalisation d'un portrait-robot, mais elle avoue au final que le résultat est loin de lui convenir. La police judiciaire hésite alors à diffuser à grande échelle ce portrait, qui, il faut bien le reconnaître, présente l'immense défaut de ressembler à des millions d'individus. D'autant qu'un autre témoin n'a pas eu du tout la même perception de l'agresseur. Il s'agit de Jacky, SDF de son état, qui passait dans la rue au moment où Guy Georges quittait le domicile d'Élisabeth. La police ne lui accorde pas beaucoup de crédit. À tort. Sa description est beaucoup plus pertinente :

– L'homme s'est retourné à deux ou trois reprises et j'ai pu voir son visage. Il était de taille moyenne, mais ce qui m'a le plus frappé, c'est son apparence râblée, trapue et musculeuse. Il était, selon moi, de type métissé afro-européen. Il n'avait pas de type prononcé, mais métissé.

On ne saurait mieux décrire Guy Georges.

Le meurtrier est terriblement en colère d'avoir laissé échapper sa victime. Il scrute avec angoisse les journaux, mais on ne parle plus du « tueur des parkings » et les autres agressions sont passées sous silence. Il reprend de l'assurance au contact de ses camarades de rue. De squat en squat, il s'est constitué un réseau de relations, à qui il cache ses activités de prostitué et ses errances meurtrières. Aux yeux des autres marginaux, il est « Jo », surnom que Guy Georges s'est choisi en référence à l'anti-héros du roman *Tom Sawyer* de Mark Twain. On le trouve plutôt sympathique, discret, pas bagarreur. C'est tout ce qu'on lui demande.

Trois semaines après son échec avec Élisabeth O***, il n'y tient plus, sa frustration est incontrôlable.

– Il était devenu invivable, se souvient l'un de ses compagnons de squat, il buvait beaucoup et en voulait à la terre entière.

Le 3 juillet, il repère Hélène F***, qui remonte, seule, le faubourg Saint-Martin. Cela fait des heures qu'il s'est mis dans la peau de « l'autre lui-même », le prédateur, et à plus de 3 heures du matin, il était prêt à rentrer se coucher lorsqu'il a croisé cette belle femme de 28 ans. Il a décidé de changer sa technique d'approche.

– Vous n'auriez pas une cigarette ? demande-t-il.

– Je dois encore en avoir une, répond Hélène, un peu inquiète de se voir abordée par un homme en pleine nuit.

– Il fait vraiment doux, ce soir, vous ne trouvez pas ?

– Oui, c'est agréable…

Pendant quelques minutes, Guy Georges entretient la conversation, jusqu'à ce que sa proie arrive à son domicile.

– Voilà, j'habite ici… Bonne nuit !

Guy Georges la salue et fait mine de poursuivre son chemin, mais à peine la jeune femme a-t-elle franchi sa porte qu'il se précipite derrière elle et la plaque contre le mur. Il brandit son couteau :

– On monte chez toi !

– C'est de l'argent que tu veux ?

– Tais-toi et monte ou je t'égorge !

Une voisine se souvient de la porte qui claque, de plusieurs chocs :

– Ensuite, j'ai entendu comme les gémissements d'un animal…

Le tueur racontera ensuite froidement ce qui s'est passé :

– Comme d'habitude, je l'ai violée, je l'ai égorgée, et j'ai fouillé son appartement.

Le sang a giclé sur les murs, signe de la violence déployée par le tueur. Il a d'abord voulu faire croire à sa victime qu'il avait simplement l'intention de dormir chez elle. Dans une sorte de jeu pervers, il s'était mis à l'aise et avait même enlevé ses chaussures… Un simulacre d'intimité avant de laisser sa bestialité se déchaîner.

Avant de partir, il prend soin d'enlever les bandes adhésives et d'essuyer les surfaces qu'il a touchées, pour ne pas laisser d'empreintes. Pourtant, il marche dans le sang qui goutte du lit, une flaque collante dans laquelle il laisse la vague empreinte de son pied nu. Et puis, pour la seconde fois, il n'a pas utilisé de préservatif, ce qui permettra à la police scientifique de confirmer que deux meurtres (et au moins une autre tentative) ont été commis par un seul et même homme. Les dossiers sont regroupés entre les mains d'un juge d'instruction réputé pour son opiniâtreté.

– C'était, hélas, pour les enquêteurs de la brigade criminelle et pour moi une certitude, raconte le juge Thiel : tant que le tueur qui sévissait à Paris ne serait pas arrêté, il y aurait d'autres victimes à plus ou moins brève échéance.

Malgré la crainte de voir de nouveaux meurtres se produire, les services de police ne peuvent donner plus et, en cet été 1995, ils sont débordés. Paris est en effet ensanglanté par les attentats islamistes et les investigations anti-terrorisme sont prioritaires. Le juge reconnaît que le maximum n'a pas pu être fait :

– Sans doute eût-il été préférable, à la fin de l'été 1995, compte tenu des cadences infernales de travail des services de police qui tentaient de mettre hors d'état de nuire les terroristes, de prendre davantage de temps pour mener les investigations destinées à identifier le tueur en série. Mais les fonctionnaires de police étaient tellement pressés d'aboutir qu'ils se sont fait un point d'honneur à ne pas ralentir leurs investigations, en dépit de leur surcharge de travail. (...) Malheureusement, on ne peut pas réécrire l'histoire*.

La traque du tueur prend, sous l'impulsion du juge, une nouvelle orientation. Élisabeth O***, la survivante de l'agresseur, accepte de parcourir tous les vendredis soirs les grands boulevards de l'Est parisien dans une voiture de police banalisée pour scruter les visages des passants et tenter d'y reconnaître le tueur. Les indics sont mis sur le grill et les enquêtes de voisinage sont reprises à zéro. Les inspecteurs se rendent également dans les hôpitaux psychiatriques et s'intéressent aux assassins qui auraient pu être libérés... Rien n'aboutit.

Entre-temps, Guy Georges a trouvé un emploi d'agent d'entretien à la mairie de Paris. Un travail mal payé, mais qui lui permet de manger et de régler la chambre d'hôtel qu'il loue lorsqu'il n'a pas d'« ami » pour l'entretenir. Avec plusieurs de ses copains de squat, il participe à la fin du mois d'août à des séances de photos pour un artiste qui doit exposer ses clichés

---

* Gilbert Thiel, *On ne réveille pas un juge qui dort*, Paris, Fayard, 2001.

dans les FNAC de la capitale. On découvre un Guy Georges très à l'aise dans son rôle de mauvais garçon de banlieue, notamment lorsqu'il brandit un revolver factice… Des clichés qui seront vendus leur pesant d'or après son arrestation.

Il fréquente moins les marginaux, mais son mal-être lui colle à la peau, jour après jour. Alors, il boit et fume du hash sans que cela suffise à calmer les images de violence qui envahissent sa tête dès qu'il croise une jolie femme manifestement heureuse de vivre.

Le 25 août 1995, vers 1 heure du matin, le tueur repère Mélanie B***, 20 ans, qui rentre chez elle, dans le troisième arrondissement. Il la suit jusque dans le hall d'entrée, puis l'escalier. Lorsqu'elle arrive devant son appartement, il bondit, le couteau à la main.

– Ouvre cette porte ! Dépêche-toi !

La jeune femme sent la pression de la lame contre sa gorge et obéit, priant pour que son ami soit à la maison. Oui, la télévision est allumée ! Guy Georges aperçoit un jeune homme en caleçon qui sort du salon.

– Qu'est-ce qui se passe ?

Mélanie bondit de côté.

– Ce type a un couteau…

Guy Georges a déjà fait demi-tour, dévalant les escaliers à toute allure. Il était pourtant sûr que la jeune femme était seule chez elle puisqu'elle n'avait pas sonné pour rentrer. L'ami de Mélanie a passé un pantalon et s'est élancé sur les traces de l'agresseur, qui est déjà loin. Mais il remarque dans l'escalier un portefeuille. Pas de doute, la photo sur les papiers d'identité est celle de l'homme au couteau, un certain Guy Georges, né le 15 octobre 1962 à Vitry-le-François. La police du troisième arrondissement est prévenue et écrit à la dernière adresse connue de l'homme, dans un foyer d'accueil : « Votre portefeuille a été retrouvé sur la voie publique, vous pouvez le récupérer au commissariat du quartier. » Quinze jours plus tard, Guy Georges, qui ne se doute absolument pas qu'il a perdu ses papiers lors de la tentative d'agression se présente, un grand sourire aux lèvres. Il déchante vite lorsqu'on lui signifie sa mise en examen. Mélanie l'a formellement reconnu. Dans sa chambre d'hôtel, les policiers trouvent « un couteau Opinel n° 12 de 28 cm, avec une lame de 12,5 cm, ainsi que trois bandes adhésives ».

– Le couteau, je l'ai acheté il y a deux jours pour bricoler, manger ou me défendre. Il y a parfois de la bagarre dans les squats que je fréquente, explique Guy Georges. Les bandes adhésives servent à me protéger les genoux, qui sont fragiles. Je suis obligé de les bander pour éviter qu'ils ne lâchent, c'est tout.

L'enquête est rapidement bouclée tant les éléments son accablants dans la tentative d'agression de Mélanie. Pour gagner du temps, aucun juge d'instruction n'est saisi et l'homme passe au tribunal en comparution immédiate. Du coup, aucun élément du dossier n'est transmis aux autres services de police. Huit jours après sa mise en examen, le tribunal condamne Guy Georges à trente mois de détention pour « violence avec usage ou menace d'une arme ». Parallèlement, la peine de sursis précédemment prononcée, n'est pas révoquée... En état de récidive, Guy Georges aurait dû purger le reliquat, c'est-à-dire trois années supplémentaires !

Trois années pendant lesquelles il fera d'autres victimes... Mais personne n'a pris le temps de lire correctement son dossier pénal. La justice, chroniquement débordée, a voulu aller trop vite et les conséquences seront particulièrement lourdes.

Au bout de quelques jours d'incarcération à la prison de Fleury-Mérogis, il est extrait pour être interrogé dans le cadre de l'enquête sur les meurtres de Catherine R*** et Elsa B*** attribués au « tueur des parkings ». En effet, les enquêteurs se sont résolus à interroger toutes les personnes poursuivies pour des actes de violence graves, qu'ils soient ou non connotés sexuellement. Guy Georges est inquiet, même s'il sait qu'il n'a pas laissé de traces génétiques dans ces deux affaires. Alors, pour ne pas donner prise aux soupçons, il accepte une prise de sang pour une comparaison génétique. Une minuscule goutte de sang avait en effet été retrouvée sur un prospectus dans la voiture de Catherine R***. En autorisant cette expertise, Guy Georges joue gros. Une sorte de pari, de jeu avec la chance. Elle va, une fois de plus, lui sourire, puisque l'échantillon retrouvé dans la voiture de la victime ne correspond pas : le laboratoire de Nantes, qui analyse le prélèvement, est formel. Et comme personne n'a de raison de comparer cet ADN avec celui qui a été retrouvé chez les victimes des autres meurtres, Guy Georges reste intouchable.

Il reste le portrait-robot établi à grand-peine, celui d'un Maghrébin. *A priori*, Guy Georges ne correspond pas, mais sait-on jamais.

– Est-ce que l'on convoque Élisabeth O*** pour une séance d'identification ?

Le juge Thiel hésite. Ce type de confrontation est toujours traumatisant pour les victimes, et puis, à force de se voir présenter des suspects, elles perdent le souvenir du visage réel de leur agresseur.

– Non. Allez chez elle et montrez-lui une photo de notre homme. On verra bien alors s'il y a lieu d'aller plus loin.

La décision du magistrat est logique, mais ce n'est pas la bonne. La photo de Guy Georges que les policiers montrent à Élisabeth est celle de l'identité judiciaire, prise lors de son arrestation. Il a le nez enflé, il a l'air bouffi, et il a laissé pousser ses cheveux.

– Non. Il n'y a aucun doute, assure la jeune femme, ce n'est pas l'homme qui m'a agressée.

Comme pour la réalisation du portrait-robot, elle se trompe, alors qu'elle a passé de longues minutes, en pleine lumière, avec son agresseur. Enfin, dernier élément de cet incroyable ratage, les policiers scientifiques comparent l'empreinte du pied du suspect avec la trace laissée dans la flaque de sang au domicile d'Hélène F***. Les petits génies de la criminelle avaient cru déceler dans cette empreinte une particularité anatomique, un « pied égyptien », c'est-à-dire dont l'un des doigts est plus long que le gros orteil. En fait, Guy Georges a juste une démarche légèrement plus appuyée que la normale et ne possède donc pas cette particularité sur laquelle focalisent les enquêteurs de la police scientifique. Le tueur est, là encore, mis hors de cause. C'est un extraordinaire concours de circonstances, une vraie malchance et un ratage monumental. Ce que le juge Thiel reconnaît d'ailleurs humblement :

– Si j'avais dit oui pour la confrontation directe, les victimes suivantes de Guy Georges seraient toujours en vie, c'est une terrible connerie ! Je l'assume… (…) J'ai voulu protéger Élisabeth et la suite de l'enquête. Avec cette histoire de photo, on a touché le fond.

Le tueur a eu chaud, très chaud. Mais, au fond de sa cellule, il sourit. Il s'est bien rendu compte que les enquêteurs n'ont pas grand-chose en main, pour ne pas dire rien. Il a aperçu le portrait-robot dressé par Élisabeth et, même avec la meilleure volonté, il est bien incapable de s'y reconnaître !

Pendant deux ans, les meurtres cessent, et l'enquête en reste au point mort.

– On ne savait vraiment plus quoi faire, se souvient un enquêteur.

Les familles des victimes du « tueur des parkings » se regroupent alors en association pour ne pas laisser retomber la pression. Elles suggèrent notamment au juge Thiel de faire appel aux nouvelles méthodes d'investigation venues d'outre-Atlantique, et notamment à un *profiler*. C'est encore une profession particulièrement exotique qui manque de crédibilité en France. Le juge hésite, puis finalement cède. La suite ne va pas plaider en faveur de cette spécialité. Le professeur Bénézech, médecin criminologue, accepte de travailler sur le tueur en dressant un portrait psychologique aussi précis que possible. Quelques semaines plus tard, il rend son analyse : le tueur est un homme organisé, socialement bien intégré, un homme qui aime l'ordre. Il s'agit peut-être d'un ancien militaire, père de famille, habitant dans l'Est parisien.

Le criminologue a fait de son mieux, mais comme pour le portrait-robot, on est à des lieues de la réalité, de l'impulsivité du tueur, de son instabilité professionnelle et affective. Le professeur Bénézech garde un goût amer de cet échec :

– Le « profilage » est voué à l'échec. Il n'y a pas forcément un rapport direct et évident entre l'organisation psychologique générale d'un individu et son organisation psychologique au moment du crime. Il faut tenir compte de la passion, de la dépression, de l'influence de l'alcool ou de la drogue. Et la scène d'un crime ne correspond pas forcément à l'ensemble du crime. C'est pourquoi les pronostics des *profilers* sont faux à 90 %.

Depuis, les techniques se sont affinées, mais c'est loin d'être une science exacte. D'ailleurs, le juge Thiel décide de ne pas donner foi à ce portrait psychologique « qui pourrait correspondre à des millions de personnes ».

Tout au long de la sinistre « carrière » du tueur, les enquêteurs, psychologues et autres spécialistes du comportement ont dressé un portrait totalement faux du tueur recherché. Ils le croyaient très organisé dans le déroulement des crimes et le choix de ses victimes, mais il ne s'agissait que d'impulsions. On l'imaginait narguant sciemment la police en laissant du sperme, de la salive ou du sang derrière lui, mais il ne s'agissait que de maladresses. Le monstre calculateur n'était en fait qu'un marginal et un psychopathe incapable de maîtriser ses pulsions.

Le 6 juin 1997, Guy Georges est libre. Il part se mettre au vert quelques semaines dans le sud de la France avec sa petite amie du moment. La prison lui aurait-elle permis de maîtriser ses tendances meurtrières ? Non. De retour à Paris, il retrouve l'ambiance des squats, les boulevards plongés dans la lumière blafarde des réverbères et ces femmes souriantes qu'il croise à la nuit tombée. Le 2 juillet 1997, moins d'un mois après sa sortie de prison, il ne résiste plus. C'est Estelle F***, 24 ans, qui est sur sa route. Il la maîtrise dans la cour intérieure de son immeuble, comptant sur l'habituelle terreur que provoque son couteau. Mais la jeune femme, malgré les coupures infligées par l'agresseur, se met à hurler. Le cri résonne entre les hauts murs et une fenêtre s'ouvre. Le tueur s'enfuit. La plainte d'Estelle (« C'était un homme de couleur dégageant une impression de puissance ») ne permet pas de faire le lien avec les autres agressions.

Le 23 septembre, Stéphane rentre au domicile qu'il partage avec Magali, après une longue journée de travail au garage où il est mécanicien. Le couple doit se marier au cours de l'été suivant : l'avenir s'annonce radieux. Il est 19 h 30. Il pousse la porte de l'appartement, qui n'est pas fermée à clé. Il se croit seul, enlève sa veste dans le salon et écoute les messages du répondeur avant de jeter un coup d'œil à la chambre. Sa compagne est allongée sur le lit, le visage dans les oreillers. Un malaise ? Il la retourne et découvre l'effroyable bouillie sanglante qu'est devenue sa gorge.

Deux heures plus tôt, Guy Georges était malheureusement tombé sous le charme de Magali S***, 19 ans, jeune femme élancée au visage rayonnant.

– Ce n'était pas comme les autres. Elle, je ne l'ai pas suivie du tout, mais comme elle poussait la porte de son immeuble, une pulsion m'a pris. Et je me suis dit : « Je vais aller voir ! » Contrairement à d'autres fois où je préparais un minimum de matériel pour commettre mes agressions, là, je n'avais rien sur moi.

Il bouscule Magali au moment où elle déverrouille la porte de son appartement. Il la pousse vers le lit et lui attache les mains avec un lacet de chaussures. Dans la cuisine, il trouve un long couteau à viande avec lequel il sait pouvoir tenir Magali en son pouvoir. Elle fera tout ce qu'il veut.

– Mais mettez au moins un préservatif ! supplie t-elle.

Guy Georges se calme. Encore une fois, il a failli oublier. Il accepte et, après avoir découpés ses vêtements, viole la jeune femme, qui n'ose pas faire un geste.

– Vous avez eu ce que vous vouliez, partez, maintenant !

Mais ce n'est malheureusement pas fini. Il se saisit d'un oreiller et l'applique sur la tête de Magali.

– Je me suis alors saisi du couteau et je l'ai égorgée en faisant un mouvement de va-et-vient de la droite vers la gauche, puis en piquant, car mon expérience m'avait montré que c'est comme cela qu'elles mourraient plus vite. (...) Ensuite, je suis allé fouiller l'appartement.

Il lave les traces de sang dans l'évier de la cuisine, emporte le préservatif, les lacets, la carte bancaire de la victime. La police ne trouve sur les lieux aucune trace exploitable.

Le juge Thiel n'est pas directement chargé de ce dossier, mais il sait que le tueur, « son tueur », est de retour à Paris et qu'il va encore frapper. Grâce à un nouveau logiciel informatique, il tente de faire mettre au point un portrait-robot plus pertinent de l'homme recherché. Élisabeth O*** passe des heures devant un écran informatique en compagnie des experts. Le résultat est meilleur, les traits sont plus subtils, mais la ressemblance n'est encore que lointaine. Il n'est pas assez caractéristique et le juge estime inutile de la diffuser à grande échelle. Cela ne ferait que donner lieu à des milliers d'appels inutiles et risquerait de faire perdre du temps aux enquêteurs dans d'interminables vérifications. Le juge est obligé de transiger : le portrait est transmis aux commissariats, mais pas au grand public.

Le 28 octobre, Guy Georges s'en prend à Valérie L***, mais la jeune femme résiste et, au lieu d'ouvrir la porte de son appartement, se jette contre la porte de sa voisine et se met en boule, les mains autour de la tête pour se protéger. Elle hurle de toutes ses forces. L'agresseur prend peur et s'enfuit. Pour les policiers arrivés sur place bien plus tard, il ne s'agit que d'une « banale » agression :

– Vous pouvez évidemment porter plainte, dit l'un d'eux, mais cela risque de ne pas servir à grand-chose…

Valérie ne découvrira que des mois plus tard l'identité de son agresseur. Elle le reconnaîtra formellement après son arrestation, grâce aux photos parues dans la presse.

Malgré la pression policière, malgré les risques encourus, Guy Georges est incapable de se maîtriser : les pulsions sont les plus fortes, signe d'une vraie maladie mentale. Pourtant, les psychiatres et les psychologues qui l'ont examiné n'ont pas su déceler cette déviance profonde. Alors que Guy Georges était encore mineur, l'un d'eux a toute de même noté dans un rapport transmis aux magistrats :

– Son affectivité nous paraît assez amortie et indifférente. On peut estimer qu'il peut être dangereux en raison du peu de culpabilité ressentie et de son peu de motivations dans la vie.

Des mots écrits en 1980 alors que l'adolescent purge sa première peine de prison à Fleury-Mérogis. Des mots sans suite. Il y avait pourtant matière à s'interroger, la « carrière » du tueur ayant commencé bien jeune, manifestation d'un terrible malaise affectif.

Sa mère, Hélène Rampillon, est serveuse dans les bars et ne dédaigne pas d'arrondir ses fins de mois en acceptant les propositions des soldats de passage. Elle connaît une idylle d'un an et demi avec Georges Cartwright : il est noir et cuisinier sur l'une des bases militaires américaines installées dans l'Ouest parisien. Mais l'homme repart aux États-Unis rejoindre sa femme, un détail dont il avait « oublié » de parler à Hélène. Elle se retrouve seule et enceinte. Cet enfant, elle ne l'a pas voulu et n'a pas l'intention de l'élever, d'autant qu'elle est alors malade et qu'elle a de gros soucis financiers. Elle le confie à une nourrice dont elle ne paye pas le salaire. C'est finalement la DASS qui prend en charge le petit Guy, âgé de 8 mois. Il est placé dans une famille d'accueil, les Morin, qui habitent à la campagne, près d'Angers. Dans la maison sans confort, il y aura jusqu'à quatorze enfants en même temps. Autant dire que la part d'affection réservée à chacun est minime. Le petit Guy a du mal à supporter les tâches ménagères qu'il doit effectuer sous les ordres de ses sœurs de lait. Dans cette France profonde, il n'y a que peu d'enfants métis : on le montre du doigt, il se sent rejeté. L'école ne l'intéresse pas, rien dans la vie ne l'incite à faire des efforts. Partout, il se sent de trop. La seule chose qui lui procure un peu de plaisir, c'est la chasse dans les bois environnants, la traque du gibier, l'affût. Il éprouvera plus tard le même plaisir à suivre ses victimes dans la jungle urbaine. Le premier vrai symptôme de son déséquilibre se manifeste alors qu'il a 14 ans. Il s'en prend un soir à l'une de ses sœurs, qu'il agresse alors qu'elle sort les poubelles :

– Elle ne m'avait rien fait, mais moi, je lui ai serré le cou... Je ne peux pas expliquer pourquoi.

La jeune fille est robuste et se dégage. Sa gorge présente la marque profonde des doigts de Guy. La famille décide de passer l'éponge. Un an plus tard, l'adolescent se dispute avec une autre de ses sœurs lors d'une séance de nettoyage obligatoire du grenier. Il n'en peut plus de s'entendre donner des ordres et profite de ce qu'elle a le dos tourné pour se jeter sur elle en lui passant une barre de bois sous le cou. Il serre de toutes ses forces : la jeune fille ne peut pas crier et n'arrive plus à respirer. Dans un sursaut d'énergie, elle réussit à mordre la main de l'agresseur, qui lâche prise. Cette fois, il s'en est fallu de très peu. La famille ne comprend pas ce qui se passe. Elle fait d'abord croire à Guy que sa sœur est morte, pour qu'il prenne conscience de ses actes. C'est raté, il n'a pas la moindre réaction et reste silencieux, prostré.

Après cet épisode, il est impossible pour la famille Morin de garder Guy à la maison. Il est placé dans un foyer. L'escalade de la violence se poursuit, mois après mois. Le responsable du foyer se souvient :

– Il voulait souvent faire peur au personnel féminin, mais sans exercer de violence physique. Il lui arrivait, par exemple, de se cacher dans le noir et de surprendre une éducatrice qui descendait l'escalier. Il semblait avoir une certaine jouissance à faire peur. Il s'affirmait de cette façon.

Comment gérer un enfant qui présente de tels troubles ? Un suivi psychiatrique rigoureux aurait dû, c'est évident, être mis en place. Ce ne fut pas le cas. Guy Georges multiplie les fugues, vole dans les magasins et chez les patrons où il effectue un apprentissage. On le considère désormais comme « un jeune en grande difficulté ».

En février 1979, il prend le bus pour rentrer au foyer et remarque à quelques sièges de lui une jolie fille de 18 ans. Lorsqu'elle descend, il la suit, et se jette sur elle lorsqu'elle passe près d'un bosquet d'arbres.

– Donne-moi ton fric !

– Tiens, prends tout ! répond Pascale, en ouvrant son sac à main, mais va-t'en !

Mais Guy Georges sent la chaleur monter en lui, le désir irrépressible de se montrer le plus fort. Il serre le cou de la jeune fille, qui se débat et hurle. L'agresseur semble se ressaisir et part. Mais les gendarmes sont rapidement sur sa trace, et Pascale le reconnaît formellement. Il avoue tout en précisant :

– Si j'ai placé mes mains autour de son cou, c'était involontairement... Une simple maladresse.

Guy Georges est de plus en plus instable. Il a été définitivement rejeté par sa mère de lait à qui il a rendu visite à plusieurs reprises. Cela s'était mal passé : il était revenu plusieurs fois de suite complètement ivre. Elle lui avait dit de ne plus jamais remettre les pieds chez elle. Guy Georges ressent cela comme un nouvel abandon. Il évacue ses tourments intérieurs dans la violence. Il agresse une jeune femme pour lui prendre son sac à main et la frappe violemment au visage. La semaine suivante, nouvelle agression à Angers. Il suit Roselyne, 33 ans, jusque dans l'ascenseur de son immeuble. Il lui prend son sac, elle résiste, tente de le frapper. Guy Georges sort le petit couteau qui ne le quitte jamais dans ses périodes de fugue et il entaille la joue de sa victime. Le sang coule pour la première fois. Un nouveau palier est franchi.

Mais lors de sa fuite, il a croisé un témoin qui l'identifie formellement. C'est la première condamnation à dix mois de prison. Cela n'empêchera pas la descente aux enfers.

Un mois après sa libération, alors qu'il a 19 ans, il s'installe à Paris, où il survit en « levant » des clients homosexuels dans le quartier de Pigalle, rapidement devenu son quartier général. Son instabilité s'est aggravée, renforcée par des pulsions sexuelles de plus en plus incontrôlables.

Le 16 novembre 1981, il poursuit Nathalie L*** jusque dans l'ascenseur qui mène au cabinet de son gynécologue. Il la plaque contre la paroi et lui porte, sans avoir prononcé le moindre mot, un coup de couteau à hauteur du ventre. Un coup pour faire peur, pas franchement dangereux. C'est sa manière à lui de réduire la victime à sa merci. Il entraîne Nathalie jusqu'au sous-sol.

– Fais-moi plaisir... dit-il en descendant son pantalon.

La jeune femme obéit.

– Allonge-toi... intime Guy Georges en montrant les marches de l'escalier.

Il découpe alors les vêtements selon un rituel qui ne changera plus. Il la viole et lui porte encore un coup.

– Prenez mon argent... supplie Nathalie, mais laissez-moi !

– Si je te laisse, tu vas me dénoncer.

Alors, il frappe encore, à la gorge, cette fois.

– J'ai fait celle qui ne bougeait plus, racontera Nathalie plus tard, alors il est parti. Je pense que s'il m'a laissé en vie, c'est qu'il a pensé que j'étais morte après ce coup violent.

Elle en gardera une cicatrice de 15 cm de long.

La police recueille son témoignage, mais aucune information judiciaire n'est ouverte. La brigade criminelle n'aura jamais connaissance des faits puisque les enquêteurs négligent totalement l'aspect criminel et potentiellement meurtrier de l'agression. Pour eux, il ne s'agit « que » d'un viol. Une erreur qui sera reproduite plusieurs fois dans le parcours du tueur. Au bout de quelques mois, le dossier est donc classé « sans suite ». Nathalie a reconnu Guy Georges sur les photos publiées après son arrestation, mais il était trop tard, le délai de prescription étant largement dépassé.

Guy Georges a manifestement pris goût au viol et au sang. Les deux forment désormais la base de ses pulsions perverses. À cette époque, il passe plusieurs mois en prison pour divers vols, ce qui ne l'empêche pas de sortir son couteau entre deux passages derrière les barreaux.

Une semaine après être sorti de Fleury-Mérogis, il se jette sur une femme qui remonte l'avenue Foch. Il est 1 heure du matin, les passants sont rares.

Dans l'embrasure d'une porte, il exige une fellation. Violette K*** refuse, malgré le couteau. Guy Georges s'énerve et frappe, plusieurs fois, à la gorge. Les blessures sont superficielles, c'est juste pour rendre la proie plus docile. Violette s'évanouit en sentant le sang qui coule.

– Réveille-toi, chérie ! grogne l'agresseur en la secouant.

En ouvrant les yeux, elle aperçoit dans la lueur blafarde des réverbères le visage du métis penché sur elle et, dans un réflexe, elle se met à hurler. L'homme ne s'y attendait pas. Il hésite, se ressaisit et s'apprête à frapper encore, pour montrer qui est le plus fort. Mais le gardien d'un immeuble voisin, qui faisait sa ronde, a entendu le cri et s'est précipité, un berger allemand en laisse. Le violeur se détourne de sa victime et s'enfuit en courant. Il sent le souffle du chien qui se rapproche, il le repousse avec la sacoche qu'il a emportée avec lui. Le chien la mord, la lui arrache. Guy Georges parvient à s'enfuir, mais laisse derrière lui une véritable carte de visite : dans la sacoche, il y a en effet une autorisation de sortie de la prison de Fleury-Mérogis à son nom. Il faudra tout de même trois semaines aux policiers pour retrouver sa trace et le confronter à Violette, qui le reconnaît sans hésiter.

Verdict : dix-huit mois de prison ferme. C'est une peine bien légère au regard des actes. Mais, une fois encore, la tentative de viol et de meurtre n'est pas retenue. L'agresseur est simplement condamné pour « attentat à la pudeur commis avec violence » ! En outre, la police ne fait pas le lien entre cette agression et celle qui a été commise sept mois plutôt contre Nathalie L***. La manière de manier le couteau inflige en effet des blessures identiques et très caractéristiques. En sortant de Fleury-Mérogis, il ne commettra plus l'erreur de laisser ses victimes en vie et donc susceptibles de le dénoncer. Chaque « traque » sera préparée en emportant du matériel permettant d'immobiliser la victime et de la réduire au silence.

Désormais, lorsque Guy Georges sera de sortie, ce sera avec la ferme intention de tuer.

Guy Georges a à peine 20 ans. Il a passé la majeure partie de son adolescence dans des foyers pour délinquants et effectué quatre séjours en prison. Certains psychiatres affirment aujourd'hui qu'il s'est construit son psychisme de *serial killer* en prison, alimentant ses pulsions avec la haine suscitée par le rejet de sa mère naturelle, puis de sa famille d'accueil, et enfin de la société. Il est indéniable que son cas n'a pas été pris en charge correctement par les services de l'État qui en avaient la responsabilité. Nul n'a su réellement déceler sa dangerosité et son mal-être. Avec son parcours d'adolescent violent, puis de jeune détenu, comment a-t-il pu rester aussi longtemps impuni ? Pendant toutes ces années en foyer ou en prison, il était sous la responsabilité de l'État. Rien ne l'a empêché de tuer entre deux incarcérations. Un tel individu « à risque » aurait dû être placé sous surveillance, faire l'objet d'un suivi psychiatrique. Son dossier aurait dû apparaître sur le bureau des policiers parisiens dès le premier meurtre... Mais le cloisonnement des services, le manque d'information et des fichiers informatiques archaïques ont permis à Guy Georges d'opérer dans l'ombre pendant sept longues années.

Son septième meurtre sera le dernier. La victime s'appelle Estelle M***. Elle a 25 ans et travaille dans une société de production audiovisuelle. Il est 3 heures du matin et Guy Georges est en maraude, toujours dans le quartier de la Bastille. Il repère tout de suite cette blonde qui marche d'un pas rapide et la suit jusque chez elle. Il n'a aucun mal à s'introduire par surprise dans l'appartement au moment où elle ouvre la porte. Les actes se succèdent : membres attachés, fellation, vêtements déchirés, découpés, puis viol avec préservatif. La jeune femme, en état de choc, n'oppose aucune résistance. Cela n'empêche pas l'issue fatale : les démons du sang guident la main du tueur, qui s'abat sur la gorge offerte. Le dernier coup est particulièrement violent et le couteau dérape. La lame entaille la paume gauche de Guy Georges.

– Aaaahhh ! Merde ! La vache !

Le sang commence à couler de sa main. Il presse son sweat-shirt sur la blessure.

– Surtout ne pas laisser de trace de sang…

Il va dans la salle de bains pour nettoyer la plaie et stopper la légère hémorragie. Il fouille ensuite l'appartement et emporte le portefeuille de la victime. Il a pris soin de prendre les lacets utilisés pour immobiliser Estelle ainsi que le préservatif usagé. Ce n'est que plusieurs heures plus tard qu'il se rend compte qu'il a laissé dans l'appartement le sweat-shirt maculé de son sang.

Le surlendemain, ce sont les parents de la jeune fille qui, inquiets de son silence, découvrent le corps.

Pour les enquêteurs, le parallèle avec les meurtres d'Agnès N*** et d'Hélène F*** est évident. Le viol, les coups de couteau, et, ultime preuve, la similitude des échantillons d'ADN.

La presse se déchaîne et la mère de Magali S*** (la sixième victime du tueur) crie sa colère devant les journalistes :

– Il faut que cela s'arrête ! Depuis deux mois, on attend que l'on nous dise ce qui s'est passé et l'on tente en vain de sensibiliser les gens au danger que représente ce tueur ! Si nous avions été entendus, ma fille aurait pu être sa dernière victime !

Désormais, la presse est sur les dents et fait sa une sur le tueur en série de l'Est parisien. « Un tueur en série dans la capitale », titre le *Le Parisien* en première page, qui fait le lien avec trois autres meurtres commis au cours des dernières années. *Le Monde* embraye, les radios se déchaînent et les télévisions multiplient les commentaires... Enfin, pour la première fois, la justice est bien obligée de reconnaître publiquement le lien entre plusieurs affaires. Ce qu'elle a réussi à dissimuler pendant des années éclate d'autant plus bruyamment au grand jour : il y a un *serial killer* en liberté dans les rues de Paris ! Le choc dans la population est profond. Le juge est mis en cause pour son silence. La pression médiatique est énorme. Trente fonctionnaires sont alors affectés à plein temps à l'enquête. À la fin du mois de novembre 1997, le juge Thiel est obligé de céder aux demandes de sa hiérarchie de diffuser à grande échelle le portrait-robot du tueur, celui qui a été refait avec un nouveau logiciel mais qui ne ressemble guère au tueur. Les prédictions pessimistes du juge se vérifient : plus de trois mille appels seront reçus par la police, aucun ne donnant la moindre indication nouvelle.

Toute cette agitation effraie Guy Georges, qui part se mettre au vert à Mansle, chez l'un de ses copains de squat. Quelques semaines plus tard, il est de retour à Paris pour toucher son RMI. Il vole un scooter, avec lequel il a un léger accident. La police dresse un constat, mais le propriétaire décide de ne pas porter plainte. Les policiers relèvent les empreintes et procèdent à la rituelle photographie d'identité judiciaire. Il n'y en a pas un seul qui fait le lien avec le portrait-robot qui s'étale sur les murs de tous les postes de police et dans tous les journaux. Guy Georges est immédiatement relâché. Sa chance insolente va pourtant tourner.

Dès que la presse a commencé à étaler l'affaire du « tueur de l'Est parisien » à la une, le juge Thiel a craint que le tueur ne prenne peur et disparaisse dans la nature. Alors, il a décidé de jouer sa dernière carte. Il ne le sait pas encore, mais il s'agit d'un atout maître.

Le juge est persuadé que l'homme qu'il recherche a déjà eu affaire à la police, d'une manière ou d'une autre, et qu'il a pour l'instant réussi à passer entre les mailles du filet. Dans ce cas-là, il y a peut-être une trace génétique quelque part qui pourrait mener au tueur. Mais, en cette fin d'année 1997, la France ne s'est pas encore dotée d'un véritable fichier des empreintes génétiques. Cela fait des années que l'on en parle dans les couloirs de l'Assemblée nationale, dans les médias, mais rien n'est fait. Essentiellement par peur de la violation des libertés individuelles et pour se donner le temps de la réflexion, mais aussi en raison du coût élevé d'un tel service de police.

Si le fichier centralisé n'existe pas en tant que tel, cela ne veut pas dire que les différents laboratoires n'archivent pas les résultats des analyses qu'on leur demande d'effectuer. Le juge contacte des dizaines de laboratoires pour leur demander de faire des comparaisons entre l'ADN du « tueur de l'Est parisien » et les données qu'ils possèdent. La procédure est osée : cela ne revient-il pas à constituer, de fait, un fichier centralisé en demandant à tous les laboratoires de travailler sur la recherche d'une « signature » ? C'est d'ailleurs ainsi que cette demande est perçue par de nombreux scientifiques, qui refusent tout d'abord d'obtempérer.

Le juge Thiel se fâche et répond vertement :

– J'ai dit que je comprenais cette position de l'administration, et notamment des laboratoires de la police scientifique, mais que j'exigeais qu'elle me soit confirmée par écrit. J'ajoutais que l'on aurait malheureusement l'occasion de rendre public cet écrit dès la découverte du prochain cadavre… Cette exigence a eu le don de conduire mon interlocutrice de la police scientifique à solliciter un délai de réflexion de deux jours. Et deux jours plus tard, elle me fit part, au nom de tous les laboratoires de police de l'Hexagone, de l'acceptation de la mission.

La machine qui va perdre Guy Georges est en route, mais elle est bien poussive. Il faut en effet effectuer toutes les comparaisons manuellement, puisque les codes génétiques sont stockés sur fiches cartonnées et pas sur informatique. Il faut comparer des milliers de séquences de chiffres à la main. Les mois passent et le magistrat pense désormais que son intuition était fausse et que le tueur n'a jamais été inquiété par la police. Jusqu'au 24 mars 1998. Le juge s'en souvient avec émotion :

– Il est environ 17 heures. Je suis à mon bureau. Le téléphone sonne. C'est le docteur Pascal, du laboratoire de génétique moléculaire de Nantes, qui m'appelle. À cette époque-là, on ne se tutoie pas encore : « Monsieur le juge, j'ai une bonne et une mauvaise nouvelle. Par laquelle je commence ? » Je lui réponds que, pour changer, il peut commencer par la bonne : « Le tueur de la Bastille est identifié ! » Je lui dis qu'il est inutile qu'il me donne la mauvaise, car je la connais : on a déjà eu ce type entre les mains ! *(idem)*

Grâce à l'opiniâtreté du juge, l'expert est finalement tombé sur le prélèvement de Guy Georges, effectué trois ans plus tôt, après sa condamnation pour l'agression contre Mélanie B***. Après son arrestation, Guy Georges reviendra sur les motivations qui l'avaient poussé à accepter une prise de sang, ce que la loi d'alors lui permettait de refuser :

– Je voulais que l'on m'arrête… Je me disais : « Bon… Là, tu pètes les plombs ! » Je me suis posé la question : « Comment arrêter ? » C'est pour cela que j'ai donné mon sang… Je pensais tuer à chaque agression… Je me suis toujours demandé pourquoi… Même moi, je ne sais pas…

Tous les endroits fréquentés par le suspect sont immédiatement recensés et placés sous surveillance avec la mise en place de la « souricière » qui doit conduire à son interpellation.

Le 26 mars, à 7 heures, des millions de personnes se réveillent en branchant la radio sur le journal de RTL. Le présentateur ne parvient pas à cacher son excitation, dès les titres :

– Le tueur de la Bastille a été identifié. Il s'agit d'un dénommé Guy Georges, un homme déjà connu des services de police !

La station de la rue Bayard a réussi là un magnifique scoop, mais qui aurait pu être très lourd de conséquence. Lorsque le juge apprend que l'identité du suspect a été divulguée, il entre dans une colère noire. Il a tout fait au cours des dernières 48 heures pour garder le secret, le temps de monter une « souricière » irréprochable. Guy Georges allait forcément être mis au courant de son identification et tenter de prendre le large ! Dans l'heure qui suit, plus d'un millier de policiers sont mobilisés pour surveiller tous les grands axes de passage de la capitale : boulevards, métros, gares...

– Je m'apprêtais à fuir, confirme plus tard le tueur. Je ne savais pas encore où, mais je voulais tout faire pour être arrêté...

Il est 12 h 40, plusieurs voitures banalisées sont positionnées dans le quartier de Pigalle. Les policiers ont devant les yeux le dernier portrait d'identité judiciaire de Guy Georges.

– C'est lui, là, qui sort du métro ! s'écrie le lieutenant à son collègue, gardien de la paix.

– Tu as raison... Qu'est-ce qu'on fait ?

Les fonctionnaires sortent discrètement du véhicule, se rapprochent de l'homme qui marche tranquillement à quelques mètres devant eux. Brusquement, ils bondissent, immobilisent l'homme, un métis d'une trentaine d'année, et l'entraînent dans un magasin voisin pour éviter de provoquer un attroupement qui peut se révéler incontrôlable.

– Qu'est-ce que vous faites ? Je n'ai rien fait ! proteste Guy Georges.

Quelques minutes plus tard, plusieurs fourgons de police investissent la place de Clichy. Le « tueur de l'Est parisien » achève là son parcours sanglant. Dans son sac, il avait du sparadrap, des préservatifs et un couteau Opinel... Lors du procès, un avocat demandera à l'accusé :

– Si l'on ne vous avait pas interpellé, qu'est-ce qui aurait pu vous arrêter ?

L'homme n'hésite pas un instant avant de répondre, comme si cette question le hantait depuis toujours :

– La mort.

Guy Georges tente tout d'abord de nier ses crimes, mais les analyses d'ADN concordantes ne lui laissent aucune porte de sortie. Jugé parfaitement conscient de ses actes, il comparait au mois de mars 2001 devant la cour d'assises de Paris. Jamais il n'a reconnu l'ensemble de ses crimes et de ses agressions. Pourtant, au huitième jour du procès, le témoignage d'Élisabeth O***, l'une des « survivantes », a finalement raison de son obstination. Il ne supporte plus le regard des juges, du public et surtout de celle qu'il a été à deux doigts de tuer. Il craque.

– Avez-vous agressé mademoiselle O*** ? interroge l'avocat.

Les yeux de Guy Georges se brouillent.

– Oui.

– Avez-vous tué mademoiselle E*** ?

– Oui.

– Mademoiselle R*** ? Mademoiselle B*** ? Mademoiselle N*** ? Mademoiselle F*** ? Mademoiselle S*** ? Mademoiselle M*** ?

Chaque fois, il acquiesce. Dans la salle d'audience, les larmes coulent sur plusieurs visages. Le tribunal délibère, mais l'issue est certaine. Les jurés condamnent Guy Georges à la réclusion criminelle à perpétuité avec une peine incompressible de vingt-deux ans. Justice est faite. Enfin.

Cette affaire a provoqué un profond traumatisme dans la société française. Si, en 1995, il avait existé un fichier des empreintes génétiques, les deux dernières victimes du tueur seraient à coup sûr encore en vie.

Cela a suscité une prise de conscience de l'urgence à suivre l'exemple de nos voisins anglo-saxons. Si ce fichier, le FNEG, finalement mis en service en 2002, n'est pas parfait, il offre toutefois aux enquêteurs un outil dont il aurait été impensable de se passer. Mais, au-delà des effroyables lenteurs de modernisation de la police judiciaire, cette affaire montre combien la police est dépourvue face à des tueurs sans mobiles directs, des êtres qui s'en prennent à d'autres pour le seul plaisir de donner la mort. Le « profilage » venu des États-Unis donne certes des résultats, mais c'est une technique qui doit encore faire ses preuves : le portrait psychologique de l'homme recherché tel qu'il avait été dressé par les spécialistes n'avait presque rien à voir avec la réalité. Les propres amis de Guy Georges ne se sont jamais doutés de la violence qui pouvait l'animer. Certains l'ont côtoyé pendant des années en trouvant que c'était un « chic type, calme, sympathique ». Même sa dernière petite amie régulière, Vinciane, est tombée des nues en apprenant la vérité :

– J'ai d'abord pensé que les flics fabriquaient un coupable sur mesure, parce qu'il fallait bien arrêter quelqu'un, à cause de la pression de l'opinion publique. Même après avoir vu les tests d'ADN et les aveux, j'ai du mal à y croire… Guy me semblait le mec le plus gentil que je connaisse.

Le parcours du tueur, qui a passé tant d'années dans des foyers ou derrière les barreaux, donne aussi à réfléchir sur l'efficacité des psychiatres, qui, à maintes reprises, ont entendu Guy Georges et n'ont pas donné l'alerte. Et la seule fois où un spécialiste a émis des doutes (le tueur en série étant encore adolescent), il n'a pas été entendu par les magistrats.

Il y a aussi la délicate question du suivi et de la surveillance des personnes condamnées après qu'elles ont effectué leur peine. Le « tueur de l'Est parisien » a commis ses meurtres entre deux incarcérations, une fois même alors qu'il était en liberté « surveillée » !

En 2020, Guy Georges sera libéré. Il aura alors 57 ans. Toute la question est de savoir si la prison lui aura, cette fois, permis de maîtriser totalement ses démons intérieurs.

La disparition de la petite Estelle Mouzin

Janvier 2003 : Estelle Mouzin disparaît à Guermantes. En quelques minutes, la fillette de 9 ans se volatilise. Plus personne ne l'a revue depuis lors, et le prédateur qui l'a enlevée n'a toujours pas été arrêté. Les enquêteurs n'ont pas le moindre début de piste. Malgré des perquisitions tous azimuts, l'enquête est au point mort.

Il est 20 heures, nous sommes le vendredi 10 janvier. Claire Chazal a la mine grave et l'air affecté. Certes, la présentatrice est habituée à annoncer de mauvaises nouvelles en regardant la France dans les yeux, c'est le lot quotidien de l'actualité, mais une disparition d'enfant est une information qui ne peut pas laisser indifférent. Quelques heures plus tôt, Claire Chazal et la rédaction en chef du JT ont décidé d'accorder une importance prioritaire à cette affaire. C'est un journaliste de la chaîne, Jean-Marc Sylvestre, qui avait prévenu qu'une jeune fille de 9 ans, Estelle Mouzin, avait mystérieusement disparu jeudi soir en rentrant de l'école. Depuis, plus personne ne l'a vue, et les parents sont évidemment morts d'inquiétude. Journaliste économique, Jean-Marc Sylvestre est un ami personnel de Claire Chazal et il connaît bien aussi la responsable de la communication de Bayer France, l'entreprise pour laquelle travaille Suzanne, la mère d'Estelle. Très vite, les parents de la petite fille se lancent dans une intense activité de recherche et d'alerte des médias. En quelques jours, la disparition d'Estelle devient un feuilleton que les Français suivent chaque soir devant leur poste de télévision. Au cœur de cet hiver 2003, un pays entier grelotte de froid et de peur. Bien que personne ne sache rien dans cette affaire, tout le monde se met à la place des parents d'Estelle et imagine le cauchemar qu'ils vivent avec l'angoisse de se dire qu'un prédateur pourrait enlever leur enfant. Une angoisse d'autant plus terrible qu'Estelle semble s'être volatilisée sans laisser aucune trace : à ce jour, aucun cadavre n'a été retrouvé, aucune trace de sang, de sperme, d'ADN. Rien. Pas le moindre indice. Aucun début de soupçon, de piste. Comme si Estelle Mouzin n'avait jamais existé.

****

Il fait nuit depuis quelques heures déjà et la température est glaciale. Le thermomètre affiche cinq degrés en dessous de zéro. Sous la lumière des lampadaires, la buée qui sort de la bouche quand on parle forme des halos de fumée. La conversation va bon train entre Estelle et l'une de ses camarades de classe alors qu'elles marchent dans les rues de Guermantes sur le chemin de la maison. Il est 18 h 10. Elles viennent de quitter l'école après une heure d'étude. Elles arrivent devant un petit centre commercial et se quittent. À partir d'ici, leurs chemins se séparent. Avant de rejoindre son domicile et après avoir dit au revoir à sa copine, Estelle pousse la porte de la boulangerie. Il fait plus chaud à l'intérieur et la jeune fille achète une viennoiserie pour se réchauffer et caler une petite faim. Elle ressort de la boutique et reprend son chemin.

Pour se rendre chez elle, elle doit emprunter un raccourci, une sorte de ruelle pas très rassurante entre des buissons épais, avant de rejoindre la rue Cassiopée et d'arriver allée Ronde-du-Cerf, où elle habite. Ce trajet, Estelle le connaît par cœur et il ne l'effraie pas particulièrement. L'a-t-elle fait ce soir-là ? Jusqu'où ? Le mystère est entier. La dernière personne à avoir vu la fillette est la boulangère, qui n'a cependant aucune idée de ce qui a pu se passer :

– Je n'ai rien vu car il faisait nuit… Et puis ici, ça va, ça vient, expliquera la commerçante quelques jours plus tard.

Il est 18 h 15. À partir de cette heure-là, plus personne ne verra Estelle Mouzin. Plusieurs dizaines de minutes après, un homme qui quitte son entreprise avec sa femme, non loin de la boulangerie, remarque une voiture de couleur claire qui démarre en trombe :

– Cela peut très bien n'avoir aucun rapport, mais cela nous a étonnés, à cette heure, à une telle vitesse et avec le verglas.

Lorsque la mère d'Estelle, Suzanne, rentre du travail un peu plus tard, elle ne trouve pas sa fille au domicile alors qu'elle aurait dû y être déjà depuis plusieurs heures. Après avoir téléphoné aux copines d'Estelle pour vérifier si elle ne s'était pas arrêtée chez quelqu'un, folle d'inquiétude, elle appelle son ex-mari, Éric, qui vit à l'autre bout de l'Ile-de-France, au Vésinet, l'une des communes les plus privilégiées de la banlieue ouest :

– J'ai reçu un coup de téléphone de mon ex-femme vers 20 h 45, jeudi soir, explique Éric à un journaliste du *Parisien*. Elle allait porter plainte au commissariat. J'ai commencé par passer tous les coups de téléphone possibles pour mobiliser mon réseau d'amis. Ça ne servait à rien de se jeter dans les embouteillages. Ensuite, j'y suis allé. Quand je suis arrivé, vers 23 h 30, les recherches commençaient.

Les forces de l'ordre déploient aussitôt d'importants moyens pour les recherches. Dès le vendredi matin, un hélicoptère survole le secteur et une centaine de CRS, ainsi qu'une brigade équestre et des enquêteurs de la police judiciaire, ratissent méthodiquement les environs. Les bois et parcelles de forêts, le parcours de golf et le parc d'un château voisin sont passés au crible. Sans succès. Des plongeurs iront même jusqu'à draguer et sonder le fond de plusieurs étangs. Là encore, sans succès. Dominique, la compagne d'Éric Mouzin, le père d'Estelle, commentera, désabusée :

– Estelle est une petite fille vivante, futée, avec les pieds sur terre. Je n'ai jamais cru qu'elle aurait pu aller marcher sur une mare glacée.

À mi-mots, Dominique laisse entendre ce que tout le monde pressent désormais : Estelle n'a certainement pas fugué. La réalité est certainement bien pire, comme le reconnaît Éric Mouzin, dès le vendredi :

– Estelle était concentrée, travailleuse et de bonne humeur. Elle n'avait aucune raison de fuguer et, d'ailleurs, elle ne l'a jamais fait.

La fugue serait d'autant plus étonnante que le samedi soir, c'est-à-dire deux jours après sa disparition, elle devait fêter Noël avec un peu de retard en compagnie de son père, qui était en voyage au moment des fêtes.

Des raisons familiales pourraient-elles alors expliquer une éventuelle fugue ? Certainement pas. Même si les parents d'Estelle étaient divorcés, les choses se passaient bien entre eux et il n'y avait aucune difficulté familiale. Estelle était une fillette heureuse dans un milieu plutôt aisé. Sa mère, responsable de la communication d'une grande entreprise franco-allemande, gagne bien sa vie et vivait avec sa fille dans une belle maison de Guermantes, un village de l'Est parisien où l'immobilier est florissant. Quant à son père, il est expert international en assurances et vit au Vésinet, dans la très chic banlieue ouest, l'une des villes les plus riches de l'Ile-de-France.

Ce sont autant d'éléments qui ne laissent guère de place au doute. Estelle Mouzin n'a pas fugué mais a bel et bien été enlevée, comme le reconnaît lucidement son père :

– Je comprends que la démarche des services de police passe par les vérifications de disparition, les recherches dans les alentours, chez des amis ou même dans des étangs, c'est normal. Mais, pour moi, dès que je suis arrivé l'autre nuit, le délai d'absence me paraissait excessif. Un enfant ne disparaît pas pendant quatre heures, comme ça, sans motif. N'importe quelle mère de famille qui verrait arriver un autre enfant passerait un coup de fil aux parents avant ce délai. Si elle n'est pas rentrée à pied comme prévu, c'est qu'elle est allée ailleurs, et pas toute seule.

Malgré tout, les recherches sont intenses dans les environs. Les forces de l'ordre mobilisent au total 300 hommes pour fouiller les alentours. Et surtout, dès le départ, l'affaire Estelle Mouzin suscite une vague de solidarité impressionnante, notamment de la part des habitants de Guermantes. Des centaines de personnes sur les 1 400 habitants que compte le village participent aux recherches. Les autres se relaient à la mairie durant tout le week-end pour répondre au téléphone et collecter tout témoignage susceptible d'aider la police dans ses recherches. Aussi, tout le monde trouve le temps de répondre à un questionnaire écrit, pour essayer d'apporter des témoignages susceptibles d'orienter le travail des enquêteurs. Tout un village se mobilise autour de cette petite fille, comme si le drame avait permis de briser les égoïsmes :

– C'est terrible à dire, explique alors Claudine Perrin, adjointe au maire, mais l'ambiance est terriblement sympathique. Il y a des gens qui ne s'étaient pas vus depuis des années qui se sont retrouvés ici pour aider. On vit tellement chacun pour soi de nos jours... Mais, là, on sent une véritable chaleur humaine !

Mais cette solidarité et cette entraide ne seront d'aucune utilité. Et, finalement, le lundi, les recherches sont abandonnées. Preuve que les enquêteurs eux non plus ne croient plus à la thèse de la fugue.

– Tout a été fait, explique un colonel de sapeurs-pompiers. En l'absence d'informations supplémentaires, on ne peut pas aller plus loin.

Les enquêteurs privilégient désormais l'enlèvement. Le portrait de la fillette est diffusé dans toute la France et son signalement est donné : lorsqu'elle a disparu, Estelle portait une grosse doudoune bleu marine, des bottes blanches, une salopette en jean et un gros pull rouge.

Pendant ce temps-là, si à Guermantes les recherches sont arrêtées, la pression se fait plus dure sur la population. Il s'agit désormais de tout contrôler. Car, de l'avis des policiers, si Estelle a été enlevée, il y a de grandes probabilités pour qu'elle l'ait été par un habitant des environs et sans doute pas par un homme de passage. C'est donc avec une certaine frénésie et surtout un véritable déballage médiatique qu'ils organisent des opérations commandos dans Guermantes.

Dès le lundi soir, de 17 heures à un peu plus de 19 heures, une trentaine de policiers contrôlent ainsi systématiquement les trois axes les plus fréquentés de Guermantes. L'idée est simple : la personne ayant enlevé Estelle a peut-être ses habitudes sur l'une de ces routes, et si tel est le cas, peut-être prend-elle le même chemin aux mêmes heures, c'est-à-dire dans le créneau horaire durant lequel a eu lieu la disparition d'Estelle. Tout cela laisse bien de la place à des suppositions mais vaut le coup d'être tenté. Malheureusement, sans succès. Ces contrôles routiers ne sont qu'un coup d'épée dans l'eau...

Cette première opération d'envergure reflète bien la suite de l'enquête : des opérations policières de plus en plus médiatiques mais sans aucune efficacité. Quelques jours après, c'est au tour de 300 gendarmes et CRS et de 170 hommes de la PJ d'investir Guermantes. Dès 6 heures du matin, alors que le jour est à peine levé, ils frappent aux portes des maisons :

– Bonjour, police ! Nous allons perquisitionner votre domicile ! Je vais vous demander de bien vouloir nous laisser entrer...

Souvent tirés de leur sommeil par surprise, les habitants sont néanmoins coopératifs. Tout le monde dans le village comprend l'importance de l'enquête, car la plaie de la disparition d'Estelle Mouzin est à vif, à l'instar de ces habitants :

– Ils sont venus chez moi, explique un homme. Ils ont passé quarante minutes à tout fouiller. Ils ont ouvert les portes, les tiroirs... Dans l'ensemble, ça s'est bien passé.

– Ils ont été très bien, courtois et tout, raconte une autre personne. Ils ont fouillé toute la maison, de la cave au grenier en passant par le vide sanitaire. Ils tiraient même les meubles pour voir s'il y avait des caches derrière.

– C'est très impressionnant, mais c'est tout à fait normal, explique pour sa part, au nom de ses administrés, le maire de Guermantes, Guy Jelensperger.

Durant les quatre heures que dure la fouille, Guermantes est un village encerclé. Les issues sont bouclées par des barrages et les laissez-passer ne sont délivrés aux habitants qu'une fois leur domicile perquisitionné. Jamais en France, une disparition n'avait donné lieu à une telle mobilisation. L'enquête est gigantesque et l'objectif des forces de l'ordre est de frapper fort très rapidement, tant il est vrai que, aussi bien dans les affaires d'homicides que de disparitions, les premiers jours sont capitaux. D'expérience, les policiers savent que c'est dans ces premières heures que d'éventuels indices peuvent encore être collectés. Ils s'inspirent aussi de ce qui s'est fait en Angleterre, où des opérations comparables avaient permis de découvrir les corps des petites Holly et Jessica, violées et assassinées par le gardien de leur école et son épouse institutrice. D'où ces opérations policières de grande ampleur.

– Ce sont des moyens exceptionnels, explique Jean-Marc Block, alors directeur du SRPJ de Versailles en charge de l'enquête. Nous avons procédé à 350 perquisitions chez les habitants.

Mais là encore, malgré l'envergure des moyens, les enquêteurs ne découvriront strictement rien. Ils trouveront bien des documents à caractère pédophile au domicile d'un homme d'une quarantaine d'années, mais, très rapidement, il sera mis hors de cause dans la disparition de la petite Estelle.

Une fillette qui disparaît, une enquête qui piétine, une médiatisation importante : impossible pour les habitants de Guermantes de rester les bras croisés en attendant que la police fasse son travail. Pour nombre d'entre eux, il faut agir, essayer de trouver des indices, faire quelque chose pour ne pas sombrer dans l'horreur. Le village entier reste donc mobilisé, y compris lorsque l'émotion des premiers jours laisse place à l'effarement des semaines suivantes. Une semaine après la disparition d'Estelle, on voit des habitants qui distribuent des affiches aux passants ou bien qui les placardent sur les murs : « Estelle Mouzin, 9 ans, disparue le 9 janvier 2003. Taille : 1,35 m, yeux verts. Le jour de sa disparition, elle portait une doudoune bleu marine, un béret violet, un jean, un pull rouge, un sac à dos noir ».

Sur ces affichettes apparaît également la photo d'une fillette souriante et innocente. Pendant que certains organisent la distribution de ce document, d'autres mènent des recherches dans les environs de Guermantes, un peu plus loin, là où les policiers n'ont pas encore perquisitionné. Par petits groupes d'une vingtaine de personnes, ils fouillent chaque recoin des forêts, les cabanes, les maisons abandonnées…

– On n'en pouvait plus de se ronger les sangs, de tourner en rond à la maison, explique l'un de ces bénévoles. Il fallait se rendre utile. On se dit toujours que la police a peut-être oublié d'aller dans certains endroits.

Mais ni les habitants, pleins de bonne volonté, ni les enquêteurs ne parviennent à découvrir quoi que ce soit. Et il faut bien se rendre à l'évidence : Estelle n'a pas fugué, elle a, à l'évidence, été enlevée. Les parents, quant à eux, n'ont jamais dit autre chose.

– Les gens comprennent bien ce que ça veut dire, commente Éric Mouzin dans une interview au *Parisien*. Aujourd'hui, vous croyez que vous vivez dans une société à peu près structurée, mais, en fait, vous êtes comme dans la savane. Il y a un prédateur qui est là, qui se promène et qui, d'un seul coup, bondit sur sa proie, qui, en général, n'est pas la plus forte. Et puis il l'enlève, il y a disparition, et puis il n'y a plus rien… Le calme revient sur la savane. C'est le rapt dans toute sa violence, rien d'autre. Au quotidien, tout le monde fait attention. Les parents sont vigilants avec leurs enfants. Mais on finit par être endormi par le sentiment qu'on vit dans une société rationnelle. Nous ne sommes pas dans une société rationnelle ! Moi, je n'aurais jamais imaginé qu'une chose comme ça arrive ! Jamais ! Ça fait dix jours qu'on cherche… Cela veut dire qu'en dix jours, vous pouvez disparaître… Quand je suis arrivé ici, jeudi, je me suis dit : « Je la trouve dans les deux heures ! » Vendredi, j'ai dit : « Ce soir je rentre avec ! » Et dimanche, j'étais convaincu qu'on allait la retrouver. Aujourd'hui, je ne peux pas dire combien de temps je vais encore chercher. Je ne suis convaincu de rien. Tout Guermantes a été perquisitionné, mais en France, il y a 36 000 communes. On ne va pas perquisitionner 36 000 communes. Or, ça peut être partout. Pour l'instant, il faut foncer ! J'ai le sentiment que chaque minute compte encore…

Comme les parents d'Estelle, les policiers semblent pourtant désarçonnés par cette enquête atypique :

– C'est une des enquêtes les plus difficiles qu'on ait connues ! raconte le directeur du SRPJ de Versailles. Mais on trouvera… Il faut qu'on trouve ! Les fonctionnaires détachés sur cette affaire s'impliquent vraiment très fortement, comme si quelque chose de particulier résonnait en eux. Près de 1 000 personnes ont été entendues, et leur emploi du temps a été recoupé. Plus de 2 000 procès-verbaux établis. Tout sera vérifié. Ce qui est troublant dans cette affaire, c'est qu'on n'a rien à quoi s'accrocher : pas de témoin, pas de hold-up avec des traces, pas d'arme, pas de cadavre. On est face à quelque chose de vertigineux.

Et voilà bien en effet résumés en quelques phrases toute l'horreur et le mystère de cette affaire : une petite fille a disparu sans que personne ne voie quoi que ce soit et sans laisser aucune trace, nulle part. Aucune trace de sang, de sperme, pas de corps, rien qui permette d'identifier un ADN. Une fillette a disparu et c'est presque comme si elle n'avait jamais existé !

Alors, faute de mieux, les enquêteurs se raccrochent au moindre début de piste. Ils n'hésitent pas à prendre en compte les témoignages, même un peu farfelus, des radiesthésistes ou des voyants :

– À condition qu'ils soient précis ! précisent les policiers. Car dans ce cas, il se peut que ce ne soit pas un adepte du pendule, mais un témoin digne de foi.

Par ailleurs, sans que les habitants de Guermantes en soient informés, ils font fouiller les 80 tonnes de poubelles qui se présentent chaque semaine à l'usine d'incinération des déchets de Saint-Thibault-des-Vignes. L'objectif ? Trouver des objets, cartable, cahiers ou livres scolaires, carnet de scolarité, ou tout autre objet pouvant être en rapport avec Estelle et dont un éventuel coupable aurait pu se débarrasser.

– Les sacs qui viennent des deux secteurs de Guermantes sont mis à l'écart, explique l'un des responsables de l'usine d'incinération. Les responsables procèdent à une vérification. Ensuite, les ordures sont brûlées. Pour l'instant, rien n'a été trouvé.

Et rien, malheureusement, ne le sera dans les semaines suivantes. Quant aux parents, ils n'arrêtent pas de remuer ciel et terre. L'avis de recherche d'Estelle est désormais traduit en de multiples langues, y compris les plus exotiques, comme l'ukrainien ou même l'espéranto !

Dans ce tableau pour le moins sombre d'une enquête qui piétine et dans laquelle aucun pas n'a été fait depuis le 9 janvier, une seule embellie : le 11 mars, à l'issue d'une rencontre d'une heure avec Nicolas Sarkozy, alors ministre de l'Intérieur, les parents d'Estelle apprennent qu'un « groupe d'enquête permanent » est créé :

– Il s'agit d'une véritable cellule de veille fonctionnant 24 heures sur 24, explique un fonctionnaire de la PJ. Il s'agira notamment de poursuivre et de terminer les investigations systématiques déjà largement engagées sur Guermantes et les environs ou encore de procéder à l'analyse des communications téléphoniques passées ou reçues depuis les cabines locales.

Première action de cette cellule intégralement dédiée à l'enquête sur la disparition de la petite Estelle : une semaine plus tard, 300 policiers se déploient et fouillent les environs du village, notamment les forêts. Ils interrogent à nouveau certains habitants, notamment les jeunes :

– Certains d'entre eux peuvent avoir été abordés par des individus suspects au cours des derniers mois, mais ils ne s'en souviennent pas forcément, explique un policier.

Mais là encore, cette nouvelle opération ne donnera aucun élément concret. Quelques semaines plus tard, comme si les enquêteurs voulaient, à intervalles réguliers, se rappeler au bon souvenir des habitants de Guermantes, une nouvelle opération est lancée. Comme en janvier, les forces de l'ordre fouillent certaines maisons, interrogent leurs occupants. Cette fois-ci, la fouille est limitée aux pavillons se trouvant sur le chemin entre l'école et le domicile d'Estelle.

Deux semaines après cette opération, un élément semble enfin relancer l'enquête : les policiers donnent une conférence de presse et rendent public un portrait-robot. On y voit un homme de type européen, mais à la peau mate, aux sourcils épais, avec une barbe de plusieurs jours et des lunettes ovales. Il aurait entre 40 et 45 ans et roulerait dans une voiture de couleur claire, un utilitaire de type Expert, Jumpy ou Scudo. La description est donc précise :

– La priorité est de retrouver ce témoin important et de l'auditionner, explique Jean Espitalier, directeur du SRPJ de Versailles.

Le signalement de cet homme aurait été recueilli par les enquêteurs lors de la dernière opération policière menée à Guermantes. Une petite fille de l'âge d'Estelle aurait alors affirmé avoir été abordée trois semaines plus tôt par cet homme.

– L'absence de témoignage sérieux portant sur la disparition elle-même ou sur tout comportement suspect relevé nous a empêchés jusqu'alors d'avancer, explique l'un des enquêteurs. Nous tenons aujourd'hui l'indice le plus intéressant jamais recueilli dans cette enquête.

Mais un mois après la diffusion du portrait-robot et malgré près d'un millier de signalements, cette nouvelle piste ne donne strictement rien. Pas plus d'ailleurs que l'arrestation d'un homme à peu près au même moment. À 61 ans, Michel Fourniret est forestier dans les Ardennes. Condamné dans les années 80 pour des attentats à la pudeur et des violences sur enfants, il est, cette fois-ci, arrêté pour avoir tenté d'enlever une adolescente de 13 ans. Et même si l'homme possède un véhicule utilitaire blanc, ce n'est pas tout à fait le même modèle que celui qui est décrit par la fillette et qui figure dans le portrait-robot. D'autres détails ne collent pas non plus : l'âge, la couleur de cheveux, etc. Autrement dit, c'est encore une nouvelle désillusion pour les parents d'Estelle : ni le portrait-robot, ni l'arrestation presque conjointe d'un pédophile qui aurait pu se trouver dans la région de Guermantes au moment de la disparition d'Estelle, ne donnent de résultat.

Encore une fois – faute de mieux ? –, les enquêteurs laissent passer quelques semaines et, en novembre, ils organisent une nouvelle opération à Guermantes. Comme les fois précédentes, les habitants assistent à un déferlement de policiers dans les rues de leur village, à une fouille en règle de leurs habitations et à un nouvel interrogatoire. Tout est passé au crible : emplois du temps, numéros de téléphone, comptes en banque, etc. Et cette fois-ci, l'opération concerne les quelques centaines de foyers qui n'avaient pas encore été visités jusqu'à présent. Autrement dit, la police essaie d'expliquer aux habitants et aux médias lassés de ces démonstrations de force stériles que cette opération est utile. Certes, mais alors pourquoi n'a-t-elle pas eu lieu avant ? Même Éric Mouzin se montre critique :

– Pourquoi seulement au mois de novembre et pas avant ?

On peut en effet douter de l'efficacité de fouilles effectuées onze mois après la disparition d'Estelle et de la validité de témoignages dont le moins que l'on puisse dire est qu'ils ne sont pas frais dans les mémoires ! Autant les habitants se montraient coopératifs jusqu'à présent, autant cette fois-ci, ils commencent à exprimer un ras-le-bol bien compréhensible.

– Je ne vois pas l'intérêt ! C'est du spectacle ! estime l'un d'entre eux. Qu'est-ce qu'ils espèrent trouver dans la mémoire des gens plus de dix mois après ?

On ne peut effectivement pas s'empêcher de penser que la police dissimule son incompétence ou son incapacité à faire avancer l'enquête derrière ces opérations très médiatisées. Un peu de poudre aux yeux…

Car une fois de plus, cette débauche de moyens ne donne aucun résultat… Véritablement, l'enquête en est au point mort. Pour tenter de la faire avancer, les policiers décident de donner un coup de pied dans la fourmilière en espérant que les choses bougent d'elles-mêmes. Le mardi 16 décembre, ils lancent la plus vaste opération ayant jamais eu lieu en France dans les milieux pédophiles. Dès l'aube, 83 personnes sont interpellées dans toute la France. Leur point commun ? Toutes ont été, au cours de ces vingt dernières années, impliquées ou condamnées dans des affaires de pédophilie. Et toutes ont un lien direct ou indirect avec la Seine-et-Marne et auraient potentiellement pu se trouver dans le département le soir de la disparition :

– Ils ont de la famille là-bas ou bien leur travail aurait pu les y conduire, explique René Pech, le procureur de la République de Meaux.

Si les enquêteurs ont décidé de lancer ce vaste coup de filet, c'est aussi parce que, au cours de l'enquête, leur conviction s'affine : ils pensent que c'est un pédophile récidiviste qui a enlevé Estelle. Un pédophile qui agirait toujours de la même manière et qui aurait mûrement réfléchi son plan avant de passer à l'action :

– Il faisait moins neuf degrés le soir de l'enlèvement et c'était de nuit dans un petit village proche d'axes de communications connus, explique le directeur du SRPJ. Au vu des nombreux témoignages de gens qui ont aperçu Estelle, nous avons la conviction que son prédateur s'est donné les moyens de la surveiller pour l'enlever très rapidement.

L'espoir des enquêteurs est aussi de tomber lors de cette rafle géante sur un homme ressemblant au portrait-robot. Ils pensent en effet que l'homme décrit par la fillette agressée est le même que celui qui a enlevé Estelle :

– Nous n'avons pas pu démontrer à 100 % qu'il s'agissait du même auteur, mais il y a une très forte présomption, explique Jean Espitalier. C'est en tout cas une enquête extraordinairement difficile ! Nous n'avons aucun indice matériel, aucun témoin direct et pas de corps. Nous savons seulement qu'il y a quelque part un prédateur qui s'est mis en chasse, à l'affût dans la nuit, attendant le moment propice pour commettre son forfait, fuyant sans être vu.

Cependant, à l'instar d'Éric Mouzin, on peut se demander pourquoi les policiers n'ont pas procédé plus tôt à ces interpellations :

– Ma fille a disparu, il y a exactement onze mois et une semaine ! s'indigne le père de famille. Il est bien tard, je trouve, pour s'intéresser à ces personnes ! On les connaissait dès le premier jour, non ?

Alors, bien sûr, les enquêteurs expliquent qu'il a fallu effectuer un tri parmi les pédophiles recensés en France, les sélectionner en fonction de leurs modes opératoires habituels, de la probabilité qu'ils aient pu se trouver en Seine-et-Marne, car certains étaient emprisonnés au moment du drame, d'autres non, etc. Mais tout de même, onze mois pour en arriver là ! Et là encore, on ne peut s'empêcher de penser que le grand spectacle autour de cette rafle tente de faire oublier, bien maladroitement, l'absence de piste crédible et sérieuse.

Lors des gardes à vues, les personnes interpellées doivent donc donner leur emploi du temps du 9 janvier. Les domiciles sont fouillés, les mémoires des ordinateurs passées au crible et les empreintes génétiques de chacun relevées, au cas où... Mais la déception, une fois encore, est à la hauteur de l'ambition de l'opération, qui ne donne pas le moindre résultat.

En dépit de tous les moyens exceptionnels mis en œuvre dans cette affaire, Estelle n'a pas été retrouvée à ce jour. Pire : aucun indice ne signale que l'enquête avance. Pourtant, c'est la première fois en France que la disparition d'un enfant suscite une telle émotion dans l'opinion publique. Jamais on n'avait assisté à une telle mobilisation à la fois des pouvoirs publics et des simples citoyens. C'est un peu comme si cette affaire avait irrémédiablement changé quelque chose, comme le disait, lors de la marche silencieuse organisée à Guermantes en début d'année, Bruno Bongapenka, le parrain d'Estelle :

– La marche se fait en la mémoire d'Estelle mais aussi pour tous les autres enfants disparus, pour alerter les pouvoirs publics de la nécessité de mieux structurer les procédures de recherche, notamment dans les heures qui suivent la disparition.

Chaque année, en effet, une quinzaine d'enfants sont enlevés en France. La plupart du temps, on n'en parle pas, ou peu, contrairement à la disparition de la petite Estelle, qui a connu une médiatisation importante et des moyens policiers exceptionnels. On peut espérer que, dorénavant, toutes les familles qui se trouveront dans la situation des Mouzin pourront bénéficier du même traitement pour donner un maximum de chances à des enquêtes toujours complexes et délicates.

Le crash du mont Sainte-Odile

Il y a plus de douze ans, un Airbus A320, fleuron de l'industrie aéronautique européenne, s'écrase sur les Vosges, à quelques dizaines de kilomètres de Strasbourg. Aujourd'hui encore, la justice estime ne pas savoir ce qui s'est passé et repousse sans cesse le procès. Les proches des victimes se battent depuis le drame pour faire éclater la vérité.

Dans le cockpit de l'A320, le pilote et le copilote ont les yeux rivés sur les instruments de navigation. La journée a été longue et ils ont hâte de retrouver la stabilité du sol. Le vol Air Inter IT 5148 est parti de Lyon une bonne heure plus tôt et la météo n'a pas été particulièrement mauvaise, juste quelques trous d'air habituels et une vigilance particulière à apporter aux systèmes de dégivrage. Parti de Lyon-Satolas à 18 h 30, l'appareil est annoncé sans retard à 19 h 25 à l'aéroport de Strasbourg-Entzheim. Les six membres d'équipage et la plupart des quatre-vingt-dix passagers sont, eux aussi, fatigués. Il y a là une majorité de cadres qui rentrent de séminaires ou de rendez-vous professionnels, et ils sont plongés dans des rapports ou des magazines. De toute façon, il n'y a rien à voir à l'extérieur, les hublots ne révèlent qu'une nuit noire, à peine troublée par les feux de position de l'Airbus.

– Nous allons commencer notre descente vers Strasbourg. Veuillez attacher vos ceintures !

Le pilote et le copilote vérifient les paramètres d'approche.

– Tour de contrôle, quel est le plafond ?

– Actuellement, on a trois huitièmes à mille cent pieds et six huitièmes à deux mille six cents pieds.

– C'est bon.

– Changement de programme, Delta Alpha. Étant donné qu'on va avoir trois autres décollages prioritaires, vous risquez d'attendre dans le stack à cinq mille pieds.

Le pilote peste contre ces autres avions qui l'obligent à faire un tour d'attente au-dessus des Vosges, le temps que la piste 05 d'Entzheim soit dégagée. Ce sont sans doute des « huiles » prises en charge par les appareils de l'armée.

– Au moins, s'ils avaient prévenu à l'avance... Mais là, on arrive plein pot !

Il branche l'ensemble des appareils de dégivrage et poursuit les manœuvres d'attente. À 19 h 17, le contrôle au sol donne les dernières consignes :

– Air Inter, Delta Alpha, vous virez par la gauche, un cap quatre-vingt-dix, zéro, neuf, zéro... Vous êtes à quatre nautiques du point ANDLO.

– Je prépare les phares sans les mettre, annonce le copilote.

Les haut-parleurs de bord grésillent :

– Mesdames et Messieurs les passagers, nous allons atterrir dans quelques instants... Pour votre sécurité, veuillez vérifier que votre ceinture est bien attachée et relever la tablette de votre siège. Merci !

Dans le cockpit, l'attention redouble pour les manœuvres finales. Le train d'atterrissage est déployé, les volets sont sortis et l'appareil commence à perdre de l'altitude.

– Il faut faire attention de ne pas descendre trop vite...

– On arrive sur l'axe 1, précise le copilote... Un demi-point de l'axe, là, voilà... Il a été au soixante, c'est bon...

Les pilotes n'ont pas le temps de prononcer le moindre mot de stupeur lorsque, onze secondes plus tard, ils aperçoivent avec effarement les arbres se précipiter vers eux. Ont-ils même le temps de réaliser ce qui se passe ? Il y a un grand bruit, l'appareil tangue, semble hésiter, puis s'engouffre dans la forêt.

À 19 h 20, le vol Lyon-Strasbourg disparaît des écrans radars.

****

Dans la salle d'attente du petit aéroport, une cinquantaine de personnes attendent le vol en provenance de Lyon. Certains patientent assis sur les sièges en plastique orange, d'autres scrutent le ciel derrière la large baie vitrée qui ouvre sur les pistes. Parmi eux, Alvaro Rendon. Ce chercheur au CNRS de Strasbourg se réjouit de retrouver Rossana, avec qui il vient de se marier. Les minutes s'égrènent et l'avion n'est toujours pas annoncé. Une demi-heure s'écoule, la tension devient palpable, le ton des conversations monte d'un cran. Au bout d'une heure, le directeur d'Air Inter à Strasbourg arrive dans la salle :

– Les personnes qui attendent le vol de Lyon sont priées de me suivre en salle « VIP », s'il vous plaît...

Alvaro Rendon se souvient aujourd'hui encore avec toujours autant d'émotion de ces minutes affreuses :

– On se dit forcément : « Quelque chose de terrible se passe ! » Là, j'ai tout de suite compris que Rossana n'était plus là. Lorsqu'on nous a annoncé : « L'avion a disparu des écrans », c'est le monde tout entier qui s'est écroulé. Il y a cette souffrance terrible, ce vide insupportable... On m'a rappelé plus tard que j'ai poussé un grand cri et donné un coup de pied dans une porte en verre qui s'est fêlée. J'étais venu à l'aéroport avec les deux enfants de Rossana, il fallait les préserver. Alors, j'ai appelé des amis qui sont venus les chercher. Mais le matin, il a bien fallu leur dire ce qui se passait, que leur mère n'était plus là. Ils ne voulaient pas y croire : « On va la sauver, elle est encore vivante ! » Mais je savais bien que ce n'était pas le cas.

La nuit, malheureusement, n'avait laissé aucun espoir. Les heures avaient succédé aux heures dans la petite salle de l'aéroport, avec des informations qui n'arrivaient qu'au compte-gouttes.

– Avant l'annonce de la tragédie, j'avais remarqué une très belle femme rousse en manteau de mouton retourné qui attendait tranquillement avec nous. En la regardant, je m'étais dit : « Quel heureux homme est attendu par une telle femme ? » Quelques minutes plus tard, elle s'est évanouie sous le choc. Nous étions assis par terre, par petits groupes, et un calme extraordinaire a régné, jusqu'au bout. À 4 heures du matin, quelqu'un de la préfecture est enfin venu nous donner les noms des survivants... Rossana n'y figurait pas. Lentement, les familles se sont dirigées vers la sortie... Certaines masquaient leur soulagement par respect pour tous ceux qui avaient des larmes dans les yeux.

Quatre-vingt-sept morts et seulement neuf survivants. Le bilan est tragique, insupportable. Peut-être aurait-il été moins lourd si les secours avaient été mieux organisés. Car ce soir-là, quand l'avion touche les arbres, il faut un temps fou avant que les recherches s'organisent. Le dernier contact radio avec la tour de contrôle permet de savoir où se situait l'avion lors du crash : à proximité du monastère du mont Sainte-Odile. Sans plus de précision. Le secteur est assez vaste, mais le sommet ne culmine qu'à 825 mètres et il y a une petite ville, Barr, à moins de quinze kilomètres. Pourtant, la désorganisation est manifeste... L'alerte est donnée au bout d'un quart d'heure, mais ce n'est qu'à 20 h 09 que la préfecture déclenche le plan SATER de recherche, dans un premier secteur compris entre le mont Sainte-Odile et Andlau et le Hohwald. Très vite, il s'avère que la balise de détresse, censée se déclencher en cas de choc, ne fonctionne pas. Toutes les radios amateurs du secteur se sont mis sur écoute d'un signal sur les fréquences 121,5 et 243 Mhz. Sans succès. Un premier hélicoptère décolle pour survoler la zone, mais le brouillard est devenu trop dense. Deux autres hélicoptères équipés pour la vision nocturne infrarouge prennent l'air à 20 h 40 et 22 h 31, mais là encore, les capteurs sont rendus inopérants par le givre et l'humidité et ils ne repèrent pas la trouée dans les sapins. D'ailleurs, la zone de recherche définie initialement est beaucoup trop vaste. Ce n'est qu'à 21 h 10, une première fois, et à 23 h 04, ensuite, que le centre de contrôle radar militaire de Drachenbronn donne des informations plus précises sur la localisation potentielle. Pourquoi aussi tard ?

– Secret Défense, répondent laconiquement les autorités militaires.

La chaîne d'alerte a été longue à se mettre en place. Le préfet n'a apparemment pas tout de suite compris la gravité de la situation puisqu'il a tout d'abord délégué la conduite des opérations au sous-préfet, les gendarmes n'étant prévenus qu'une bonne heure après le crash. Le déploiement des forces terrestres dans le secteur ne commence qu'à 22 heures, pour passer au peigne fin un carré de vingt kilomètres de côté. En tout, un millier d'hommes sont postés dans le secteur du mont Sainte-Odile : des gendarmes, des CRS, des pompiers, des soldats du régiment d'artillerie basés à une trentaine de kilomètres de là... Mais les routes sont très vite encombrées par tous ces véhicules, et le verglas dans les montées n'arrange rien. Des habitants du secteur sont également dans les parages, prévenus par les radios locales. Les forces de l'ordre les tiennent à l'écart d'un périmètre sécurisé par l'armée.

C'est pourtant un agent de l'ONF qui donne les premières indications sérieuses aux gendarmes :

– Je chassais dans le secteur de la Bloss lorsque j'ai entendu une détonation, une explosion. Il était 19 h 20. D'abord, j'ai cru que c'était un coup de feu, mais le bruit était différent.

De retour chez lui, lorsqu'il a appris qu'un avion s'était écrasé à proximité, il a fait le rapprochement, mais il lui a fallu attendre 23 h 30 avant qu'un gendarme trouve le temps de recueillir son témoignage.

Un groupe d'habitants qui connaissent bien les chemins du mont Sainte-Odile s'est heureusement organisé pour fouiller le secteur. Ils ont emmené avec eux le correspondant de TF1 dans la région, Jean-Pierre Stucki, accompagné de son cameraman :

– Nous marchions un peu en amont de la Bloss, lorsque nous avons senti une forte odeur de kérosène. Nous nous sommes guidés à l'odeur, mais il nous a fallu trente minutes encore pour parvenir jusqu'à l'appareil.

Il neige par intermittence, la température est de moins six degrés et le vent s'est levé. Le petit groupe découvre enfin, à 23 h 40, les premiers survivants :

– Pour résister au froid, ils avaient allumé un feu et avaient recherché dans les restes de l'appareil de la boisson et des couvertures.

Ce sont donc finalement une poignée d'habitants du secteur et deux journalistes qui préviennent les secours grâce à leur radiotéléphone. Cela fait maintenant plus de quatre heures que les survivants attendent de l'aide.

– Vite ! On n'en peut plus ! répète l'un d'eux.

Au même moment, un habitant d'un village voisin, qui s'est joint aux recherches le long de la route de la Bloss, n'en croit pas ses yeux :

– Brusquement, j'ai vu avancer vers moi un homme hagard ! Il avait quelques égratignures au visage et il m'a simplement dit : « Je suis un rescapé ! »

Cet homme, Nicolas S***, 26 ans, est originaire de Marseille. Il comptait passer quelques jours de vacances pour découvrir l'Alsace. Ne voyant pas les secours arriver, il s'est enfoncé dans la forêt pour chercher de l'aide, mais en pleine nuit, sans lampe de poche, il s'est immédiatement perdu. D'ailleurs, il est incapable d'indiquer le chemin de l'avion aux secouristes.

Enfin, un peu avant minuit, les premiers gendarmes, guidés par radiotéléphone, arrivent enfin sur les lieux de la catastrophe.

– Les conditions d'accès étaient difficiles à cause du verglas, explique l'un d'eux, il y avait beaucoup de véhicules de particuliers qui gênaient le passage. Et puis il faut bien avouer que l'on ne connaissait pas du tout la région…

Les autorités ont donc mis finalement plus de quatre heures pour parvenir jusqu'à la carcasse fumante d'un A320 qui s'est écrasé à une trentaine de kilomètres de la cathédrale de Strasbourg ! Pour couronner le tout, les hommes qui arrivent sur place ne servent pas à grand-chose : ils n'ont pas de projecteurs, pas de civières… Ces militaires sont obligés de commencer l'évacuation en portant les blessés sur leur dos, pendant près d'une demi-heure, à travers la forêt, avant d'atteindre le premier poste de secours médicalisé. Par une décision très contestée, les ambulances du SAMU et les véhicules de la Croix-Rouge ont été cantonnés au pied de la montagne. Quelques jours plus tard, l'un des fondateurs du SAMU laisse d'ailleurs éclater sa colère face au déroulement de cette opération :

– Il n'y avait même pas un directeur des secours médicaux ! Le SAMU du Bas-Rhin était prêt à intervenir, mais il n'a été mobilisé que très tardivement et très loin du site ! Résultat : le matériel médical indispensable était loin ! Les gendarmes qui sont arrivés près de l'épave n'avaient pas de projecteurs et aucun moyen de secours !

Finalement, onze survivants sont pris en charge, mais on a perdu énormément de temps et deux d'entre eux décèdent au cours de leur transfert vers les hôpitaux. Dans la nuit, les corps seront – discrètement – ramenés jusqu'à la chapelle ardente installée au pied de la montagne.

Toute l'opération est un véritable cafouillage, qui prend malheureusement tout son sens avec les premières conclusions des médecins légistes :

– Au moins deux personnes sont décédées plus de deux heures après l'accident, deux autres sont mortes lors de leur prise en charge…

Il est évident que les choses auraient pu – et dû – aller beaucoup plus vite pour sauver des vies. Pour cela, il aurait fallu que la balise de détresse soit suffisamment solide pour résister à un crash (ce qui est, après tout, son rôle), que l'armée communique et analyse plus rapidement les informations sur les dernières minutes de vol suivies par leurs radars et que les moyens de recherche soient mieux coordonnés. Au cours des deux premières heures, seuls les moyens techniques ont été privilégiés, avec le survol de la zone en hélicoptère, puis en avion à réaction, ce qui, étant donné la météo, s'est révélé totalement inefficace alors que le temps passait. Les choses auraient été également plus rapides si l'on avait fait confiance à ceux qui connaissaient parfaitement le terrain : les habitants des lieux, qui ont massivement et immédiatement manifesté leur disponibilité. Même les pompiers du secteur, ayant très vite proposé de participer aux recherches, se sont tout d'abord vu interdire toute intervention. Seules des unités de l'armée (CRS, gendarmerie et militaires) devaient être sur le terrain. Une attitude, renforcée par le « Secret Défense », qui alimente aujourd'hui encore les suspicions. L'un des rescapés se souvient d'avoir vu, alors qu'il était évacué, des soldats redescendre de l'épave en emportant une grande caisse noire, certains parlent de « conspiration militaire »... De quoi faire travailler les imaginations.

Quelles que soient les raisons et les excuses avancées, les blessés ont dû se débrouiller seuls pendant des heures. Ils étaient au bord du découragement. L'un d'eux, Pierre Lota, raconte :

– Cinq minutes après le crash, j'ai repris conscience. Il y avait des cris et des gémissements de blessés. J'ai pensé tout de suite à sortir. J'ai récupéré le gosse qui voyageait seul à côté de moi. L'avion était ouvert, disloqué, il n'y avait plus de toit... On a marché un peu pour s'éloigner, de peur que ça n'explose. Plus tard, nous sommes revenus pour récupérer quelques blessés qui avaient les jambes cassées et ne pouvaient pas sortir. On avait vraiment très froid et l'on s'est tous rapprochés d'un petit feu à l'arrière de l'avion, qu'on a alimenté avec des branches d'arbres pour ne pas mourir de froid. On entendait quelques gémissements, mais sans pouvoir localiser à quel endroit des gens appelaient au secours. Vers minuit, on a décidé d'explorer l'épave pour essayer de trouver des couvertures. C'est à ce moment-là que l'on nous a trouvés.

– Le calvaire vécu par les survivants, parmi lesquels un enfant de 13 mois, est toujours très présent dans leurs esprits. Ils ne comprennent pas pourquoi il a fallu près de cinq heures avant que les premiers blessés puissent recevoir des soins. Le sujet reste sensible et, à chaque réunion de l'association des familles de victimes, le ton monte très vite pour mettre en cause et critiquer sévèrement les secours. S'ils avaient été plus rapides, au moins six autres personnes auraient pu avoir une chance de survivre. C'est difficile à accepter, l'accident s'étant produit à quelques kilomètres à peine de la capitale alsacienne et du Conseil de l'Europe...

Cette arrivée très tardive des secours n'est que l'un des éléments qui alimentent la douleur des familles des victimes, car douze ans après le crash, elles ne savent toujours pas la cause de la catastrophe. Comment peut-on faire son deuil alors que le procès devant dégager les responsabilités n'a toujours pas eu lieu ?

Pourtant, le juge Guichard, doyen des juges de Colmar, nommé pour diriger l'instruction, avait promis dès la première semaine que « tout serait fait pour aller vite ». Des experts sont nommés pour examiner tous les éléments disponibles : les boîtes noires, les débris de l'appareil, les témoignages des survivants et les différents équipements techniques au sol. En novembre 1993, la commission rend son rapport. Près de 500 pages de conclusions... qui ne concluent pas !

Le juge ne peut en retirer qu'une seule certitude : Air Inter a eu le tort de n'avoir pas installé de système d'alarme de proximité, un GPWS, actionnant un signal lorsque l'appareil se trouve trop près du sol. Air Inter était alors l'une des seules compagnies nationales au monde à ne pas en avoir équipé ses appareils, tout bonnement parce qu'elle attendait un système plus performant ! En effet, le GPWS se déclenchant parfois intempestivement en raison de problèmes de calibrage, il était apparu bien plus simple et surtout moins coûteux de s'en passer ! Si un tel détecteur de sol avait été à bord, il aurait alerté les pilotes douze secondes avant le crash. Largement de quoi réagir et reprendre de la hauteur... Pour ce manquement à la sécurité, la compagnie Air Inter est mise en examen par le juge Guichard.

En revanche, concernant les causes de l'accident lui-même, c'est le flou qui domine, hier comme aujourd'hui. Il est certain que l'appareil est descendu trop vite. Les pilotes croyaient être dans le couloir d'atterrissage prévu, à l'altitude prévue, mais en fait, ils se trouvaient déjà trop près du sol. Pourquoi ? Pour le BEA

(Bureau d'enquête des accidents), il n'y a pas de doute : ce sont les pilotes qui ont affiché un taux de descente anormal ; ils se sont trompés dans leurs paramètres. C'est à partir de ce moment que l'avion serait descendu quatre fois plus vite que la normale. Manque d'attention ? Fatigue ? Incompétence ? Pour Airbus, en tout cas, l'appareil n'est pas en cause.

– C'est une erreur humaine ! répète avec la régularité d'un métronome le consortium, particulièrement soucieux de protéger ses intérêts commerciaux. L'ergonomie du tableau de bord n'est pas en cause… La confusion, pour des pilotes respectueux des règles de vol, n'était pas possible !

Pourtant, il y a une autre explication. Sur l'ordinateur de bord, un seul bouton-poussoir permet de programmer, soit l'angle, soit la vitesse d'atterrissage, les deux paramètres étant possibles. Le pilote a alors entré les chiffres « 3,3 », pensant programmer un angle de descente de 3,3°, alors qu'en fait, il entrait une vitesse de descente de 3 300 pieds à la minute, beaucoup trop rapide. Les pilotes auraient donc été induits en erreur par la mauvaise ergonomie des boutons, ce que conteste vigoureusement Airbus. Par précaution, le ministère de l'Équipement ordonne tout de même au constructeur de modifier le tableau de contrôle pour que l'éventuelle confusion ne soit plus possible. Pour le gouvernement, c'est alors, officiellement, « une simple mesure de précaution ».

Nous sommes le 16 janvier 1994. Cela fait déjà deux ans que le vol Lyon-Strasbourg s'est écrasé. Les familles de victimes et les rescapés se retrouvent, pour se souvenir. Ils se sont constitués en association pour faire avancer plus vite les dossiers d'indemnisation, apporter un réconfort moral à ceux qui en ont besoin et aussi peser de tout leur poids dans la recherche des causes de l'accident. Une centaine de membres se sont donnés rendez-vous sur le lieu du crash, une petite balafre dans la forêt vosgienne. Tous les débris de l'A320 ont été enlevés, mais pour les personnes présentes, les images de l'accident sont toujours là. L'association a fait ériger une plaque commémorative et replanter 87 arbres :

– Nous ne voulions pas faire de ce lieu un cimetière, mais un lieu de recueillement digne et beau, se souvient Dominique, la compagne de l'une des victimes. Nous voulions que cette clairière soit touchée par le soleil lorsqu'il fait beau, que la nature reprenne ses droits.

Les familles attendent donc les conclusions de l'enquête. On commence à parler d'un procès « au plus tard au cours de l'année 1996 ». L'instruction se poursuit, mais les conclusions sur les responsabilités se font attendre. Le juge Guichard est en effet noyé sous les actes de procédure. Il a même dû acheter des fournitures de bureau sur ses propres deniers pour pouvoir travailler. Alors que 87 personnes sont mortes, il est seul à travailler sur un dossier qui dépasse déjà les 10 000 pages. Alors, le juge se fâche et menace de porter l'affaire devant les médias : un article dans *Le Canard enchaîné* serait du plus bel effet… Et, comme par miracle, la cour d'appel détache un magistrat pour l'épauler.

En janvier 1995, les choses s'accélèrent enfin avec les mises en examen de deux hauts responsables de la DGAC (Direction générale de l'aviation civile), l'organisme d'État qui homologue les avions. Ils sont mis en cause pour avoir autorisé la compagnie à naviguer sans alarme de proximité de sol. C'est la première fois que l'autorité de tutelle est mise en cause dans un accident. Le juge souligne également que le guidage opéré par la tour de contrôle n'a pas été totalement conforme aux règles et le chef de quart est également mis en examen pour une « phraséologie non réglementaire » et une « instruction de route incomplète ».

Les familles ne cachent pas leur satisfaction. C'est une vraie victoire puisque l'enquête remonte petit à petit la chaîne des responsabilités, une chaîne tout au bout de laquelle se trouve le consortium Airbus. Car l'association en est de plus en plus persuadée : c'est bien la conception même de l'A320 qui a contribué à semer le doute dans l'esprit des pilotes : le constructeur a donc sa part de responsabilité dans le drame. Les thèses de l'association Echo trouvent une nouvelle crédibilité grâce à l'un de ses membres, Hubert de Grollier, un commandant de bord travaillant sur l'A320 depuis 1989 et qui a perdu son fils dans le crash. Il lui a fallu du temps pour surmonter sa douleur, mais il s'est ensuite lancé avec ardeur dans l'étude du dossier d'enquête, refusant, comme plusieurs syndicats de pilotes, de voir uniquement l'équipage montré du doigt. Il connaît très bien l'avion et ne se laisse pas entraîner dans les premières conclusions des experts s'empressant de mettre hors de cause Airbus :

– Le pilote et le copilote ont été abusés par leurs instruments de bord, soutient-il. En lisant leurs écrans, ils pensaient se situer sur l'axe de la piste alors qu'au pire moment, ils s'en trouvaient éloignés de dix degrés ! Je ne vois aucun pilote civil piquer ainsi sur les Vosges ! L'équipage n'aurait jamais pris un tel risque.

Sans les fausses indications des instruments, fournies dans les deux minutes précédant l'accident, l'Airbus serait passé à plus de 30 mètres au-dessus de la Bloss. Alors, erreur humaine ou défaillance technique ?

– Airbus Industrie veut nous faire croire que les pilotes étaient des kamikazes et que le constructeur n'a commis aucune faute !

La thèse d'Echo est appuyée par le syndicat des pilotes d'Air Inter et par le syndicat national des pilotes de ligne, qui mettent également en cause la fiabilité du système VOR. Le VOR est un appareil qui donne aux pilotes les informations de positionnement horizontal de l'avion en analysant les signaux des balises radio situées au sol. Le soir du 20 janvier, les informations fournies aux pilotes comportaient une marge d'erreur trois fois supérieure à la tolérance admise… Ces données erronées auraient ainsi conduit l'avion sur un axe qui l'amenait forcément à percuter les Vosges. Cette analyse est aussi partagée par l'un des deux experts judiciaires nommés par le juge. Max Venet a modifié les conclusions de son premier rapport d'enquête dans lequel il estimait que le VOR n'était « pas directement » en cause. Désormais, il estime que la descente trop rapide était involontaire, liée au dysfonctionnement du dispositif de guidage radio, dont les erreurs cumulées ont abouti à un écart de trajectoire de sept degrés. Autrement dit, les erreurs du VOR ont laissé croire à l'équipage qu'il était en train d'arriver sur l'axe prévu alors qu'il en était encore éloigné de sept à huit degrés.

Évidemment, Airbus n'est pas du tout d'accord avec cette thèse et soutient que seuls les pilotes sont en cause : ils ont volontairement, par stress et incompétence, sélectionné une mauvaise vitesse de descente. Pas question de toucher à la supposée perfection de l'A320, à l'ergonomie du tableau de bord ou à la fiabilité du dispositif de guidage. Il est bien plus facile d'incriminer des hommes qui ne sont plus là pour se défendre.

Pourtant, les problèmes de positionnement des Airbus à cause du VOR sont bel et bien réels. Airbus est bien forcé de le reconnaître, ne serait-ce que du bout des lèvres, puisque d'autres pilotes ont fait l'expérience de mauvaises indications :

– Il s'agissait d'un problème avec l'antenne de réception du système située derrière un dispositif contre la foudre qui produisait des parasites, explique un technicien. Airbus a ensuite corrigé ce défaut sur ses nouveaux appareils, mais quelques erreurs ont continué à se produire.

Une note technique d'Airbus datée de septembre 1992 reconnaît d'ailleurs clairement que le système VOR « pouvait fluctuer jusqu'à une amplitude de plus ou moins 15 % » alors que la réglementation exige une marge d'erreur inférieure à 5 % ! Ce dysfonctionnement était connu d'Airbus depuis 1989, mais il n'était pas, selon le constructeur, « de nature à provoquer un accident ». Airbus s'empresse d'ajouter « qu'il n'y a aucune preuve établie de l'existence d'erreur du VOR dans cette phase de vol, seulement des suppositions ». Et quand bien même il serait prouvé que le VOR du Lyon-Strasbourg avait des problèmes de précision, cela ne proviendrait pas des instruments de bord, mais des balises au sol, peut-être brouillées à l'arrivée par des ondes parasites. De quoi orienter les investigations vers les radios FM, les radios amateurs, les cibistes… Tout plutôt que vers le constructeur.

Pour Me Ney, qui défendait alors les intérêts d'Echo, il n'y a pas de doute sur le fond de l'affaire :

– C'est cette erreur de positionnement qui a été fatale, car même s'il descendait beaucoup trop vite, l'avion n'aurait jamais heurté le sol en étant sur la bonne trajectoire. Or, il se trouvait à 2,8 km de l'axe d'atterrissage, et les conversations des pilotes montrent bien qu'ils ne s'en doutaient absolument pas !

Les familles de victimes laissent officiellement éclater leur colère devant l'inertie de la justice. Les années passent, et rien ne semble bouger.

– Il faut y voir l'influence d'Airbus, affirment certains. Les intérêts en jeu sont énormes ! Chaque report du procès est une année gagnée pour le constructeur !

Il est évident que le consortium n'est pas pressé de se voir traîner à la barre d'un tribunal. Plus les années passent et moins l'impact du procès sera fort. En 1992, l'A320 avait alors un peu plus de 3 ans d'existence, c'était le fleuron du constructeur, l'avion-miracle qui devait faire gagner des parts de marché substantielles face au concurrent Boeing. On chantait les louanges de ses innovations technologiques, son « cerveau » électronique, sa sécurité... C'était la revanche de l'Europe sur l'hégémonie aérienne américaine. Il est certain que les arguments commerciaux perdraient de leur poids après une éventuelle condamnation du consortium basée sur le mauvais fonctionnement de son électronique de bord... Le but d'Airbus est de préserver à tout prix son image et d'atteindre l'objectif fixé en 1988 lors du lancement de l'A320 : vendre au moins 20 000 appareils.

D'ailleurs, comme le souligne avec une certaine aigreur Alvaro Rendon, à chaque commémoration de l'accident, Airbus s'arrange pour faire paraître des communiqués de presse soulignant ses ventes records ou ses innovations. Non, vraiment, la société n'a aucun intérêt à ce qu'un procès ait lieu rapidement. Les « erreurs de jeunesse » de l'appareil ne doivent pas apparaître au grand jour, même si elles ont été corrigées depuis. Et la justice, c'est le moins que l'on puisse dire, ne presse pas le mouvement.

Les rapports succèdent aux rapports, les expertises aux contre-expertises, et l'association commence à se poser des questions sur la volonté du juge de boucler rapidement son instruction. D'autant qu'en 1995, François Guichard se fait élire à Strasbourg sur la liste de Catherine Trautmann lors des municipales. Le voilà nommé adjoint au maire de la sixième ville de France : il n'est plus juge qu'à 60 % de son temps, même si, affirme-t-il, « le crash est instruit à 100 % ».

Deux ans plus tard, en avril 1997, le juge annonce d'ailleurs dans la presse régionale qu'il jette l'éponge dans ce dossier sans fin pour des « raisons personnelles » :

– Je vais quitter mes fonctions à Colmar pour rejoindre Paris. Je ne pars pas comme un voleur. Depuis des semaines, je rédige une synthèse des 18 800 pages du dossier. Mon successeur disposera de ce document comme toutes les parties engagées dans l'enquête.

Pour Echo, cette annonce est une douche froide, une « trahison » : un nouveau juge signifierait encore des retards dans l'instruction, des conclusions à reprendre, de nouvelles expertises…

– Les intérêts personnels d'un juge et les intérêts économiques d'Airbus passent donc au-dessus de ceux qui ont pris cet avion et ne sont jamais revenus ! s'insurge l'association.

Finalement, François Guichard décide de rester à son poste, le temps de boucler une instruction qui n'en finit pas. Quelques mois plus tôt, il vient de mettre en examen pour homicides et blessures involontaires un ancien cadre d'Airbus, Bernard Ziegler, qui était directeur technique du constructeur lors de la mise au point de l'A320. Officiellement, Airbus est cette fois mis en cause pour l'ergonomie trompeuse de son tableau de bord. C'est une vraie satisfaction pour les familles de victimes, mais elle a un prix que le président de l'association, Alvaro Rendon, résume ainsi :

– Le juge nous a mis à ce moment-là une sorte de marché entre les mains. Comme les experts n'étaient pas d'accord entre eux sur la question de la responsabilité éventuelle d'Airbus, c'était à lui de choisir quelles thèses étaient privilégiées. Il nous a clairement fait comprendre que si nous acceptions de ne pas poursuivre dans notre volonté de mettre en cause Airbus, alors il n'y avait pas besoin de poursuivre les expertises et nous pouvions aller au procès. Fallait-il laisser tomber la controverse sur le constructeur ? Nous avons décidé que non. Résultat : sept ans après, nous en sommes toujours à attendre l'expression de la justice. Mais je ne regrette rien… Nous ne voulions pas que seuls les lampistes paient !

Toujours en 1997, un rebondissement digne d'un roman d'espionnage vient relancer les rumeurs de manipulation. L'une des familles membres de l'association Echo demande à son avocat de lui remettre la copie audio des dernières minutes de conversation entre les pilotes et la tour de contrôle pour les faire écouter à des journalistes et leur montrer que « l'ambiance était détendue à bord ». Les journalistes réalisent à l'écoute que les quinze dernières secondes de cette bande ne sont pas les mêmes que celles qui ont été décryptées dans le rapport officiel. La phrase « On arrive sur l'axe, là, voilà, il a été au soixante » est devenue « On arrive sur l'axe, à dix nautique de la finale ». Cela ne change pas fondamentalement l'interprétation des dernières secondes, mais contribue à jeter le trouble : pourquoi ce faux grossier qui ne résiste pas à une analyse de base ? Et qui a pu récupérer la bande originale initialement détenue par l'avocat pour la copier et la modifier ?

– C'est une tentative de déstabilisation de l'enquête ! s'insurge alors Me Guy Michel Ney, le conseil juridique de l'association Echo. Trafiquer une bande, cambrioler sans traces un cabinet d'avocat, y opérer la substitution de la bande originale, manipuler une famille de victime, c'est du travail de professionnel, la marque d'une organisation structurée !

Mais cet épisode troublant n'a jamais reçu d'explications satisfaisantes.

En 2001, le juge Guichard se retire cette fois définitivement de l'affaire sans être parvenu au bout de son travail. Comme il le souhaite depuis des années, il s'installe dans la capitale, comme inspecteur à la mairie de Paris.

– Nous trouvons scandaleux, s'insurge le président d'Echo, que le système judiciaire français permette à un magistrat de quitter une instruction sans avoir clos le dossier ! Surtout celui-ci, qui est énorme et compliqué. C'est se moquer des victimes ! Des victimes et de la justice !

La juge qui succède au juge Guichard hérite d'un dossier monumental qui occupe cinq armoires entières du tribunal de Colmar. Mais elle a tout juste le temps de prendre connaissance du dossier qu'elle doit déjà partir en congé maternité… Le juge André Schmitt, nommé en remplacement, se plonge à son tour dans les milliers de pièces et réclame quelques expertises complémentaires. Cela n'en finit pas. Chaque année, depuis 1996, les différents magistrats et avocats annoncent que « la fin de l'instruction est imminente », que le procès « aura lieu l'année prochaine ». Mais les familles ne voient rien venir, et le juge est sans cesse accaparé par d'autres dossiers : 145 au début de l'année 2004 ! Comment prétendre aller vite dans ces conditions ? D'autant que le nouveau prérapport d'analyse, rendu public début 2004, met clairement en cause les appareils de positionnement par rapport au sol. Ceux-ci, expliquent les experts, ont affiché de mauvaises indications sur l'écran de navigation, induisant les pilotes en erreur. Cela n'a rien de très nouveau : c'est la thèse soutenue par Echo depuis 1994 ! Pourtant, des analyses complémentaires sont demandées... Cela fait maintenant plus de dix ans que les experts tournent en rond, se contredisent sur quelques points de détail, entraînant de nouvelles études dont les conclusions ne sont rendues qu'au bout d'un ou deux ans. Ce cycle pourrait bien ne jamais s'arrêter.

– Ce que nous savons aujourd'hui suffit pour qu'un procès ait lieu ! Que l'on juge les responsables, puisqu'on les connaît ! s'indigne le mari de l'une des victimes.

Le 18 janvier 2004, les membres de l'association Echo se retrouvent pour leur douzième cérémonie du souvenir. Sur le parking proche du mont Sainte-Odile, ils ont garé leurs voitures à côté de celles de dizaines de journalistes. La neige qui recouvre le petit chemin de terre crisse sous les pas qui se font de plus en plus lourds au fur et à mesure de l'ascension de la Bloss. L'émotion est toujours la même après tout ce temps. La clairière qui marque l'endroit du crash s'est en partie reboisée sous l'œil vigilant de trois statues de pierre qui veillent sur la mémoire des 87 personnes ayant trouvé ici la mort. Florian, tout juste 12 ans, n'a jamais connu son père, dont le nom est gravé sur la plaque commémorative recouverte de fleurs. Le garçon symbolise tristement les lenteurs inconcevables de l'instruction. Les visages sont graves, la douleur, palpable. Cette cérémonie commémorative rituelle prend cette année une autre dimension puisque, pour la première fois, une autorité officielle nationale a fait le déplacement pour y assister et parler longuement aux familles. Dominique Perben, garde des Sceaux, reconnaît que « douze ans d'enquête, ce n'est pas acceptable ». Dans cette affaire, c'est la crédibilité de la justice qui est en cause :

– Il faut se doter de capacités d'expertise plus rapides et plus fiables, mais aussi plus indépendantes, notamment des groupes économiques.

Ces propos réchauffent le cœur des membres de l'association, qui répètent depuis dix ans que les batailles d'experts sont trop longues, stériles, et qu'elles sont moralement sous la coupe indirecte d'Airbus. Ces experts sont tous d'anciens pilotes d'Air France ou d'anciens cadres de la DGAC... Ils n'ont pas non plus toujours la disponibilité nécessaire pour s'occuper à plein temps de leurs dossiers, certains assurant même, en parallèle, des fonctions de commandant de bord. Le développement du trafic aérien et, concomitamment, des accidents, ne justifierait-il pas la création d'un bureau d'experts exerçant à temps complet, totalement indépendants et parfaitement formés ?

D'ailleurs, si le ministre a fait cette année-là le déplacement jusqu'au mont Sainte-Odile, c'est aussi parce que l'actualité a remis les accidents d'avion sur le devant de la scène médiatique. Quinze jours plus tôt, un Boeing s'est abîmé en mer, en Égypte, au large de Charm el-Cheikh, faisant 148 victimes, dont 133 Français.

– Espérons que les familles de ces victimes pourront, elles, accéder à la justice dans des délais raisonnables, souhaite Alvaro Rendon. Notre propre colère éclate face à la lenteur insupportable de cette justice et face aux moyens qu'elle laisse aux victimes lorsqu'elles sont opposées aussi longtemps à des adversaires bien plus puissants qu'elles !

Dominique Perben promet de débloquer des moyens supplémentaires pour faire avancer l'enquête sur le crash du mont Sainte-Odile :

– Désormais, le juge d'instruction s'occupera uniquement de ce dossier pour que cette affaire soit rapidement réglée.

Mieux vaut – très – tard que jamais !

Le procès arrivera forcément un jour ou l'autre, fin 2006 dans le meilleur des cas. Le tribunal correctionnel aura à dégager les responsabilités de chacun et devra dire la vérité sur cet accident, qui n'était pas une fatalité et qui aurait pu être évité. Toutefois, il ne s'interrogera pas sur la lenteur des secours, le juge d'instruction ayant estimé que personne n'était responsable de l'approximation des premières recherches. Mettre près de cinq heures pour retrouver un Airbus qui s'est écrasé à quelques kilomètres du Conseil de l'Europe serait donc normal ? Les blessés qui ont attendu dans la neige n'ont pas la même vision des choses. Sans parler de ceux qui sont morts plusieurs heures après le crash, faute de prise en charge…

Ce procès au pénal est très attendu, mais aussi redouté. Car, pour les familles de victimes, pour les rescapés, il faudra alors revivre les minutes de la catastrophe et les années de calvaire judiciaire : un combat « long, âpre et douloureux ». Ces personnes attendent, en tout cas, de plus en plus impatiemment, « que la justice des hommes leur accorde enfin un procès qui seul leur apportera la paix ». Les victimes, quelles qu'elles soient, ont besoin de vérité.

Le massacre de l'Ordre du Temple Solaire

On leur promettait de rejoindre Sirius, ils n'ont trouvé que la mort : les membres de l'Ordre du Temple Solaire ont péri brûlés ou assassinés par balles. Des massacres qui illustrent l'incompétence des pouvoirs publics dans la politique de lutte contre les sectes, d'autant que les massacres se sont poursuivis après la mort des gourous, et que l'on connaissait les dangers de la secte.

C'est un paysage typique des Alpes suisses. Sur le flanc de la montagne s'accrochent des chalets en bois. Même si les sapins ne sont plus très nombreux ici, l'air est tellement pur qu'il brûle les poumons et le regard n'est arrêté que par les hauts sommets environnants. Salvan est un paradis pour les amoureux d'excursions l'été et de ski pendant l'hiver. La nuit est tombée depuis longtemps, mais il y a de la lumière dans deux des trois propriétés situées un peu à l'écart, au lieu dit « les Roches de Cristal », où il semble y avoir une fête puisque de nombreuses personnes entrent et sortent, passent d'un chalet à l'autre. Il y a là vingt-cinq hommes, femmes et enfants. Dans quelques heures, tous seront morts.

Le dîner a été servi, les conversations vont bon train et le vin coule à flot. Le grand ordonnateur de cette soirée s'appelle Joseph (Jo) Di Mambro, 70 ans, fils d'immigrés italiens, ancien bijoutier reconverti dans l'occultisme. Sur son passeport, il aurait pu faire figurer « gourou de l'Ordre du Temple Solaire ». Tous les regards des convives se posent fréquemment sur cet homme fatigué, comme à la recherche d'un ultime message à lire sur ce visage trop rond, moustachu, surmonté d'une perruque qui ne trompe personne.

– Tu es magnifique comme ça, ma chérie...

Di Mambro sourit à sa fille de 12 ans qui danse au milieu de la pièce. « Emmanuel » s'est amusée à se maquiller, gros rouge à lèvres, contour des yeux au crayon et fond de teint. Elle improvise une chorégraphie avec deux autres enfants, sous les encouragements des adultes. Tout le monde adore cette charmante jeune fille au rire cristallin. Ce n'est pas une enfant comme les autres, c'est elle qui représente l'espoir de la secte : elle est « l'enfant solaire ». Le nouveau Christ. La cérémonie qui a présidé à sa conception reste dans les mémoires des sept personnes choisies pour assister à ce rituel magique. Parmi elles, le célèbre chef d'orchestre, Michel Tabachnik. Dans le sanctuaire de Saconnex-d'Avre, Jo Di Mambro avait revêtu sa cape noire pour officier. Après de longues prières et méditations, l'image d'un grand maître venu de l'ancien temps s'était matérialisée, image diaphane dans le noir quasi complet qui tenait dans la main la longue épée rituelle. Un trait de lumière en avait jailli pour éclairer la gorge de « l'élue », Dominique

Bellaton. C'est elle qui était choisie pour enfanter le sauveur de la nouvelle génération. Les adeptes sont sous le choc. Ils ont du mal à retenir des larmes de bonheur. Pas un seul instant ils n'imaginent que le fameux trait de lumière n'est qu'une ampoule fixée au bout de l'épée et que le grand maître n'est autre que l'épouse de Di Mambro, Jocelyne, qui n'a pas de mal à faire illusion avec un long habit noir et un peu de maquillage.

Pour les fidèles, l'enfant qui naît neuf mois plus tard a donc été conçu sans contact sexuel, comme Jésus, par la simple stimulation des amygdales de la mère, son organe sexuel atavique. Après l'accouchement, Di Mambro a juste un peu de mal à expliquer pourquoi le « nouveau Christ » est en définitive une fille…

– C'est parce que la mère n'était pas totalement pure… Qu'importe, l'enfant est bien un garçon, mais dans un corps de fille. Nous l'appellerons donc Emmanuel, au masculin.

Les fidèles doivent donc dire « il » pour parler de la fille du gourou, qui, rapidement, ne cache plus des relations bien charnelles avec la plantureuse Dominique Bellaton. Quatre ans plus tard, il reconnaîtra d'ailleurs devant l'administration française être le père de l'enfant, mais cela se fera en cachette : pour les adeptes, celle que l'on surnommera « Doudou » est bien l'enfant cosmique.

****

Douze ans plus tard, dans le chalet de Salvan, la jeune fille reprend en chœur la chanson entonnée par tout le groupe : *Les Chevaliers de la Table ronde*… Puis, le repas se termine, de petits groupes se forment, la tension qui habite les convives se fait plus forte : tous savent ce qui les attend. Un peu à l'écart, un homme ferme les yeux, tentant d'entrer en transe.

– Je n'y arrive pas…

Assis à ses côtés, il y a Luc Jouret, le bras droit de Di Mambro, celui qui, par son charisme, son charme et ses connaissances médicales, a attiré la plupart des membres du Temple Solaire.

– Recommence… Concentre-toi ! Tu vas y arriver…

Les deux hommes ralentissent leurs respirations, les gestes se font plus lents, les corps dodelinent et tombent dans un profond sommeil. Le cocktail chimique que Jouret leur a injecté fait son effet. Dans les deux chalets, tous les corps s'affaissent progressivement. Jo Di Mambro observe la scène. Il rallume la caméra qui ne l'a pas quitté de la soirée et monte à l'étage. Sur le lit de la mezzanine, comateuse, Doudou serre son ours en peluche, tout près d'Aude, 15 ans, la fille de sa dernière maîtresse en date. Jocelyne Di Mambro est là aussi, un œil encore ouvert, la bouche déformée par un dernier rictus. Les barbituriques l'ont déjà emportée dans un autre monde.

Il est 23 h 30 lorsque Di Mambro passe alors un dernier coup de fil sur son téléphone portable pour donner l'ordre de passer à la dernière phase de son plan d'autodestruction. Avec Jouret, ils s'étaient toujours dit que, s'il devait y passer, il fallait que tous le suivent, comme une ultime victoire. À son tour, donc, il laisse les produits chimiques envahir son organisme et se laisse tomber sur le sol, mettant un point final à une existence dont la plus grande partie a été vouée au culte de sa propre personnalité et à son enrichissement par la mystification. Sans doute a-t-il alors en tête les noms des cinquante-deux autres personnes qu'il emmène au même moment avec lui, comme un pharaon entouré de ses fidèles qui continueront de le servir dans l'au-delà.

Quelques minutes plus tard, le dispositif de mise à feu fait jaillir une étincelle qui se propage aux bonbonnes de gaz stockées dans le chalet. Les flammes partent en quelques minutes à l'assaut des parois de bois, comme pour effacer les traces de la folie des hommes.

Au même moment, un dispositif similaire entre en fonction à Cheiry, autre petit village des Alpes suisses situé dans le canton de Fribourg.

La ferme de la Rochette, appartenant à plusieurs membres de l'Ordre du Temple Solaire, est en flammes. Lorsque les pompiers arrivent sur les lieux, prévenus par les clients d'un restaurant voisin, les tôles des petits bâtiments sont déjà tordues sous l'effet de la chaleur et une épaisse fumée envahit les alentours. Deux voisins sont arrivés sur place un peu avant les pompiers. Ils ont été obligés de casser la fenêtre de la cuisine pour entrer, toutes les portes étant fermées à clé.

– Il n'y a personne au rez-de-chaussée... Je monte ! Il y a peut-être du monde dans les chambres ! dit le plus jeune entre deux quintes de toux.

L'une des portes des chambres est fermée à clé. Il l'enfonce d'un coup d'épaule et, dans l'obscurité de la pièce, devine un corps allongé sur le lit. Il se précipite. Il est évident qu'il est bien trop tard. Malgré le sac plastique qui lui recouvre la tête, il n'y a pas de doute sur son identité : c'est Albert Giacobino, le propriétaire de la ferme, un retraité reconverti depuis plusieurs années dans l'agriculture biologique.

– On a pensé tout d'abord qu'il s'était suicidé après avoir mis le feu à la ferme...

Quelques instants plus tard, les lances des pompiers se mettent en action. Pendant trois heures, les hommes combattent sans relâche l'incendie. Il est déjà près de 5 heures du matin lorsqu'ils parviennent au sous-sol des bâtiments désormais en grande partie dévastés. Sur une table, il y a encore les restes d'un repas, manifestement bien arrosé, puisque plusieurs bouteilles de champagne sont posées à même le sol. Les flammes ne sont pas parvenues jusque-là, et la rose rouge posée au centre de la pièce est intacte. Sous la lumière violente des projecteurs portatifs, les soldats du feu fouillent les lieux.

– On dirait qu'il y a une autre pièce, par là...

La porte dérobée ne résiste pas longtemps. Le spectacle que les pompiers découvrent alors est littéralement insoutenable et ils ont encore du mal à évoquer la scène aujourd'hui.

Vingt-deux autres cadavres gisent à même le sol ! Certains avec un sac plastique sur la tête. Le sol est maculé de sang, il y a des douilles de carabine partout, une soixantaine, et vingt corps portent la trace des impacts, une fillette est retrouvée nue sous sa cape de cérémonie : une véritable boucherie…

Quelle folie a pu se déchaîner dans cette pièce située dans le sous-sol de la ferme, un endroit qui faisait office de sanctuaire pour les adeptes de l'OTS ?

L'autopsie montre que les victimes sont là depuis deux jours, attendant la mise à feu finale, synchronisée avec celle de Salvan. La tuerie a eu lieu dans la nuit du 2 au 3 octobre. Des témoins se souviennent avoir vu une Ford Fiesta rouge quitter la ferme en pleine nuit. À bord, il y avait plusieurs personnes, sans doute quatre. Parmi elles, Joël Egger, l'un des plus fervents adeptes de l'OTS, celui que Di Mambro a désigné pour être « l'exécuteur » et dont on retrouvera le corps à Salvan, trois jours plus tard. C'est lui qui a acheté, près de Fribourg, la carabine 22 long rifle ayant servi au massacre. Âgé de 34 ans, ancien chanteur dans un groupe de rock, mécanicien, puis employé dans une société de géologie, il se sent investi d'une mission sacrée au sein de l'OTS et voue un culte sans limites à Luc Jouret. Lorsque celui-ci lui a demandé, ainsi qu'à sa femme, de « s'entraîner au tir à balles réelles », il n'a pas hésité à s'inscrire dans un centre de tir privé pour apprendre le maniement des armes :

– Il était très curieux de la manière dont un tireur doit maîtriser son mental, se souvient le patron de l'endroit.

En bon soldat, lorsqu'il reçoit le feu vert, Joël Egger se rend à Cheiry et s'acquitte de sa mission. Il tire sur chacun des membres de la secte, dont la plupart ne savaient pas, en venant, ce qui allait se passer. On leur avait juste promis une cérémonie rituelle, l'une de ces merveilleuses soirées où apparaissent par magie les images des grands maîtres de l'Ordre et où l'on médite sur les textes annonçant l'apocalypse. Ce soir-là, c'est donc Egger qui s'est livré à un effroyable rituel dans le sanctuaire.

Mais « l'exécuteur » ne pouvait pas être seul. Il a fallu réunir tous les adeptes, lier les mains derrière le dos de certains d'entre eux, passer des sacs de plastique sur la tête de plusieurs d'entre eux, puis tirer des dizaines de coups de feu (certains corps présentaient neuf impacts). Des corps, comme celui du trésorier dissident de la secte, ont également été traînés d'une pièce à l'autre… Les victimes ont sans doute été tuées par surprise, après avoir été droguées, mais des signes montrent que certaines ont tenté de résister, de s'enfuir. C'est le cas de Marie-Louise Rebaudo, 52 ans, fâchée avec la secte, qui n'avait accepté de participer à la soirée que pour faire signer des papiers, sans doute des reconnaissances de dettes.

Il est donc très peu probable qu'un seul homme ait pu se livrer à un tel massacre sur vingt-trois personnes, pourtant les enquêteurs n'ont jamais pu déterminer avec certitude qui étaient alors les autres tueurs. On suppose que Joël Egger était accompagné de Jean-Pierre Larchandet, policier, de Patrick Rostan, également policier, et de Patrick Vuarnet, le fils de l'ancien champion olympique de ski. Aujourd'hui, les enquêteurs ont seulement la certitude que c'est ce dernier qui avait loué la Ford rouge, quelques jours plus tôt. Les conditions exactes du « nettoyage » de Cheiry restent très floues.

Quatorze mois plus tard, les corps des trois suspects seront retrouvés dans la forêt du Vercors. La surveillance policière dont ils faisaient l'objet s'était très largement relâchée, en tout cas suffisamment pour leur donner la possibilité de préparer dans ses moindres détails un nouveau massacre…

Lorsque les pompiers pénètrent dans les chalets de Salvan, la plupart des corps sont méconnaissables. Il faudra cinq jours pour que le médecin légiste puisse affirmer, grâce aux empreintes dentaires, que les deux « têtes pensantes » de la secte, Luc Jouret et Jo Di Mambro, figurent bien parmi les victimes.

Les échos très médiatiques des deux massacres font le tour du monde en quelques heures. Les journalistes sont sur les dents, la plupart ne sachant même pas où peuvent bien se trouver les villages de Salvan et Cheiry. Pendant des semaines, la cacophonie est totale, renforcée par la communication chaotique de la justice helvétique. Il est vrai que le juge Piller, chargé de l'enquête, ne connaît rien aux sectes, et encore moins à l'Ordre du Temple Solaire, dont il apprend tout juste l'existence. Il n'est pas le seul.

– Qu'est-ce donc que cette bande d'illuminés ?

Cette question va mobiliser tous les enquêteurs, toutes les rédactions, mais personne ne réussira totalement à lever le voile sur l'OTS, dont l'histoire est noyée dans une nébuleuse d'associations, de sociétés, de groupes de réflexion, de sociétés secrètes. Le parcours de Jo Di Mambro et de Luc Jouret est édifiant et montre à quel point les experts en manipulation peuvent arriver à leurs fins, sans que la justice s'y intéresse le moins du monde. En tout cas, pas avant qu'il ne soit trop tard.

C'est en 1955 que Joseph Di Mambro trouve sa vocation. Il a une véritable révélation en assistant à une conférence de l'AMORC, l'Ancien et Mystique Ordre de la Rose-Croix, mouvement philosophique dont l'enseignement humaniste est ouvertement réservé à une « élite » de l'humanité. Di Mambro, qui s'est dès son plus jeune âge cherché un destin exemplaire, adhère pleinement au discours de l'AMORC et surtout à ses mystères. Très vite, il entre dans une loge et affirme avoir des visions :

– J'ai vu un œil immense dans le ciel avec des « puits de lumière » descendant vers la Terre, vers un homme à genoux... Cet initié, c'était chacun d'entre nous, mes frères !

Et, à sa propre surprise, les autres adeptes l'écoutent, le respectent malgré son manque de charisme physique. Il savoure pleinement l'effet produit sur les esprits lorsqu'il parle avec une conviction inébranlable des messages que lui transmettent les grands maîtres et de la « puissance infinie du mental ». Parallèlement, il se passionne pour l'histoire des Templiers, ces chevaliers aux bras infaillibles, véritable armée de l'ombre dont il admire l'antique puissance occulte. En 1972, il laisse tomber son activité de bijoutier exercée sans grand succès pour s'installer comme psychologue à Pont-Saint-Esprit, surfant sur la vague baba cool de l'après 68. Ce sera un bon apprentissage de l'exploitation de la fragilité psychique humaine.

Le deuxième pilier du futur OTS, Luc Jouret, a également une véritable révélation à la suite d'une pénible maladie des os, une coxarthrose qui le laisse dans l'incapacité d'exercer le moindre sport, lui qui ambitionne de devenir professeur d'éducation physique et de briller comme judoka. Il vient à peine d'avoir 20 ans. À son chevet, les médecins succèdent aux médecins : ils sont incapables de lui apporter la moindre lueur d'espoir malgré des ordonnances de plus en plus complexes. Luc Jouret en a assez de leurs discours stéréotypés, alors, comme de toute façon il n'a rien à perdre, il s'intéresse à l'homéopathie. Un praticien japonais le prend en main et lui impose un strict régime alimentaire et des décoctions.

Les résultats sont progressifs, lents, mais ils sont là : au bout d'un an, Jouret peut de nouveau marcher presque normalement et les douleurs sont moins lancinantes. Il guérira complètement et ressortira de l'épreuve persuadé que l'avenir de l'homme passe par les médecines parallèles et la méditation. Comme un défi, il suit alors avec acharnement des études de médecine, obtient son diplôme en 1974 et s'installe à Bruxelles. Il donne des conférences, de plus en plus courues, et n'hésite pas à défendre publiquement l'hypnose et les capacités des guérisseurs, à tel point qu'il sera suspendu provisoirement. Une sanction qui ne fait que renforcer sa détermination. Au cours de l'une de ces conférences, il y a dans le public quelqu'un qui ne le quitte pas des yeux, impressionné par la passion du médecin et par la fascination qu'il exerce sur l'assistance, surtout sur les femmes. C'est Jo Di Mambro.

Le psychologue autodidacte a été entraîné dans cette conférence par l'un des membres de la *Golden Way*, la communauté qu'il a réussi à constituer autour de sa personne. Pour ceux qui font office d'adeptes, il n'est déjà plus Jo Di Mambro, mais la réincarnation d'un maître Templier, capable de s'entretenir avec les entités de l'au-delà, détenteurs des rituels secrets. Autour de la *Golden Way* gravite bientôt un jeune chef d'orchestre que les dorures de la propriété achetée par le groupe (« La Pyramide ») et le discours hermétique fascinent : c'est Michel Tabachnik. C'est par sa femme, qui fréquentait le même cours de relaxation que l'épouse de Di Mambro, qu'il en est venu à fréquenter ce qui se transforme progressivement en une dangereuse secte. Tabachnik représente alors une formidable caution intellectuelle.

À la fin de l'année 1980, Luc Jouret entre donc en contact avec la *Golden Way* par Di Mambro, qui met les petits plats dans les grands pour le séduire, pour le flatter, affirmant qu'il doit accomplir une « destinée ». Et ça marche. Jouret, qui a des problèmes dans son couple et vient de perdre son fils, mort quelques jours après sa naissance, se sent en confiance avec le patron de la communauté. Officiellement, la *Golden Way* est présidée par Michel Tabachnik, mais c'est bien Di Mambro qui tire toutes les ficelles. Surtout les plus grosses.

Grâce au talent d'orateur de Luc Jouret, grâce à sa caution de médecin homéopathe, et à son charme, les adeptes sont de plus en plus nombreux. Jouret s'immerge totalement dans ce nouvel univers avec lequel il se sent parfaitement en phase. Di Mambro ne lui a-t-il pas solennellement révélé qu'il était, lui, le petit médecin, la réincarnation du grand Bernard de Clairvaux ? Que Jouret l'ait réellement cru ou pas, il endosse avec ravissement la pelisse du saint fondateur des Templiers. D'autant que l'argent coule à flot. Car la finalité de la *Golden Way* reste bien de tirer le maximum de fonds de leurs adeptes : grosses voitures, déplacements à l'étranger, défraiements somptuaires, maisons, fermes, appartements… La vie quotidienne devient de plus en plus agréable pour les deux piliers de la secte.

Les cérémonies dans le « sanctuaire » se transforment en de véritables spectacles avec Luc Jouret et Di Mambro comme chefs d'orchestre. On y parle nourriture biologique, acupuncture, harmonie universelle et… fin du monde. Car le principal message de l'OTS est basé sur les menaces qui pèsent sur l'humanité, proche de la destruction finale : seuls quelques élus seront choisis pour survivre dans les sanctuaires aménagés par la secte.

Jo Di Mambro se déguise désormais en Templier avec une grande cape dorée, symbole de son pouvoir, les autres membres se voyant attribuer des couleurs en fonction de leurs mérites. Les membres de la communauté qui ont conservé un travail à l'extérieur cèdent la quasi-intégralité de leur salaire, les autres passent leur temps à cultiver le potager qui les nourrit, à entretenir la maison et à obéir aux ordres de celui qui affirme très sérieusement être la réincarnation de Moïse. Mais qu'importent les sacrifices puisque c'est lui qui guidera les élus vers le Salut ! La récompense immédiate arrive le soir, après la journée abrutissante. Dans le sanctuaire. Réunis en demi-cercle dans l'obscurité du sanctuaire, ils psalmodient des heures, jusqu'à l'apparition merveilleuse de l'un des maîtres ancestraux : une longue silhouette à la figure blanche qui semble flotter au-dessus du sol. En fait, il s'agit de la femme de Di Mambro, juchée sur un tabouret…

Parfois, merveille des merveilles, le Saint-Graal apparaît dans un frémissement de lumière ! Dommage, il ne s'agit que d'un hologramme… Mais la musique tonitruante (souvent composée spécialement par Michel Tabachnik) contribue à faire perdre tout repère à ces hommes et ces femmes perturbés.

Comment douter de la légitimité du gourou après avoir été témoin de tels phénomènes ? Des centaines de personnes y ont cru (jusqu'à un millier selon certaines listes retrouvées dans les propriétés de la secte) et sont devenues fanatiques, corps et âmes. Le plus surprenant est sans doute que des hommes et des femmes intelligents aient pu se laisser aussi facilement abuser et endoctriner. Il y a là des artistes de réputation internationale, des cadres supérieurs, des juristes, des gens instruits qui perdent pourtant tout sens critique, toute lucidité, dès lors qu'ils entrent à la *Golden Way*, structure qui devient en 1990 l'Ordre du Temple Solaire.

Le cas de Camille Pillet est exemplaire. Ce sexagénaire hypocondriaque a eu recours aux services du docteur Jouret comme homéopathe, alors qu'il était atteint d'un cancer. Fasciné par le charisme du praticien et par son discours « naturaliste », il rejoint la secte et, totalement sous l'influence de Jouret, qui sera un temps son amant, il devient l'un des membres les plus fanatiques et les plus courtisés. Car l'homme est riche. Il a revendu les actions qu'il possédait dans l'entreprise de montres Piaget avec un énorme bénéfice dont il fait, c'est une évidence, don à l'OTS. Son corps a été retrouvé dans le sous-sol de Cheiry.

Les maîtres de l'OTS sont désormais tout-puissants, y compris sur le plan sexuel. Ils font et défont à leur guise les couples, célèbrent des mariages cosmiques et distribuent leur « sainte semence » aux adeptes. Certains se souviennent de ces petits gobelets de sperme que Jouret faisait boire aux fidèles lors de rituels de purification !

Mais, à la fin des années 80, la belle mécanique mise au point commence à montrer des signes de faiblesse. La première déconvenue sérieuse vient de la Martinique. Luc Jouret y a installé une loge et a recruté une cinquantaine d'adeptes. Il leur annonce la fin du monde pour le 1er janvier 1987 : c'est sûr, l'île sera engloutie ! Les adeptes vendent alors leurs maisons, leurs voitures, empruntent massivement pour financer l'installation d'un sanctuaire de survie au Canada. Mais le 1er janvier, rien ne se passe. La seule chose qui coule, c'est le champagne et le punch.

– Ce n'est que partie remise… Tenez-vous prêts ! assure Jouret.

Les adeptes sont tout disposés à le croire tant son emprise est grande, mais le représentant local de l'ADFI, l'Association de défense des familles et de l'individu, a vent de l'affaire. Il réunit quelques familles dont les proches sont tombés dans les filets de Jouret et organise une confrontation tonitruante. Jouret est malmené, menacé. Il craint pour sa vie et, finalement, quitte définitivement la Martinique. C'est un beau fiasco qui mène, pour la première fois, la secte aux portes de la justice.

Un autre épisode ébranle l'organisation, cette fois au Québec.

En cette fin 1992, la police de Montréal est sur les dents : elle vient de prendre connaissance d'une série de menaces téléphoniques visant des membres du gouvernement.

– Si le ministre de la Sûreté ne change pas de politique dans les trois mois, il sera assassiné et plusieurs bombes exploseront dans des réserves indiennes ! Suivez nos instructions !

La menace est prise au sérieux et une enquête de grande ampleur est lancée. Rapidement, les informations remontent par le biais des indics de la police :

– Un homme cherche à se procurer une arme munie d'un silencieux... Il dit que le prix n'a pas d'importance, que son organisation a de l'argent pour payer.

Cet homme, Hermann Delorme, est mis sur écoute. Ses conversations révèlent ses liens avec l'OTS, dont il est l'un des membres clé au Québec. L'un de ses « contacts » s'appelle Jean-Pierre Vinet, cadre supérieur à Hydro-Québec. C'est la principale entreprise de la province, l'équivalent d'EDF, et la police se rend compte qu'elle a été littéralement noyautée par l'Ordre du Temple Solaire. Une quinzaine de cadres appartiennent à la secte, à laquelle ils versent une partie de leur salaire. Ils organisent également des réunions occultes dans les locaux de la société. Là encore, c'est Luc Jouret qui les a recrutés à l'issue de séminaires sur le développement personnel. Jean-Pierre Vinet s'entretient régulièrement avec Luc Jouret, sans savoir que les conversations sont soigneusement enregistrées :

– On est au bout des choses, lui confie un jour Jouret. Ici, tout le monde devient malade, c'est un signe. Ce sont des virus qui ne les lâchent plus. (...) Ça devient terrible, on vit une fin de fou. Enfin, bref, on arrive au bout. (...) Quelle planète ! mon Dieu ! Qu'est-ce qu'on a foutu de descendre sur cette merde !

À ce moment, la secte a sans doute déjà décidé de se saborder. La justice canadienne ne condamnera finalement Delorme, Vinet et Jouret qu'à de légères peines d'amendes pour trafic d'armes prohibées. Mais pour l'OTS, le coup n'est pas passé loin.

Si la justice avait voulu en savoir un peu plus long sur les activités de l'OTS et sur ses buts, si elle avait voulu décrypter réellement les propos de Jouret, les massacres n'auraient peut-être jamais eu lieu.

L'âge d'or de l'OTS est désormais révolu. Peut-être la décennie 90 est-elle moins naïve que les deux précédentes ? Le mysticisme de pacotille ne marche plus aussi bien. Avec les ennuis de l'Ordre en Martinique et au Québec, certains adeptes commencent à douter et à se rendre compte qu'ils ont gâché leur vie et gaspillé leur fortune dans une structure qui ne leur apporte rien de solide. La peur des fameux grands maîtres, dont ne cesse de parler Di Mambro et qui sont censés vivre dans un souterrain à Zurich, perd de son efficacité. Même le propre fils du gourou, Élie Di Mambro, quitte la secte et révèle que son père puise copieusement dans les caisses de l'organisation pour son usage personnel : près de 15 000 euros par mois transitent par l'un de ses nombreux comptes en banque ; ils s'ajoutent à son « salaire » de 20 000 euros. De quoi payer les Mercedes et la Jaguar qui dorment dans ses garages. Plusieurs adeptes s'en vont et, sacrilège, demandent le remboursement de grosses sommes qu'ils ont prêtées à la secte pour aménager les sanctuaires de survie. Les tensions dans le groupe prennent progressivement des proportions inquiétantes et le charisme de Luc Jouret ne suffit plus à captiver les adeptes.

Au cours de l'année 1993, Di Mambro et Jouret sentent bien que le vent a définitivement tourné et que leur pouvoir s'atténue. Ils envisagent de s'installer en Australie pour y construire un nouveau sanctuaire. Ils pensent trouver dans ce pays où les « groupes de pensée » sont moins surveillés qu'en Europe, un terreau particulièrement favorable. Di Mambro y fait plusieurs séjours, et un gros transfert de fonds est bientôt ordonné vers une banque nationale australienne, selon Interpol : 93 203 000 dollars passent d'un continent à l'autre ! Ce montant sera ensuite contesté par d'autres enquêteurs qui pensent qu'il y a eu une erreur. Encore aujourd'hui, personne n'est en mesure d'éclaircir ce point puisque les autorités australiennes ont refusé de collaborer avec le juge chargé de l'enquête…

Quoi qu'il en soit, Di Mambro demande un visa de douze mois et s'envole après avoir expliqué :

– Les grands maîtres se sont installés à Sydney parce que Zurich n'a plus une qualité vibratoire suffisante. Rassurez-vous, je continuerais à faire la liaison entre eux et vous !

Mais le transfert de fonds vers l'Australie a alerté la justice qui lance une enquête discrète sur un éventuel « trafic de devises » et bloque les demandes de passeports faites par l'épouse de Di Mambro, obligée de séjourner des semaines au Canada. L'étau se resserre. Le gourou est contraint de rentrer en Suisse.

Comment Di Mambro et Jouret vont-ils faire face aux questions de la justice ? Aux demandes de remboursement des adeptes ? La perspective d'un procès, voire d'un emprisonnement, les terrifie. Ils choisissent alors de disparaître. Définitivement.

Di Mambro a 70 ans, il est malade, et Jouret, le grand séducteur, apparaît bouffi et sans passion. Pourquoi se battre ? Ils programment alors l'autodestruction de l'OTS.

Dans l'idéologie de l'Ordre, il y a toujours eu comme but ultime de « partir » pour un autre monde bien meilleur que le nôtre, pour un univers de paix et de spiritualité. Cet « ailleurs parfait » se situe sur la planète Sirius, la plus brillante de notre galaxie, et le jour de l'apocalypse (qui ne saurait tarder), les extra-terrestres viendront récupérer les élus préparés à perpétuer « l'esprit de l'humanité ».

C'est en tout cas la doctrine initialement dispensée par Di Mambro. Au cours des dernières années, le discours s'est quelque peu adapté parce que les « petits hommes verts » n'ont plus la cote. Désormais, il faut parler de « carbonisation de la matière », de « transmutation », de « passage à un autre plan », mais toujours à destination de Sirius !

Quelques jours avant les tragédies de Salvan et Cheiry, Michel Tabachnik anime une conférence devant les adeptes, dans la demeure de l'un d'eux, à Avignon.

Nous sommes le 24 septembre. Vêtu de noir, très fier, le chef d'orchestre s'avance sur l'estrade et annonce d'une voix grave :

– Si je suis en noir, c'est pour symboliser le deuil. Les plus hauts dans la hiérarchie de l'Ordre ont en effet décidé de se retirer : c'est la fin... Nous entamons l'étape irréversible du retour vers le Père.

Pour les adeptes, le message est clair : le temps est venu de quitter le corps physique de cette Terre pour rejoindre le corps cosmique. Un autre texte de Tabachnik, répandu parmi les adeptes les plus « gradés », explique : « Le retour vers le père ne s'effectue qu'en s'extrayant par transformation de la densité de la matière. »

Selon certains anciens membres de la secte, il est indéniable que l'annonce du chef d'orchestre a ouvert la « voie du transit vers Sirius ». Michel Tabachnik imaginait-il ce qui allait se passer ? La justice l'a poursuivi pour « association de malfaiteurs en vue de la préparation de crimes d'assassinats », mais il a finalement été relaxé « au bénéfice du doute » à l'issu du procès. Tabachnik ne serait donc, comme il le répète lui-même, « qu'un candide ». Il ne faisait que répéter et « mettre en forme » ce que Di Mambro lui disait. Ni plus, ni moins. Cela ne l'avait pas empêché de toucher plus de 120 000 francs suisses pour la rédaction de certains textes au langage pour le moins ésotérique.

– Je n'ai jamais pensé que mes textes aient pu justifier une démarche mortifère. C'est faux de dire ça. Aujourd'hui encore, je ne vois pas Di Mambro brandir mes textes et dire : « On y va ! »

Le juge, dans son ordonnance de renvoi, écrit pourtant :

– L'École des Mystères (l'élite de la *Golden Way*, que présidait jusqu'au début des années 90 Michel Tabachnik, NDA) conduisait l'adepte à accepter l'idée de sacrifice, dans un premier temps, de manière purement symbolique, puis, progressivement, insidieusement, il était conditionné à accepter l'idée d'une mort provoquée comme aboutissement du cheminement initiatique.

Dans les jours qui suivent les massacres de Salvan et Cheiry, les enquêteurs ne peuvent manquer de faire le rapprochement avec un autre drame découvert quelques heures avant les autres, cette fois au Canada. C'est en effet là qu'a commencé l'ensemble de l'opération de disparition de l'Ordre.

Le 29 septembre, Joël Egger est intronisé « bras armé » de l'OTS et s'envole pour le Canada. Trois jours plus tard, il sera de retour à Cheiry pour mettre un point final à la vie de vingt-cinq personnes, mais d'ici là, il doit accomplir une autre volonté personnelle du maître : « éliminer les traîtres ».

Egger arrive à l'aéroport de Montréal et prend immédiatement la direction des Laurentides, où l'été indien fait encore le ravissement des vacanciers. Dans sa tête, il repasse en boucle le plan mis au point depuis des semaines jusqu'à l'arrivée à Morin Heights, où Di Mambro possède un joli chalet, l'une de ces constructions octogonales tout en bois, simples mais confortables, et très appréciées des chefs d'entreprises et des cadres supérieurs de la région qui aiment à s'y ressourcer au grand air pendant les week-ends.

Les époux Genoud sont déjà installés dans le chalet, ainsi que l'ancienne maîtresse de Di Mambro, Dominique Bellaton. C'est elle qui s'est chargée d'inviter pour le lendemain les époux Dutoit et leur bébé. Ce sera leur dernier repas.

Tony et Nikki Dutoit ont figuré parmi les piliers de l'OTS pendant des années. Nikki, 34 ans, fabriquait les fameuses capes des chevaliers et Tony, 27 ans, aidait à mettre au point certains trucages permettant de faire apparaître les grands maîtres ou le Saint-Graal lors des rituels. Mais, épuisés par les conflits internes et les humeurs de Di Mambro, ils avaient pris leurs distances. Ils étaient restés en contact, rendant encore quelques services, mais se détachaient de plus en plus du groupe, allant même jusqu'à commettre un acte blasphématoire aux yeux du gourou en appelant leur fils Emmanuel, comme le fameux « enfant cosmique ». Un acte qui avait signé leur arrêt de mort à tous les trois, Di Mambro considérant que seul son enfant avait le droit de porter ce prénom. Le bébé des Dutoit ne pouvait donc être que « l'antéchrist ».

Ce 29 septembre, en pleine après-midi, la famille Dutoit arrive au chalet qu'ils connaissent bien puisque Dominique Bellaton les y a déjà invités à dîner quelques jours plus tôt. Mais cette fois, Joël Egger attend dans l'ombre. Avec Jerry Genoud, il se jette tout d'abord sur Tony, qui est sauvagement frappé à la tête avec une batte de base-ball. Il tombe sans avoir le temps de réagir. Les agresseurs frappent encore, plus de vingt fois. Ils lui recouvrent ensuite la tête d'un sac plastique et le poignardent une cinquantaine de fois. Le sang coule en larges rigoles, mais cela n'arrête pas les deux tueurs. Ils s'en prennent à Nikki, elle aussi frappée d'une quinzaine de coups de couteau. Le plus atroce reste à venir. Egger suit à la lettre les consignes du maître : dans un geste symbolique destiné à atteindre également l'âme du nourrisson, il transperce la poitrine du petit Emmanuel d'un pieu en bois acéré. L'OTS vient de faire ses trois premières victimes.

Joël Egger repart aussitôt avec Dominique Bellaton pour prendre l'avion vers la Suisse afin de « régler » cette fois la question des adeptes de Cheiry.

– Ils étaient particulièrement nerveux, notent vers 20 h 30 les employés de la compagnie Swiss Air. Ils avaient vraiment peur de rater leur vol.

Pendant ce temps, dans le chalet, les époux Genoud tournent également la dernière page de leur existence. Ils enroulent dans des tapis les trois corps de la famille Dutoit qu'ils entassent dans un réduit situé sous l'escalier principal, et ils nettoient soigneusement les traces de sang. Les jours suivants servent à équiper le chalet pour la mise à feu finale. Des bidons sont disposés un peu partout dans la maison. Enfin, le soir du 3 octobre, ils branchent les minuteries sur 5 heures du matin et avalent, conformément aux directives du gourou, les cocktails de barbituriques et d'alcool que Jouret a mis au point.

Les pompiers retrouveront leurs corps en grande partie calcinés dans la chambre de Di Mambro. Ils étaient encore vivants au moment de l'incendie.

L'émotion suscitée par les morts de Morin Heights, de Salvan et de Cheiry est énorme. Pour la première fois, l'Europe est frappée par une vague de « suicides » collectifs organisés par une secte. On pense immédiatement aux morts de la secte de Waco aux États-Unis : une secte apocalyptique à la doctrine proche de celle du Temple Solaire. En avril 1993, soixante-douze personnes s'y suicident après un bras de fer de près de deux mois avec les autorités. En Europe, cet exemple n'a pas servi de leçon, malgré les mises en garde des associations soulignant l'existence de sectes au message et au fonctionnement similaires, notamment en Suisse.

Il est indéniable que les morts de Waco ont inspiré Di Mambro. Dans ce contexte, n'aurait-il pas fallu mettre l'OTS sous étroite surveillance, alors même que la secte commençait à être connue par les autorités à la suite de ses malversations en Martinique en 1991 et des transferts de fonds suspects vers l'Australie ? Certains anciens fidèles ne demandaient qu'à parler...

Au fil de l'enquête suisse et canadienne, de nombreux adeptes de l'Ordre du Temple Solaire sont entendus par les enquêteurs qui n'en croient pas leurs oreilles.

– Nombre d'entre eux croyaient dur comme fer que Di Mambro était encore vivant, confie l'un d'eux. Ils étaient terrorisés et avaient peur des représailles s'ils parlaient. Il a fallu des mois de thérapie pour qu'ils se sentent en sécurité.

L'une des adeptes, assistante de direction, reconnaît quelques jours après les tragédies :

– Si l'on m'avait appelée, j'aurais été prête aussi pour le transit...

Une liste de cinq cent soixante-dix noms d'adeptes ou anciens adeptes est retrouvée dans les décombres des chalets. Parmi eux, Patrick Vuarnet. Le jeune homme de 27 ans n'est pas n'importe qui : c'est le fils de l'ancien champion olympique de ski, brillamment reconverti dans les affaires, Jean Vuarnet.

Celui-ci se souvient de sa réaction au moment où il a appris les suicides collectifs à la radio.

– Eh bien… Cela fait autant de barjos de moins sur la planète ! lance-t-il à son épouse.

Le soir, la télévision montre les premières images.

– Granges-sur-Salvan… Ce n'est pas là où ton amie Dominique Bellaton nous avait invités l'an dernier ? demande-t-il, étonné, à son fils, qui répond, sans émotion :

– Si… Si… Et ce chalet qui brûle, là, c'est bien le sien… Ça ne m'étonnerait pas qu'elle figure parmi les victimes…

Ce n'est que quelques jours plus tard que l'ancien skieur apprend, par des journalistes, que sa femme et son fils faisaient partie de l'OTS et que leurs noms apparaissent en bonne place dans les listes retrouvées par la police. La famille ne s'était doutée de rien.

– Notre seul devoir, c'était le respect du secret, explique Patrick.

Sous la pression de son père, Patrick Vuarnet se présente alors aux enquêteurs. Rapidement, il révèle ce qu'ils soupçonnaient déjà : c'est bien lui qui a posté les 300 lettres testaments que Di Mambro a envoyées à des personnalités, de Bill Clinton au pape, en passant par « Charly », le ministre de l'Intérieur, Charles Pasqua, directement mis en cause dans le texte.

– L'après-midi précédant le drame, je suis allé à Salvan, à la demande de Di Mambro. Il m'a remis deux valises contenant les lettres. Il m'a demandé de les poster deux ou trois jours plus tard. Mais Jo a appelé le soir même vers 20 heures, chez mes parents. Il m'a intimé l'ordre de les poster immédiatement. Il avait un ton très cassant. Je voulais reporter cela au lendemain, il a accepté. Le lendemain matin, je me suis rendu à la Poste. Le fait que Jo me demande d'emporter ces lettres et de les poster ne m'a pas surpris, cela n'avait rien d'anormal.

Le jeune homme pleure lorsqu'on lui montre les photos du massacre de Cheiry. Un massacre auquel les enquêteurs l'ont pourtant, plus tard, soupçonné d'avoir participé, mais sans trouver de preuves tangibles.

Un autre adepte pleure également devant les clichés de ces dizaines de corps placés dans des sacs mortuaires : il s'agit de Jean-Pierre Larchandet, policier à Paris. C'est lui qui, un an plus tard, logera une balle dans la tête de seize membres de la secte, dans le Vercors, avant de se suicider.

Les enquêtes de police menées en Suisse et au Canada concluent avec un certain soulagement à un « suicide collectif » sans intervention ou influence extérieure.

Avec le recul, on a le sentiment très net que la justice n'a pas voulu aller trop loin dans son exploration du monde des sectes, des imbrications des différents groupes entre eux, des liens qu'ils pouvaient avoir avec des hommes puissants ou proches du pouvoir. En 1995, le dossier est bouclé et refermé : l'Ordre du Temple Solaire a cessé d'exister aux yeux de la justice. Il n'y a pas lieu de mettre en cause qui que ce soit puisque tous les protagonistes directs sont morts. La justice suisse ne retient aucun chef d'accusation contre Michel Tabachnik, bien qu'il ait été très proche de Di Mambro.

Pendant ce temps, les adeptes identifiés de l'OTS font profil bas, certains suivent même officiellement une thérapie pour se libérer de l'influence de Di Mambro. Comme Édith et Patrick Vuarnet, qui jurent « qu'ils en ont fini avec tout ça ».

Pourtant, chez les Vuarnet, rien n'est plus comme avant. Patrick et sa mère se font de plus en plus distants, ils se retrouvent à l'écart pour des discussions à mi-voix. Le chef de famille ne veut pas les brusquer, mettant leur attitude sur le compte du choc provoqué par les événements. Il ne se rend pas compte que Patrick et Édith sont restés totalement inféodés à l'OTS dont les membres continuent de s'écrire, de se téléphoner, de se voir. Ils sont une vingtaine à constituer, dès le premier mois suivant la tragédie, un groupe resté sous l'emprise de Jouret et Di Mambro. On les voit ensemble en Suisse, puis dans un restaurant du Vercors. Le groupe se réunit autour de Christiane Bonet, une psychothérapeute de 50 ans. Un nouvel acte tragique se prépare…

En cette froide soirée du 15 décembre, la petite route qui mène à Saint-Pierre-de-Chérennes est légèrement enneigée, mais pas suffisamment pour empêcher les voitures d'avancer. Les phares forcent le passage entre les sapins, dessinant des ombres sur les visages tendus des passagers. Les trois véhicules traversent le village et poursuivent encore pendant quelques kilomètres avant de s'arrêter. Ils sont rejoints par une quatrième voiture. Le silence reprend ses droits. Il est une heure du matin.

– N'oubliez pas les sacs à dos et les cartables ! ordonne Christiane Bonet.

C'est elle qui dirige les opérations. Au cours de l'après-midi, elle a appelé tous les participants pour leur confirmer que le « transit » aurait lieu le soir même, en pleine forêt du Vercors.

Ils sont treize adultes et trois enfants à avoir répondu présent et à s'équiper pour marcher pendant un bon kilomètre. Les enfants, Curval, Aldwin et Tania ont 19 mois, 4 ans et 6 ans et ne comprennent pas ce qui se passe. Ils somnolent dans les bras de leurs parents pendant que le groupe progresse lentement dans la fine couche de neige. Patrick et Édith Vuarnet avancent l'un à côté de l'autre, sans dire un mot. Ce moment, ils l'attendent depuis plus d'un an. Les bidons d'essence qu'ils transportent pèsent lourd, mais tous ne pensent qu'au « but final ».

Au bout d'une demi-heure, ils atteignent la petite clairière située tout près du lieu dit « le Trou de l'Enfer ». On ne pouvait mieux choisir…

Ils allument un feu avec des branches retrouvées sous la neige et arrosées d'une partie de l'essence. Les flammes dansent au milieu des sapins pendant que les adeptes se préparent au rituel. Ils avalent les cocktails médicamenteux préparés dans les Thermos. Savent-ils alors tous qu'il s'agit d'un mélange de

Rohypnol, un puissant somnifère, et de barbituriques ? Les uns après les autres, ils s'allongent autour du feu, les pieds vers la lumière, recréant le cercle solaire qu'ils ont tant de fois formé dans les différents sanctuaires de l'Ordre. Certains mettent un sac en plastique autour de leur tête pour accélérer l'effet des produits. Seuls deux hommes n'ont pas bu le mélange, le policier Jean-Pierre Larchandet et l'architecte André Friedli qui a contribué à la rénovation du musée d'Orsay à Paris. Ils attendent que leurs compagnons s'assoupissent pour se relever.

– Qu'est-ce que vous faites ? demande Ute Verona, la compagne de Patrick Vuarnet.

– Rien... Couche-toi et concentre-toi !

La jeune femme au contraire se redresse. Elle n'a pas rêvé : les deux hommes ont bien sorti deux armes, des 22 long rifle. Découvre-t-elle à ce moment-là le « but final » de leur sortie nocturne ? On lui avait peut-être simplement dit que le rituel nocturne ferait apparaître Di Mambro pour un message de la plus haute importance. A-t-elle eu un ultime sursaut de survie ? Ute prend dans ses bras Tania, sa fille de 6 ans et tente de s'enfuir dans la forêt. Les barbituriques brouillent sa vision, mais la peur lui donne la force de faire quelques mètres.

– Reste là !

Le coup de poing lui fracasse la mâchoire... Elle tombe lourdement.

– Tu es fou, arrête !

À son tour, Marie-France Larchandet, la propre épouse du policier, se lève et tente de protéger leur fils,

Aldwin, mais un violent coup sur le nez la projette à terre. Alors, sans hésiter, Jean-Pierre Larchandet et André Friedli tirent… en pleine tête ! Les détonations résonnent dans la forêt, vingt-cinq fois…

Avant de mourir, Christiane Bonet, celle qui a préparé activement cette fin qu'elle pense être une renaissance, a sans doute dû se remémorer la phrase qu'elle répétait sans cesse lors des réunions des derniers mois :

– La mort n'existe pas : elle n'est que pure illusion.

Les deux exécuteurs contemplent les cadavres et le sang tout autour. Ils prennent soin de disposer les corps conformément aux règles du cercle solaire et disposent dessus des branches un peu moins humides que les autres. Ils travaillent en silence, comme des automates qui suivent des ordres à la lettre. Il est un peu plus de 3 heures du matin. Les branchages ont été arrosés avec le reste de l'essence et la chaleur dégagée fait fondre la pellicule de neige. Une odeur écœurante de viande grillée se répand dans la cuvette protégée par les arbres.

– C'est fait…

Larchandet et Friedli se placent face au feu et retournent leurs 357 Magnum contre eux, le canon dans la bouche. Les deux dernières détonations claquent comme une dernière victoire pour Jo Di Mambro et Luc Jouret. Par-delà leur propre mort, ils viennent, une nouvelle fois, de tuer. Treize adultes et trois enfants.

Ce n'est que le 22 décembre que les trois cents gendarmes, alertés par un chasseur, commencent à fouiller la forêt à partir du lieu où ont été retrouvées les voitures des personnes signalées disparues depuis plusieurs jours.

Au matin du 23 décembre, la veille de Noël, ils découvrent les seize corps calcinés :

– Un spectacle épouvantable, confie le chasseur qui a guidé les forces de l'ordre dans le véritable labyrinthe qu'est cette forêt. Je me suis reculé… Ces corps de gosses carbonisés, c'était horrible !

Cette version de l'histoire est celle que la justice française a retenue. Est-ce la bonne ? Le juge chargé de l'enquête, Luc Fontaine, en est persuadé après quatre ans d'investigation dont le résultat tient en un dossier de 10 000 pages.

En décembre 1999, le magistrat conclut qu'il s'agit de « crimes à huis clos », sans tueur extérieur. Seul Michel Tabachnik est poursuivi cette fois pour avoir incité les adeptes, par ses textes et ses propos, à accepter l'idée d'une « transmutation de la matière ». En définitive, le tribunal estimera que les charges ne sont pas suffisantes et il sera une nouvelle fois relaxé au bénéfice du doute. Les parties civiles ont toutefois fait appel de cette décision.

De nombreuses familles de victimes ne croient pas du tout au scénario officiel. Elles ne peuvent pas croire que leurs proches aient pu se suicider de cette manière et se constituent parties civiles pour faire pression sur la justice.

Jean et Alain Vuarnet ont pris la tête de ce qui se révèle, au fil des ans, être une véritable croisade pour pointer du doigt les zones d'ombre dans ce dossier incroyable et atypique.

Il y a tout d'abord le manque de précautions prises par les autorités pour surveiller les adeptes après la disparition des gourous charismatiques. Le juge Piller ne reconnaissait-il pas lui-même, deux mois avant la tragédie du Vercors :

– Pour certains adeptes, Di Mambro est encore bien présent. Ces gens continuent de se voir, même s'ils ne pratiquent plus de cérémonies comme avant.

Pourtant, aucune protection particulière n'a été prise. Mais il y a pire. Pendant l'été 1995, Christiane Bonet écrit une longue lettre à sa mère dans laquelle elle fait allusion à un nouveau « transit ». Un ancien membre repenti de la secte, Thierry Huguenin, a vent de ce courrier d'une dizaine de pages, dont il réussit à se faire lire de larges extraits :

– La mort n'est qu'illusion, écrit Christiane. Le moment venu, ce sera le retour au paradis ! Mes frères et mes sœurs ont déjà fait ce retour. (...) Ils ont laissé ici leurs véhicules terrestres. (...) Je veux les rejoindre bientôt !

Effrayé par ces lignes dans lesquelles se reconnaît trop bien le style de Di Mambro et Jouret, Thierry Huguenin prévient aussitôt trois inspecteurs de la police de Fribourg.

– Je suis certain que quelque chose de grave se prépare !

– Voyons, lui répondent les policiers, très sceptiques, vous savez bien que l'Ordre du Temple Solaire, c'est du passé !

Les fonctionnaires ne feront que quelques vérifications de routine, sans insister.

Confronté à ces éléments, le juge se défend maladroitement :

– Christiane Bonet avait été placée sur écoute pendant un mois. Patrick Vuarnet et Jean-Pierre Larchandet ont été auditionnés plusieurs fois et pendant plusieurs heures et rien ne laissait supposer un nouveau drame.

Il a pourtant eu lieu... La personnalité de Christiane Bonet aurait dû rendre les enquêteurs plus attentifs : véritable fanatique de Luc Jouret, elle a reçu huit appels de son mentor quelques heures avant les drames de Salvan et Cheiry.

Quant à Patrick Vuarnet, il était tellement proche de Di Mambro que celui-ci lui a confié, la veille du « transit », les lettres testaments à poster. N'y avait-il pas là de quoi justifier, au moins sur ces deux personnes, une véritable surveillance ?

L'enquête, en tant que telle, a également été émaillée de dysfonctionnements.

Des experts sont tout d'abord désignés pour renseigner les juges sur les connexions possibles entre les divers mouvements sectaires, mais l'on se rend compte, au bout de plusieurs mois, que ces hommes ont eux-mêmes été proches de sectes. L'un d'eux est même allé jusqu'à proposer à Michel Tabachnik, mis en examen, de « l'aider »... Comme impartialité, on fait mieux !

Il y a aussi le manque de moyens attribués au juge français après le drame du Vercors : en tout et pour tout, on lui donne deux enquêteurs pour le seconder. Il n'y en aura plus qu'un seul au bout de deux ans, alors que les investigations sur les connexions éventuelles de l'OTS avec d'autres groupes sont loin d'être terminées.

Ce policier, Gilbert Houvenaghel, a, en outre, des méthodes assez « particulières », comme le raconte Alain Vuarnet :

– Il nous a contactés un jour pour nous dire de retirer notre plainte, que nous perdions notre temps, que ma mère et mon frère s'étaient suicidés, qu'il n'y avait plus rien à faire. Nous étions stupéfaits que le seul policier qui enquêtait sur cette affaire nous appelle et nous demande de laisser tomber... C'était incroyable !

Le travail du juge et le scepticisme des familles gênaient-ils la police française qui craignait de voir révéler que d'autres de ses membres haut gradés auraient pu être membres de l'Ordre du Temple Solaire ?

La question essentielle qui a plané sur toute l'enquête, et qui reste encore d'actualité, c'est l'existence possible d'autres personnages dans cette affaire. Di Mambro et Jouret étaient-ils seuls aux commandes de la secte ? Les mystérieux grands maîtres auxquels le gourou rendait régulièrement visite à Zurich n'étaient-ils qu'une affabulation, ou bien y avait-il effectivement des commanditaires puissants qui utilisaient l'OTS à leurs propres fins ? Ces hommes pourraient alors avoir une responsabilité directe dans la mort des adeptes ? Même si cette hypothèse a été officiellement rejetée par la justice, des éléments vont dans ce sens.

Les enquêteurs se sont notamment intéressés à deux mouvements se réclamant de la doctrine Rose-Croix et Templière : l'ORT (Ordre Rénové du Temple) et l'AMORC (Ancien et Mystique Ordre de la Rose-Croix), un groupe international fréquenté un temps par Di Mambro et dont étaient également membres une centaine d'adeptes de l'OTS. Les responsables – officiels ou secrets – de ces mouvements ont été interrogés. Malgré les doutes, aucune preuve n'a pu être apportée sur les imbrications et les responsabilités de ces personnes (auxquelles Di Mambro, Jouret et Tabachnik rendaient visite, c'est un fait prouvé) au sein de l'OTS. Le culte du secret est toujours très efficace dans cette nébuleuse ésotérique.

Les enquêteurs et les journalistes se sont aussi interrogés sur les liens possibles entre l'OTS et des groupes italiens mafieux, sur le trafic d'armes auquel se livrait l'OTS, notamment au Canada, sur des soupçons de convoyage de drogue, sur des transferts de fonds vers certains gouvernements africains… Il fut également question de « barbouzes » du gouvernement français qui auraient programmé la disparition de la secte parce que Jouret et Di Mambro en savaient trop, que leur utilité, basée sur le secret, n'avait plus de raison d'être dès lors que son nom apparaissait au grand jour. Désormais, l'OTS était en effet dans le collimateur de la justice après les fiascos de la Martinique et l'affaire du trafic d'armes au Canada. N'était-il pas temps de refermer de la manière la plus définitive qui soit ce dossier compromettant ?

Autant de pistes, d'hypothèses, que les enquêteurs n'ont pu valider ou invalider totalement. Di Mambro et Jouret obéissaient-ils à des maîtres au-dessus d'eux ? Et dans ce cas, seraient-ce ces mystérieux personnages occultes qui auraient proféré des menaces de mort à l'encontre du juge Fontaine ? Dans cette affaire, il existe une telle foule d'interrogations, de divagations, de points noirs dans la manière dont a été menée l'enquête, que cela donne corps à tous les scénarios. De quoi alimenter les doutes des familles.

Il y a néanmoins des faits très concrets et particulièrement troublants.

Un couple habitant les environs de Saint-Pierre-de-Chérennes, dans le Vercors, se souvient avoir croisé la nuit fatidique trois voitures de grosses cylindrées qui redescendaient la montagne, vers une une heure du matin. Chose étonnante à cette heure dans ce coin perdu. Pourrait-il s'agir de mystérieux commanditaires venus se rendre compte sur place que le « travail » était bien fait et que les adeptes étaient présents au rendez-vous ? Ou, pourquoi pas, auraient-ils eux-mêmes tiré sur les adeptes en maquillant ensuite la scène pour faire croire à la culpabilité de Larchandet et de Friedli ? Cette hypothèse expliquerait un autre élément troublant. Les experts en balistiques se sont étonnés de retrouver les armes des deux tireurs entre leurs jambes, et non à côté des corps, comme le voudrait la logique. En outre, la trajectoire de la balle qui a traversé le crâne de Friedli semble montrer que c'est un droitier qui a tiré, pourtant l'homme était gaucher… Certains experts trouvent également bien étrange la position des corps, tombés en avant alors que le recul des balles aurait dû les pousser vers l'arrière.

Troublants aussi les témoignages de deux personnes différentes qui sont passées à proximité du « Trou de l'Enfer » :

– C'était dimanche, raconte Marie-France, je suis passée à côté du parking du Faz, d'où part le chemin forestier qui mène à la clairière. Il y avait là les quatre véhicules des victimes, mais également un 4x4 de couleur marron métallisé.

L'autre témoin, Adrienne, est encore plus précise :

– Je me promenais près du Bois de l'Enfer avec ma fille et un ami. Vers 15 h 15, nous avons remarqué la présence, en retrait de la piste forestière, sous les arbres, d'un véhicule de type 4x4 de couleur rouge, avec, à proximité, deux hommes habillés de noir… Ils parlaient dans une radio. Lorsque nous sommes passés à leur hauteur, l'un d'eux a dit : « Feu ! » Leur comportement et le lieu où ils se trouvaient nous ont paru bizarres.

Ces témoignages ont donné lieu à des recherches et à des appels à témoin, mais le mystérieux véhicule et ses occupants n'ont jamais pu être identifiés.

C'est l'un des points qui, parmi tant d'autres, alimentent les suspicions. Il n'est pas totalement absurde d'imaginer que les deux hommes sont allés vérifier, quelques heures après le « transit », que tout s'était déroulé comme prévu. Ils auraient alors réglé les détails de la mise en scène visant à faire croire au suicide collectif en redisposant les corps et en les carbonisant à l'aide d'un lance-flamme…

Quelques éléments renforcent cette thèse. Les seize corps ont en effet été retrouvés dans un état de carbonisation très avancée, condition indispensable à un « transfert réussi de la matière vers Sirius ». Pourtant, dès le début, il apparaît assez étonnant que les corps aient pu brûler aussi totalement, en plein hiver, uniquement avec quelques branches humides. Bien sûr, deux bouchons de jerricans d'essence ont été retrouvés sur place, mais est-il possible de créer une fournaise suffisante pour carboniser seize corps avec seulement dix ou vingt litres de carburant ?

Certaines familles de victimes n'y croient pas et se heurtent au scepticisme de la justice. Ils décident alors de faire appel à Gilbert Lavoué, un spécialiste de la carbonisation. Cinq ans après les faits, il analyse de la terre prélevée en différents endroits de la clairière et le résultat est étonnant : les concentrations en phosphore sont deux fois supérieures à la normale à l'endroit du bûcher ! Pour la famille Vuarnet, qui croit de moins en moins à la thèse d'un suicide collectif, il y aurait bien eu une intervention extérieure : quelqu'un se serait servi d'un lance-flamme, instrument qui peut très bien fonctionner avec un mélange de phosphore et d'essence.

– Il existe du phosphore à l'état naturel, répliquent les enquêteurs. La clairière est située au fond d'une cuvette : l'eau de pluie a peut-être concentré naturellement ce produit. Et puis, nous avons fait, quelques mois après le drame, une reconstitution « grandeur nature » sur le site en habillant seize grands porcs de boucherie et en y mettant le feu. Cela a démontré que les corps ont très bien pu être carbonisés avec seulement quelques litres d'essence, les vêtements faisant office de mèche. C'est peut-être cette expérience qui a apporté plus de phosphore que la norme sur le lieu de vos analyses.

L'argument semble un peu léger pour les familles, qui veulent en avoir le cœur net. La conviction de Jean et Alain Vuarnet est tellement forte qu'au début du mois de juillet 2003, ils prennent une décision difficile.

Le petit cimetière de Morzine en Savoie résonne de coups de pelles et de pioches. Des employés municipaux s'affairent autour de la tombe des Vuarnet, sous l'œil des policiers et de l'avocat de la famille. Lorsque les cercueils sont ouverts, les deux experts indépendants nommés par la famille effectuent des prélèvements sur les dépouilles en état de décomposition très avancée.

– Nous n'avions pas le choix, explique l'avocat. Il y a tant de questions ! Il fallait exhumer les corps, d'autant qu'aucune recherche de combustible n'avait été réalisée lors de l'autopsie.

– Nous devons en avoir le cœur net, ajoute Alain Vuarnet. C'est très pénible, mais la justice française ne nous laisse pas le choix !

Deux laboratoires, français et britannique, effectuent les analyses. Les résultats, détaillés sur 36 pages, jettent, une fois encore, le trouble :

– Le scalp et le tibia droit d'Édith, ainsi que la poitrine de son fils, présentent un excès de phosphore qui ne peut que provenir d'un apport inconnu.

Il y a aussi les analyses minutieuses des objets prélevés sur les corps :

– Une pochette d'allumettes est carbonisée sur sa tranche supérieure, mais les allumettes n'ont pas pris feu. Si les corps avaient longuement brûlé sur le bûcher, elles se seraient immanquablement enflammées. Il semble donc que la pochette a subi le contact d'un jet de flamme très directionnel.

La conclusion est identique après examen de la montre de Patrick Vuarnet :

– Seule la partie gauche du bracelet est brûlée. Cela signifie que ce bracelet a subi l'effet d'un jet de flamme directionnel très chaud et bref.

Cela renforce encore la conviction de la famille :

– Nous avons désormais une preuve scientifique que la justice fait fausse route, déclare Alain Vuarnet. On n'a pas retrouvé sur place le matériel qui aurait pu causer les brûlures constatées par les experts. Il y a donc eu intervention extérieure !

Quelqu'un aurait-il pu se trouver dans la clairière pour « aider » à ce qui devait ressembler à un suicide collectif ?

Les enquêteurs ont basé leurs recherche sur le fait qu'il n'existait pas d'autre chemin d'accès à la clairière et que, sur ce chemin, les policiers n'avaient relevé aucune empreinte revenant de la clairière. Or, il existe bien deux autres voies d'accès, deux chemins permettant de se rapprocher en voiture de l'endroit, ce que font d'ailleurs les gardes forestiers. Aucune investigation n'a été menée dans cette direction. On a également retrouvé le foulard de l'une des victimes à plus de 300 mètres de la clairière : pourquoi ?

Il y a aussi la question des armes. Les armuriers qui les ont vendues pendant l'été 1995 ont gardé dans leurs fichiers la trace du policier Patrick Rostan, l'une des victimes du Vercors. Pourtant, son père affirme que la signature qui figure sur les papiers de vente n'est pas celle de son fils, qu'elle a été grossièrement contrefaite. En outre, l'une des vendeuses se souvient très bien que le client était « un homme assez âgé ». Patrick Rostan n'avait que 29 ans…

Que pense le juge Fontaine de ces zones d'ombre persistantes ?

– Je n'ai pas la prétention de pouvoir répondre à toutes les questions…

La thèse officielle a beau avoir été mise à mal par les parties civiles, elle est restée la seule admise :

– Il n'y a pas eu d'intervention extérieure et tous les hauts dignitaires, et donc tous les responsables, sont morts.

Une thèse qui a le mérite de ne pas remettre en cause le travail des enquêteurs et de laisser de côté un dossier qui n'est déjà que trop épais et que la justice a voulu refermer au plus vite.

Après les massacres de Salvan et Cheiry, tout le monde a voulu croire que l'OTS était « une vieille histoire », qu'il n'y avait plus lieu de s'en préoccuper en poussant plus avant les investigations et en surveillant les adeptes. C'est alors qu'il y a eu le Vercors et ses seize morts. Là encore, il ne pouvait s'agir que d'un « dernier sursaut de fanatiques ».

Pourtant, Di Mambro et Jouret donnent une nouvelle fois la preuve de leur pouvoir posthume en mars 1997…

Tout près de la ville de Québec, à Saint-Casimir, les pompiers sont appelés pour un incendie dans une petite propriété située un peu à l'écart du village. C'est un couple de Français, Chantal et Didier, 40 ans, qui y réside depuis des années avec leurs trois enfants. L'histoire semble se répéter. Dans les chambres, les pompiers découvrent les corps de deux hommes et de trois femmes, en grande partie carbonisés. Tous ont absorbé des somnifères et des barbituriques et se sont couchés, attendant la mort. Des minuteries reliées à des bonbonnes de gaz ont fait surgir les flammes nécessaires à la « transmutation vers Sirius ». L'OTS a désormais fait 74 victimes, et cela aurait pu être pire : au dernier moment, Chantal et Didier ont en effet autorisé leurs enfants à ne pas se joindre au « grand voyage ». Âgés de 13, 15 et 16 ans, ils étaient allés dormir dans la grange, à côté de la maison, abrutis de somnifères. Certains éléments laissent toutefois penser que l'aîné, sur l'ordre des parents, aurait pu lui-même déclenché la minuterie avant de rejoindre la grange. La manipulation mentale était totale.

Deux ans et demi après la disparition des deux gourous, cinq adeptes étaient encore suffisamment sous influence pour décider de les rejoindre dans la mort. Dès le début, ils n'avaient pas caché leur désarroi de ne pas avoir été invités à se joindre au premier « transit », ils se sentaient « abandonnés ». Malgré les déclarations publiques rassurantes, l'OTS était bien loin d'avoir disparu.

Aujourd'hui encore, il y a en France 170 sectes classées (pour 200 000 adeptes réguliers), et le chiffre est encore plus important en Suisse, où certaines sont très proches de l'OTS. Est-on désormais mieux armés qu'en 1995 pour éviter les manipulations mentales, les suicides, les assassinats ? Beaucoup en doutent. Dans l'affaire du Temple Solaire, que ce soit en Suisse ou en France, la justice a fait son travail, mais en s'en tenant au minimum, en s'arrêtant dès que des interrogations trop délicates, trop complexes apparaissaient. Pour les familles des victimes, consentantes ou non, il reste le sentiment d'un vide immense, d'un mystère auquel personne n'a pu, ou voulu, réellement apporter de réponse.

L'affaire des époux Turquin

En 1991, disparaît Charles-Édouard Turquin, 8 ans, fils d'un riche vétérinaire niçois. Quelques semaines après, le père est écroué et accusé du meurtre de son fils. Il l'aurait tué pour se venger de sa femme en instance de divorce. C'est en tout cas ce que prétendra l'accusation lors du procès. Et Jean-Louis Turquin sera condamné pour un meurtre dans lequel on n'a jamais trouvé le cadavre ni aucune preuve matérielle ! Étonnant et troublant, d'autant qu'apparaissent régulièrement des éléments nouveaux qui permettent à Jean-Louis Turquin de demander la révision de son procès. Sans succès jusqu'à présent.

– Commissariat central de Nice, bonjour ! Je vous écoute…

– Bonjour… Je vous appelle parce que mon fils a disparu… Je ne réussis pas à le retrouver.

– Êtes-vous certain de l'avoir cherché partout, Monsieur ?

– Évidemment… Je le cherche depuis plus d'une demi-heure dans toute la maison… Il a disparu, je vous dis !

– Comment vous appelez-vous, Monsieur ?

– Je m'appelle Jean-Louis Turquin.

Lorsque les policiers arrivent sur place, quelques minutes plus tard, ils ne peuvent que faire le même constat : Charles-Édouard Turquin est bel et bien introuvable. Ils ont beau fouiller la maison qui, certes, est très grande, le garçon de 8 ans a disparu. La veille au soir, il s'est couché vers 21 heures dans un lit jumeau, dans la même chambre que son père. Jean-Louis Turquin explique alors qu'il s'est endormi, avant de se lever, ce matin, vers 6 h 45, et de constater la disparition de son fils. C'est d'autant plus étrange que, bien que dormant juste à côté, il n'ait entendu aucun bruit et ne se soit pas réveillé au cours de la nuit.

Fugue ? L'hypothèse semble assez peu crédible car aucun vêtement ni objet personnel appartenant à Charles-Édouard n'a disparu. Si l'enfant avait fugué, il aurait sans doute emporté avec lui quelques effets. Et puis Charles-Édouard est un enfant plutôt timide que l'on imagine assez mal s'enfuir de chez lui au beau milieu de la nuit.

Enlèvement ? Cette thèse est nettement plus plausible, les ravisseurs pouvant être intéressés par une rançon. Car Jean-Louis Turquin est riche. Ce vétérinaire de 41 ans, au moment des faits, a réussi dans la vie. Notable niçois, il a fait prospérer son cabinet dans cette ville de la Côte d'Azur réputée pour son climat, mais aussi pour sa population aisée et âgée, dont les amis à quatre pattes constituent les membres d'une famille dont on prend particulièrement soin. Les affaires de Turquin – véritable bête de travail, sorti major de sa promotion lorsqu'il était étudiant à l'école vétérinaire de Maisons-Alfort – sont donc prospères. En 1981, il achète une vaste demeure sur les hauteurs de Nice : la vue est superbe, surplombant la Baie des Anges. On y entre en poussant une grille lourde et monumentale et en traversant un parc de 5 000 mètres carrés aux arbres gigantesques. Charles-Édouard appelle cette propriété le « Domaine enchanté » ! Quant à la maison, elle ne comprend pas moins de quinze pièces, sans compter un bâtiment secondaire plus petit. La propriété de Jean-Louis Turquin est estimée, en 1991, à dix millions de Francs (1,5 million d'euros). Une petite fortune ! Par ailleurs, l'homme possède trois voitures, dont une Rolls Royce. Dans la famille Turquin, on ne manque donc de rien et Jean-Louis Turquin n'hésite pas à afficher sa réussite. Il peut même à l'occasion la jeter à la figure d'autrui, car c'est, à n'en pas douter, sa plus grande fierté. Voilà donc pourquoi la thèse de l'enlèvement moyennant une rançon est rapidement envisagée par les policiers.

Pourtant, au bout de quelques jours, il faut se rendre à l'évidence : les ravisseurs éventuels ne se sont toujours pas manifestés et l'hypothèse d'un enlèvement de Charles-Édouard pour de l'argent devient de plus en plus irréaliste et lointaine. Les policiers creusent d'autres pistes et orientent immédiatement leurs recherches vers la famille. Et comme dans n'importe quelle famille, les Turquin ont des fantômes dans les placards…

****

Ainsi, Jean-Louis et sa femme, Michèle, sont en instance de divorce. Cela fait déjà des années que leur relation s'est dégradée, mais pour comprendre leur histoire, il faut remonter à son début. Cela se passe en 1972, à l'école vétérinaire de Maisons-Alfort. Jean-Louis est un brillant élève de quatrième année lorsqu'il rencontre Michèle, une élève timide qui n'est qu'en première année. La jeune femme, fille de deux fonctionnaires de la Poste, a tout à apprendre de la vie et, très vite, elle se laisse charmer par cet homme sûr de lui. Catholique convaincu, ses convictions virent parfois à l'intransigeance et certains le décrivent comme un homme dur au caractère d'acier. Trois ans plus tard, ces deux étudiants, qui découvrent la sexualité pour la première fois, se marient avant d'ouvrir un cabinet chacun de leur côté. Et c'est certainement l'une des premières bizarreries du couple, qui fait véritablement passer le travail avant toute autre chose. Jean-Louis part s'établir à Nice, où il est certain de pouvoir développer rapidement une clientèle fortunée et fidèle. Quant à Michèle, elle choisit de rester en région parisienne et de s'établir à Colombes, dans les Hauts-de-Seine.

Ils vivent ainsi pendant six ans, ne se voyant au mieux que quatre jours par semaine, ou, plus occasionnellement, le week-end. En 1981, finalement, Michèle cède et descend sur la Côte d'Azur, où elle ouvre, à son tour, un cabinet vétérinaire. Mais très vite, les relations se dégradent. Si l'éloignement géographique avait permis à leur couple de tenir, la proximité rappelle cruellement les différences entre les deux personnages.

Et, presque dès son arrivée, Michèle prend des amants. Elle les choisit, si possible, aux antipodes de son mari. Elle flirte souvent avec des artistes, des marginaux, des poètes, dont l'ouverture d'esprit contraste singulièrement avec l'étroitesse de celle de son mari, un homme attaché à l'ordre moral bourgeois. Au lit, les relations entre les deux vétérinaires ne sont pas bonnes non plus. Michèle reproche à son mari de prendre son plaisir trop vite et de ne pas se soucier d'elle. Parce qu'il sait que la circoncision ralentit l'éjaculation, Jean-Louis Turquin pratiquera un jour cette opération, pourtant douloureuse, sur lui-même dans son propre cabinet médical ! Un geste qui en dit long à la fois sur la force de caractère de cet homme et sur l'amour – ou tout au moins les sentiments – qu'il porte à Michèle, sa femme, qu'il aime passionnément, qu'il adore au point d'être capable de se circoncire sans demander de l'aide à personne.

En 1982, un an après son arrivée à Nice, Michèle tombe enceinte.

– Je veux avorter, décide-t-elle aussitôt.

– Il n'en est pas question ! Tu vas garder cet enfant, notre enfant, mon enfant ! ordonne Jean-Louis Turquin.

Ce qu'il ne sait pas encore et ne saura pas avant de nombreuses années, c'est que le bébé qui va naître en 1983, Charles-Édouard, n'est pas de lui, mais de l'un des amants de sa femme. En l'occurrence, le père s'appelle Moïse Ber Edelstein. Il est danseur et écrivain, américain d'origine tchèque et juive.

Michèle, perturbée par cette grossesse qu'elle ne désire pas vraiment, s'enfonce lentement dans une sorte de déprime. Le bébé en ressent-il les conséquences ? Toujours est-il qu'à sa naissance, Charles-Édouard est déjà le garçon fragile qu'il restera par la suite. Les médecins sont obligés de le placer sous soins intensifs pour une méchante méningite.

Rongée par le remords, insatisfaite par sa vie de couple et consciente de sa nouvelle mission de mère, Michèle rompt avec son mari l'année de la naissance de leur fils. Une rupture, là encore, quelque peu étrange, puisqu'elle continue de vivre à la « Bastide Haute », la propriété des hauteurs de Nice. La maison est si grande qu'elle s'isole dans ses propres appartements et qu'elle ne croise son mari que par hasard ou quand elle le souhaite. La situation va durer cinq ans. Jusqu'en 1988, date à laquelle le couple refait un essai et se reforme.

Mais la tentative est de très courte durée. Quelques mois après avoir essayé de renouer, le couple se déchire à nouveau. Et Michèle se cache à peine de son mari lorsqu'elle a un nouvel amant. C'est encore un marginal, Jean-Marc Couarrey, un SDF dont elle s'occupe et que son mari ne supporte pas.

La situation devient explosive. Les disputes sont nombreuses et de plus en plus violentes. Une fois, Jean-Louis Turquin vide une bombe lacrymogène sur son épouse. Leur fils, Charles-Édouard, qui a désormais 8 ans, est tiraillé entre ses deux parents.

– Ta mère, tu sais ce qu'elle disait de toi quand tu étais encore dans son ventre ? lance régulièrement Jean-Louis Turquin à son fils.

– Tais-toi, s'il te plaît, Jean-Louis ! implore Michèle.

– Elle disait qu'elle avait un cancer dans le ventre ! Et ce cancer, c'était toi, Charles-Édouard ! Voilà comment elle parlait de toi, ta mère !

Insoutenable. Insupportable. Si Jean-Louis Turquin ose parler ainsi devant Charles-Édouard, peut-être est-ce parce qu'il sait désormais, et depuis janvier 1991, que celui-ci n'est pas son fils. Il sait qu'il est né de la liaison adultérine de sa femme avec ce danseur juif américain. Est-ce cette révélation de sa non-paternité qui pousse Turquin à traiter son fils durement ? Comme ce jour où il tue à mains nues une poule et des pigeons pour « l'endurcir ». Comme ces fois où, devant Michèle, il traite son fils de « bâtard juif ».

Face à toute cette violence verbale et aux assauts répétés de Jean-Louis, Michèle décide de quitter le foyer. Elle se réfugie chez des amis et entame une procédure de divorce dans laquelle elle demande la garde de l'enfant. Son mari, toujours passionné, ne l'entend pas de cette oreille et lui envoie de nombreux courriers à sa nouvelle adresse. Tantôt il la supplie de revenir, tantôt il la menace pour essayer de la récupérer sous la contrainte. Jusqu'à cette nuit du 20 au 21 mars 1991, où Charles-Édouard disparaît mystérieusement…

Bien vite naît l'idée dans l'esprit des enquêteurs qu'il faut chercher les raisons de cette disparition dans les relations familiales pour le moins tumultueuses des Turquin et non dans un quelconque enlèvement ou fugue. D'autant que Turquin est un homme plutôt froid et dur d'apparence qui ne laisse rien paraître de ses émotions. Or, la disparition de Charles-Édouard ne semble pas beaucoup le toucher. Il paraît même prendre la chose avec un certain détachement, continuant de travailler et de prendre des rendez-vous à son cabinet comme si rien n'avait changé. Une attitude qui le rend d'emblée suspect. Et lorsqu'il fait imprimer des affiches avec le visage de son « fils » et qu'il promet une récompense de 100 000 F à quiconque permettra de le retrouver, les enquêteurs ne se laissent guère émouvoir. Pour eux, cela ne fait pas de doute : Turquin a assassiné son « fils » avant de cacher le cadavre quelque part.

Et si les policiers sont autant persuadés que Jean-Louis Turquin est coupable, c'est aussi parce que Michèle a suggéré cette idée aux enquêteurs. Jour après jour, elle le leur a répété : mon mari voulait me récupérer, et pour cela, il était prêt à tout, y compris à utiliser notre fils comme un instrument pour me faire revenir à la maison. Mieux encore : elle affirme que son mari lui aurait fait des « aveux » !

Dès lors, la culpabilité de Jean-Louis Turquin est l'unique piste qui sera explorée par l'enquête. Le juge d'instruction incite même Michèle à retourner auprès de son mari afin de lui faire avouer à nouveau le meurtre de son enfant, mais en enregistrant la conversation cette fois-ci.

Le 6 mai 1991, soit six semaines après la disparition de Charles-Édouard, Michèle retourne donc voir son mari à son cabinet. À 18 heures, ils font l'amour. Quelques instants plus tard, Michèle déclenche la cassette qui enregistrera une conversation dont les extraits constitueront autant d'éléments à charge contre Jean-Louis Turquin. Il reconnaît avoir étranglé son « fils » et enterré le corps :

– Pourquoi as-tu enterré Charles-Édouard aussi loin de chez nous ? demande Michèle.

– Parce que je ne savais pas où le mettre (…) Je voulais le mettre vers Lucéram pour faire croire que c'est Jean-Marc (NDA : l'amant de Michèle)…

– Pourquoi là-haut ? Pourquoi près du col de Braus ?

– Parce que ça s'est passé comme ça (…) Je ne veux plus parler de ça…

– Toi, tu ne veux plus en parler, mais moi, je n'ai pas encore fini…

– Il ne faut plus parler de ça ! Il faut parler de l'avenir… Ce n'est pas en parlant sans cesse de ces choses épouvantables que cela va arranger les choses !

– Mais pourquoi tu l'as étranglé plutôt qu'autre chose ?

– Ça s'est passé comme ça (…) Si j'avais pris un canif, il y aurait eu du sang partout… Ça s'est passé comme ça (…) Je ne veux plus parler de ça, Michèle ! J'ai dit la vérité, toute la vérité…

– C'était à droite de la route ?

– Pour passer vingt ans de ma vie en prison ? Non, écoute...

– C'était à droite ou à gauche ?

– C'était sur la gauche ! (...) Tais-toi, Michèle, il faut fermer la parenthèse !

Cette confession faite, Michèle Turquin sort de chez son ex-mari et va aussitôt porter la cassette à la police. Il est 20 heures.

Le 15 mai, Jean-Louis Turquin est inculpé du meurtre de Charles-Édouard et écroué. À aucun moment, le juge d'instruction ne parviendra à faire redire à Jean-Louis Turquin les « aveux » prononcés devant sa femme. Alors, les enquêteurs s'acharnent à chercher le corps de Charles-Édouard dans la zone décrite sur la cassette. Plusieurs semaines de fouilles intensives ne donneront aucun résultat. Turquin est inculpé d'un meurtre... pour lequel il n'y a pas de cadavre !

Et un mobile, y en a-t-il un ? Pour l'accusation, c'est clair : Turquin s'est servi de Charles-Édouard comme d'un instrument pour essayer de convaincre sa femme de revenir vivre avec lui. Lors du procès, un expert psychiatrique dira d'ailleurs :

– Le couple fonctionnait sur un mode pathologique et sur un plan sadomasochiste. L'enfant n'a eu d'autre place que de servir à des manipulations.

Peut-être... Mais cela ne prouve en rien que Jean-Louis Turquin ait assassiné son fils. Cela montre simplement, comme le vétérinaire l'affirmera toujours, qu'il était prêt à avouer n'importe quoi à sa femme pour essayer de raccommoder, coûte que coûte, son couple :

– Je pensais que si je lui avouais quelque chose de faux, elle m'aimerait plus que si je ne lui avouais rien.

L'explication peut paraître naïve, voire absurde, mais elle révèle bien le mode de fonctionnement de ce couple étrange. Elle révèle également un trait de caractère de Jean-Louis Turquin, personnage peu sympathique et froid, comme il le reconnaît lui-même. Mais fort heureusement, tous les antipathiques ne sont pas des meurtriers…

Or, si Turquin est coupable, pourquoi aurait-il fait installer un système d'écoute téléphonique au domicile de ses beaux-parents quelques jours après la disparition de son fils pour essayer de découvrir si ceux-ci ou leur fille Michèle pouvaient être impliqués dans la disparation ? Il sera d'ailleurs condamné par le tribunal correctionnel de Nice à huit jours de prison avec sursis pour atteinte à la vie privée. Car, même si la piste n'a jamais été réellement prise au sérieux par les enquêteurs, Turquin, lui, soupçonne que Michèle n'est pas étrangère à l'affaire. Quelques mois plus tard, il engagera d'ailleurs un détective privé, qui découvrira une « piste israélienne », laquelle resurgira d'ailleurs bien des années plus tard. La thèse défendue par Turquin est la suivante : sa femme aurait fait enlever son fils pendant son sommeil et l'aurait ensuite envoyé dans une famille en Israël, où elle avait des relations. Charles-Édouard, au demeurant, n'est-il pas le fruit de son union avec un amant d'origine juive ?

Lorsque le procès de Jean-Louis Turquin s'ouvre, en mars 1997, devant la cour d'assises des Alpes-Maritimes, l'enquête en est à peu près au même stade. Et l'instruction souffre de singulières carences. Aucun corps n'a encore été découvert alors même que Turquin est jugé pour meurtre. Le mobile du « meurtre » n'est toujours pas plus clair et n'apparaît pas avec une grande évidence. Et surtout, aucune preuve n'a pu être découverte contre Turquin. Autrement dit, d'un côté comme de l'autre, les avocats doivent faire preuve d'une certaine grandiloquence et ne peuvent, pour défendre leurs thèses respectives, que s'appuyer sur les brèches, les failles dans les personnalités de Jean-Louis et Michèle Turquin.

Ainsi, pour l'avocat général de l'accusation, Turquin aurait tué son fils parce que sa vie personnelle s'effondrait, parce que Michèle, demandant le divorce, aurait obtenu la garde de Charles-Édouard :

– On touche à son argent, à son « fils » et à sa notoriété. Pour Jean-Louis Turquin, c'est un désastre insupportable. L'enfant qui devait constituer un trait d'union, le seul, avec sa femme, ne devient qu'une parenthèse.

Mais pour l'un des avocats de l'accusé, c'est bien Michèle qui est en cause :

– Nous sommes là dans un jeu pervers, dans un jeu de rôle où, telle une mante religieuse, elle l'a attiré pour le dévorer.

Me Varaut, également défenseur de Jean-Louis Turquin, résumera bien les années de l'instruction et les insuffisances de l'enquête :

– Le doute doit profiter à l'accusé quand l'évidence du crime n'est pas au rendez-vous judiciaire. Est-il possible de connaître la vérité ? Pouvez-vous, en conscience, la connaître ? Je vais démontrer à votre cour, sans émotion, que ce qui est éblouissant est parfois aveuglant. La justice a une hypothèse. La piste Turquin est la plus séduisante. Alors, il faut confondre Turquin, suspect n° 1. Faute de preuve, il faut provoquer des preuves*. Il y a des assassinats sans cadavre, mais il n'y a pas d'assassinat sans mobile. Où est le mobile ? Une condamnation, c'est un tiers de doute et deux tiers de probabilité. L'inverse, un tiers de probabilité et deux tiers de doute, c'est l'acquittement. Et, dans ce cas, l'homme libre s'abstient pour l'honneur de la justice.

Juste avant que la cour ne se retire pour délibérer, Jean-Louis Turquin lance ces dernières paroles à l'attention des jurés :

– On m'accuse du pire des crimes. Je suis un père qui aime son enfant, un mari qui aime sa femme. Tant que Dieu me prêtera vie, je chercherai. Un jour, j'espère, je retrouverai mon fils.

L'accusation ne dispose donc que d'un dossier très faible pour faire condamner Jean-Louis Turquin. Pas de corps, pas de mobile, juste des « aveux » faits par l'accusé à sa femme et même pas devant des enquêteurs : comme le reconnaît volontiers l'avocat général, seule

* NDA : l'enregistrement des « aveux »

« la magie des assises » permettra aux jurés de se forger une intime conviction. Mais peut-on accoler les mots « magie » et « justice » ? Cela semble difficile, car à moins d'avoir des preuves solides, comment condamner quelqu'un, en conscience, à passer plusieurs années de sa vie derrière des barreaux pour un crime qu'il n'a peut-être pas commis ?

Pourtant, après cinq jours de débats, deux heures et demi de délibéré, les jurés donnent leur verdict : COUPABLE. Jean-Louis Turquin est reconnu coupable du meurtre de son fils Charles-Édouard et condamné à vingt années de réclusion criminelle.

À l'écoute de la peine, Turquin plonge le visage dans ses mains. Pour la première fois depuis le début du procès, il s'effondre. Un policier est même obligé de le soutenir.

Quant à Michèle, son ex-femme, elle ne prononce qu'une seule phrase, préférant la discrétion :

– Je pense que Charles-Édouard est satisfait.

Me Varaut, l'avocat de Jean-Louis Turquin, affirmera des années plus tard avoir décelé dans ce verdict un aveu de doute de la part de la cour :

– Vingt ans, c'est beaucoup pour un innocent, mais c'est peu pour un père qui aurait tué son fils.

Et c'est bien là que réside le problème de l'affaire Turquin : comment peut-on condamner un homme à vingt ans de prison alors que l'on n'a aucune certitude quant à sa culpabilité ? Le jugement, à l'évidence, n'est basé que sur une intime conviction et, comme souvent devant un jury populaire d'assises, cela ne joue pas en faveur de l'accusé.

Dès lors, l'affaire Turquin ne sera qu'une longue suite de procédures judiciaires. Le 9 avril, la demande de mise en liberté de Jean-Louis Turquin est rejetée par la cour d'appel d'Aix-en-Provence. Le condamné entame alors une grève de la faim qui le conduira à l'hôpital. Un peu plus de deux ans après, en juillet 1999, il dépose une requête en révision auprès de la commission de révision des condamnations pénales. C'est cette commission qui, seule, a le pouvoir de décider de la révision d'une peine, mais elle le fait très rarement : la dernière fois, ce fut pour l'affaire Patrick Dils. Pour que cette demande puisse aboutir, il faut qu'un élément nouveau puisse faire douter de la culpabilité de la personne condamnée.

Or, en l'occurrence, cette demande est déposée parce que la « piste israélienne » déjà évoquée lors du procès, mais rapidement rejetée par les enquêteurs, resurgit. Un homme enquêtant en Israël sur les origines des enfants scolarisés dans les écoles rabbiniques du pays affirme avoir localisé et rencontré un adolescent qui pourrait être Charles-Édouard Turquin :

– Il y a des points de coïncidence assez extraordinaires entre l'adolescent que j'ai rencontré, visiblement très troublé par mes questions, et l'enfant disparu à Nice, il y a huit ans.

L'adolescent en question s'appellerait désormais Benjamin. Il aurait 16 ans, c'est-à-dire l'âge que Charles-Édouard aurait également. Plus troublant encore : il aurait été adopté par une famille israélienne voici huit ans et serait né le même jour que Charles-Édouard, à

Nice également ! Il aurait, comme Charles-Édouard, les cheveux châtains, les yeux clairs et s'exprimerait en hébreu avec un fort accent européen. Toujours selon la même source, on aurait dit à Benjamin « qu'il ne rencontrerait plus sa mère, une non-juive, ni son père, mort en prison » !

La thèse des défenseurs de Turquin est limpide. Michèle, l'ex-femme qui n'a jamais pleuré son fils, aurait en réalité enlevé celui-ci pour le cacher en Israël, faisant d'une pierre deux coups : elle se débarrassait de son fils et accablait son mari, un homme qu'elle avait appris à détester au fil des années. Une thèse renforcée par un autre élément : le père biologique de Charles-Édouard Turquin, Moïse, considéré comme un nageur émérite, avait trouvé la mort en décembre 1993, noyé, près de Nice, quelques semaines avant l'annonce du procès. Un décès sur lequel avait toujours plané une suspicion.

Autant de zones d'ombre qui donnent à Jean-Louis Turquin de l'espoir. L'espoir que son procès soit rouvert et révisé :

– Un jour, mon innocence sera reconnue et je retrouverai Charles-Édouard. Je suis certain qu'il est encore vivant. Et si mon fils, qui aura bientôt 18 ans, ne se manifeste toujours pas, c'est qu'on lui a fait croire que son père est mort en prison... Si la justice accepte de reconnaître que je suis innocent et si je suis libéré, je ferai tout pour tenter avec Charles-Édouard de reprendre le cours d'une vie normale malgré la terrible épreuve que je continue de traverser.

Le 14 mai 2001, toutefois, les espoirs de Jean-Louis Turquin s'envolent : la commission de révision s'oppose à la révision du procès. « Aucun élément nouveau ne le justifie », estiment les membres de cette instance, qui n'ont pas réussi à obtenir la preuve que l'adolescent vivant dans une école religieuse israélienne est bien Charles-Édouard. Ni la police française, ni la police israélienne ne semblent le croire. À nouveau, la piste israélienne est abandonnée et Jean-Louis Turquin retourne à ses cours d'anglais qu'il prend en prison.

Alors qu'elle avait quelque peu sombré dans les oubliettes judiciaires, l'affaire Turquin rebondit une nouvelle fois en 2003. Cette fois-ci, plus question de parler d'enlèvement et de départ forcé vers la terre promise ! La surprise vient de Paul Buchheit, un détenu de la prison de Toul, en Meurthe-et-Moselle, condamné à vingt ans de prison pour un assassinat. Il affirme avoir recueilli les confessions d'un camarade de cellule : celui-ci lui aurait expliqué avoir percuté et tué accidentellement un jeune garçon sur les hauteurs de Nice, alors qu'il venait de cambrioler une maison avec son complice. Le garçon était habillé d'un pyjama. Après avoir constaté la mort de l'enfant, les deux hommes auraient emmené son corps dans une cimenterie, où ils l'auraient incinéré.

– Le détenu de Toul a fait des révélations sur une mort accidentelle, mais il ne veut pas faire de déclarations plus précises, ne voulant pas passer pour un donneur, explique Me Varaut.

Effectivement, les déclarations ne sont pas précises, mais peuvent malgré tout être de nature à justifier la révision de la condamnation. À une condition : que Paul Buchheit parle et fournisse au moins l'identité de son codétenu. Pour l'y pousser, Me Varaut porte plainte. En janvier 2004, Paul Buchheit comparaît devant le tribunal correctionnel de Nancy.

– Je parlerai quand je serai libre ! annonce alors Buchheit. Témoigner pour innocenter un homme, c'est une chose, témoigner pour en accuser un autre, c'est autre chose !

L'homme affirme qu'il ne parlera que s'il peut mettre de la distance entre lui et d'éventuels poursuivants. Évidemment, cela peut paraître un peu simple, voire simpliste, et le procureur ne manque pas de dénoncer une manipulation : Buchheit semble un peu trop intéressé par une remise en liberté sans condition. Le détenu, qui persiste, est finalement condamné à vingt ans de prison ferme : il refuse de parler. Ce dernier rebondissement était aussi sans doute le dernier espoir pour Jean-Louis Turquin, qui a déjà passé plus de six ans derrière les barreaux pour un crime qu'il n'a peut-être pas commis.

L'étrange « suicide » de Pierre Bérégovoy

Le 1er avril 1993, Pierre Bérégovoy est retrouvé sur les berges d'un canal, une balle dans la tête. Il mourra quelques heures plus tard. Aussitôt, la version officielle affirme qu'il s'est suicidé. Mais des détails jettent le trouble : et si l'ancien Premier ministre de François Mitterrand n'avait pas mis fin volontairement à ses jours ?

« Pierre Bérégovoy est mort. L'ancien Premier ministre, Pierre Bérégovoy, s'est suicidé d'une balle dans la tête, samedi après-midi à Nevers, déclare la préfecture de la Nièvre. Officiel Nevers. »

Il est 19 h 36 ce samedi 1er mai 1993 lorsque cette dépêche de l'agence Reuter tombe sur tous les téléscripteurs de France. Aussitôt, les médias sont en ébullition. Il y a seulement un mois, il était encore le Premier ministre que François Mitterrand avait choisi pour gouverner la France. D'où l'émotion, la surprise et l'événement que constitue alors pour les journalistes la mort de ce personnage public. Tous les médias et notamment les journaux télévisés de 20 heures reprennent l'information : « Bérégovoy s'est suicidé », répètent-ils à l'envi. L'ancien Premier ministre s'est donc tiré une balle dans la tête. Et si la mort de cet homme, à ce moment-là, surprend, personne ne remet en cause l'idée qu'il se soit suicidé. Que Pierre Bérégovoy ait mis fin à ses jours paraît presque normal. Pour comprendre pourquoi, il faut remonter quelques semaines plus tôt...

****

Nous sommes alors le mercredi 3 mars. *Le Canard enchaîné*, journal satirique généralement bien informé mais qui n'hésite pas à déformer quelque peu la réalité pour la rendre plus « vendeuse », publie un article en une qui fait l'effet d'un coup de tonnerre : l'hebdomadaire révèle que Bérégovoy, alors Premier ministre, aurait reçu, en septembre 1986, un prêt d'un million de francs de l'époque (150 000 euros) de la part de Roger-Patrice Pelat, un homme d'affaires multimillionnaire, ami de Bérégovoy et de Mitterrand, prêt consenti pour l'achat d'un appartement rue des Belles-Feuilles, dans le seizième arrondissement de Paris. Il n'est certes pas illégal en France de se prêter de l'argent entre amis, le problème est ailleurs. Pelat est en effet mis en examen depuis 1989 et apparaît être au cœur du système affairiste des années Mitterrand. Le président a ainsi chargé le secrétaire général de l'Élysée de mettre au point le rachat de Vibrachoc, une entreprise créée par Pelat et le frère de François Mitterrand. Vibrachoc est alors estimée à 20 millions de francs (3 millions d'euros). Mais Roger-Patrice Pelat en demande plus. Beaucoup plus même, puisqu'il en obtiendra finalement 110 millions de francs

(16,8 millions d'euros). La transaction est évidemment bouclée avec des entreprises qui, à l'époque, appartiennent encore à l'État, Alsthom, la BNP et le Crédit Lyonnais.

Mais ce n'est pas tout ce que le juge Thierry Jean-Pierre, aujourd'hui reconverti à son tour dans la politique, découvrira. Il se rendra compte, après la mort de Pelat, que celui-ci avait fait profiter de ses largesses de très nombreuses personnalités, en échange, bien sûr, de quelques services... Il verra également que Pelat avait fait faire des travaux pour un montant de 20 millions de francs dans sa superbe et immense propriété solognote avec l'argent du contribuable, puisqu'il apparaissait que les factures avaient été réglées par l'État, qui les avait dissimulées dans les grands travaux du nouveau quartier de la Défense à Paris.

C'est en menant toutes ces investigations que le juge découvre un chèque d'un million de francs émis par Pelat au bénéfice de Pierre Bérégovoy. Dès lors que *Le Canard enchaîné* en est informé, le Premier ministre en exercice subit un véritable déferlement médiatique. Car une question essentielle brûle les lèvres de tous les journalistes : quels « services » Pierre Bérégovoy – qui, avant d'être le troisième personnage de l'État, avait occupé les fonctions ô combien précieuses pour un homme d'affaires de ministre de l'Économie et des Finances – quels « services », donc, a-t-il bien pu rendre à Pelat pour justifier un chèque d'un million de francs ? Alléchés par l'odeur de scandale qui ternit la fin du règne d'un président vieillissant, les médias en oublient la première règle élémentaire de leur fonction : vérifier leurs informations. S'ils l'avaient fait, ils se seraient en effet aperçus plus tôt que Pelat n'avait pas donné cette somme à Bérégovoy, mais simplement prêté.

Un prêt convenu en 1986, à une époque où Bérégovoy n'occupait plus aucune fonction ministérielle. Par ailleurs, pour de l'argent prétendument occulte, ce prêt laisse de curieuses traces que ni Bérégovoy ni Pelat n'ont voulu effacer. D'abord, le chèque est établi à l'ordre de Me Guillemin, le notaire chargé de la transaction de l'appartement de la rue des Belles-Feuilles. Ensuite, une reconnaissance de dettes est non seulement signée, mais également enregistrée chez un autre notaire, Me Thomas, à Nevers. Et enfin, le prêt est même enregistré aux services fiscaux ! Quelqu'un ayant souhaité dissimuler cette somme s'y serait assurément pris autrement... Et puis Pierre Bérégovoy traîne une réputation d'honnête homme. L'homme, fils d'un émigré russe, vient du « peuple ». Il a gravi seul les échelons, et Dieu sait que du simple CAP d'ajusteur jusqu'à Matignon, le chemin est long ! Il a été syndicaliste et engagé dans la Résistance pendant la seconde guerre mondiale. Bref, on l'imagine assez mal dans ce costume d'escroc qu'on essaie de lui faire endosser.

Et pourtant ! La polémique continue d'enfler. Car, notent les observateurs, le prêt est sans intérêt. Étrange, estiment-ils : lorsqu'on prête de l'argent, cela ne peut être « gratuit » qu'en échange d'un « service ». Peut-être, mais peut-être pas... En tout cas, rappelons-le, cela n'est pas illégal. Et puis, surtout, dans le document notarié, Pierre Bérégovoy s'engageait à rembourser la somme prêtée au plus tard le 31 décembre 1995. Or, deux mois avant l'échéance, le Premier ministre n'en avait remboursé que la moitié, soit 500 000 F. Pas assez, jugent alors les observateurs. Ce à quoi, les fils de Roger-Patrice Pelat, ses héritiers, rétorquent que Pierre Bérégovoy les a en partie remboursés en nature, avec des livres de collection, des objets d'art, etc. Le problème, c'est que cette ligne de défense des fils Pelat se révèle fausse : Bérégovoy n'a jamais donné en contrepartie du prêt aucun livre ni objet. D'où, alors, un quiproquo et surtout un piège dans lequel le Premier ministre n'a d'autre choix que de tomber : il est contraint de démentir le fait qu'il aurait remboursé en nature le reste du prêt et, aux yeux de l'opinion publique, le mensonge des fils Pelat lui retombe dessus. Et ce n'est pas le seul piège tendu au Premier ministre : son collègue, le garde des Sceaux, interdit officiellement au juge Jean-Pierre d'instruire, c'est-à-dire d'enquêter sur ce prêt. Coïncidence : Bérégovoy intervient à la télévision pour se défendre et affirme haut et fort :

– Je vous assure qu'il n'y a eu et qu'il n'y aura aucune intervention de la chancellerie pour empêcher la justice de faire son travail et d'enquêter sur ce prêt, pour lequel, je vous le rappelle, je n'ai rien à me reprocher, dit en substance Bérégovoy à la France entière.

Le lendemain, la presse fait ses choux gras d'une « révélation » du journal *Le Monde* : en dépit de ce que le Premier ministre a affirmé publiquement la veille, le garde des Sceaux est bien intervenu en sa faveur. Tout le monde en déduit alors que Bérégovoy a menti la veille au soir en parlant aux Français les yeux dans les yeux. Et pourtant, non, il n'a pas menti : simplement, lui, le Premier ministre, n'a même pas été informé de l'initiative de son collègue du gouvernement ! Impossible à imaginer, mais c'est pourtant bien ce qui s'est produit. Comment l'expliquer ? Là encore, on aurait voulu faire un cadeau empoisonné au Premier ministre que l'on ne s'y serait certainement pas pris autrement.

On l'imagine fort bien, Pierre Bérégovoy est très affecté par cette campagne de presse qui se déchaîne contre sa personne. D'autant plus affecté que le juge d'instruction n'a retenu aucune charge contre lui : non seulement le prêt est légal, mais en plus il n'a aucun caractère frauduleux, c'est-à-dire qu'il n'a été consenti en échange d'aucun service quelconque et que tout a été fait dans les règles de l'art. Mais ces points, la presse ne s'en fera pas véritablement l'écho ; en tout cas, pas rapidement. D'aucuns imagineront que Pierre Bérégovoy est le lampiste d'une personne plus importante encore : le président, lui-même. Pendant que les « chiens » rongent l'os qu'on leur a lancé, ils ne cherchent pas ailleurs…

C'est dans ce contexte pour le moins délétère que prennent place les élections législatives de la fin du mois de mars. Le 28, la gauche connaît un échec cuisant et l'Assemblée nationale passe à droite. François Mitterrand s'apprête à vivre une nouvelle cohabitation, tandis que Pierre Bérégovoy laisse son fauteuil à Matignon. L'échec du parti socialiste aux législatives lui est directement imputé : la gauche a perdu les élections par sa faute. C'est en tout cas ainsi que se rassurent tous les ténors du PS pour éviter de porter eux-mêmes la responsabilité d'une lourde défaite.

Pourtant, là encore, les faits démentent quelque peu cette vision de la réalité politique de l'époque. Certes, Pierre Bérégovoy n'est sans doute pas étranger à la défaite de la gauche. Mais il n'en est certainement pas le seul responsable. Au-delà de l'affaire du prêt, les Français n'ont certainement pas pardonné le climat général du moment, les scandales politico-financiers qui entourent la fin de règne de François Mitterrand. Et si les personnalités socialistes ont connu une véritable débandade un peu partout en France, Pierre Bérégovoy est l'un des seuls éléphants du PS à avoir été réélu dans sa circonscription de Nevers. Est-ce un hasard ? Sans doute pas, comme l'affirme le journaliste et écrivain Dominique Labarrière dans son livre* : « La réélection de Pierre Bérégovoy apporte la preuve incontestable que son image, sa réputation, son crédit ne sont pas aussi ruinés chez lui, dans la Nièvre, qu'on se plaît à l'imaginer dans les rédactions et les officines de la capitale. Il y a un fossé qui ne peut être saisi, compris depuis Paris. De même que ne peut être pressentie de là-bas la fierté roborative, revitalisante du

* *Cet homme a été assassiné, la mort de Bérégovoy, enquête sur l'enquête,* La Table Ronde, 2003.

rescapé des urnes. Il est de nouveau roi de Nevers. De Nevers seulement, certes. Mais roi tout de même. »

Le 28 mars, Bérégovoy remporte donc les législatives et retrouve les bancs de l'Assemblée nationale. Pendant un mois, les choses vont se dérouler ainsi et la tempête médiatique est retombée depuis plusieurs semaines lorsque le début du mois de mai arrive, annonçant le retour des beaux jours.

Nous sommes le 30 avril. C'est un vendredi, pratiquement le week-end. Pierre Bérégovoy sort du train qui le ramène de Paris, il est 8 h 55. Son chauffeur l'attend devant la gare. L'ancien Premier ministre monte dans sa voiture de fonction, une R25 Baccara, ce qui se fait de mieux en matière de voitures officielles. Au programme de la journée : des dossiers à étudier et à régler, puis des visites officielles, évidemment. L'une d'entre elles, la plus importante, se déroule à l'hôpital de Nevers, pour lequel il a de grands projets. Là-bas, les médecins ne remarquent rien de particulier, aucun signe de déprime et à plus forte raison de dépression. Bérégovoy paraît même, selon eux, plutôt combatif. L'ancien Premier ministre connaît pourtant quelques problèmes de santé, dont la presse et ses « amis » se feront d'ailleurs largement l'écho après sa mort pour justifier la thèse du suicide. La veille, il était allé consulter à l'hôpital du Val-de-Grâce à Paris pour un souci intestinal. Pierre Bérégovoy, contrairement à ce qu'on a laissé entendre à l'époque, n'était pas allé voir un médecin pour une déprime, mais pour un banal problème de colique…

L'après-midi de ce 30 avril, le député maire de Nevers vaque à ses occupations d'élu après être allé déjeuner seul chez lui. Il participe à une réunion agricole et va ensuite prendre un verre avec le président du conseil régional et deux sénateurs de ses amis. Ceux-ci non plus ne le trouvent pas spécialement déprimé. Au contraire même : il semblait apprécier le moment présent, discutant, plaisantant, souriant :

– On devrait faire cela plus souvent, lâche-t-il à un moment à ses amis.

Enfin, Bérégovoy va inaugurer une exposition de peinture, dernière obligation de sa journée. Il est plus de 20 heures lorsqu'il retrouve au restaurant pour dîner sa femme Gilberte, qui vient de rentrer de Paris, l'une de ses filles accompagné de son mari et une amie. Comme plus tôt dans la journée, l'homme qui prend son dernier dîner semble, aux yeux de ses proches, exactement comme d'habitude.

Le lendemain matin, 1er mai, Pierre Bérégovoy se rend à la traditionnelle cérémonie de la fête du Travail à la mairie. Puis il se rend à un déjeuner avec sa femme, chez sa sœur Jeanine et son beau-frère, qui vivent non loin de Nevers. Son chauffeur et son officier de sécurité sont même invités à rester. Le déjeuner se déroule normalement et tous les hôtes affirment que Pierre Bérégovoy était exactement comme à son habitude, si ce n'est qu'il manifestera son envie de se reposer un peu avant d'aller donner le coup d'envoi d'une course cycliste en début d'après-midi. Il va somnoler quelques instants dans sa voiture, seul. C'est un détail essentiel, car l'officier de sécurité affirmera avoir remarqué, lorsqu'il est revenu à la voiture, que l'attaché-case fermé à clé et situé dans le coffre, contenant son arme de service, ne se trouvait plus exactement au même endroit, qu'il aurait donc été déplacé. Sous-entendu : Pierre Bérégovoy aurait tenté de s'emparer de l'arme lors de sa sieste. Soit. Mais alors d'autres détails sont pour le moins étonnants. Par exemple, le chauffeur de la voiture expliquera plus tard que l'officier de sécurité avait pour habitude de placer son arme dans la boîte à gants lorsqu'il montait dans la voiture et de la reprendre dès qu'il en descendait. Si tel est le cas, pourquoi Pierre Bérégovoy aurait-il tenté de s'en emparer dans un attaché-case fermé à clé alors qu'il lui suffisait d'attendre que l'arme se trouve dans la boîte à gants ? Passons.

Il est 15 h 30 lorsque Pierre Bérégovoy arrive au parc Roger-Salengro où doit avoir lieu le départ de la course cycliste. Il donne ce coup d'envoi sans que personne, là non plus, ne remarque une quelconque différence dans son comportement. Dominique Labarrière, dans son ouvrage, cite ainsi un journaliste qu'il a rencontré et qui se trouvait ce jour-là au parc Salengro :

– Je n'ai pas pris de photo de Bérégovoy, ce jour-là, explique-t-il, car il était exactement comme je le voyais pratiquement chaque week-end depuis dix ans. Cela aurait été un cliché parmi des dizaines d'autres identiques.

Après la course cycliste, Pierre Bérégovoy repasse rapidement à la mairie, il n'a rien à faire pendant une heure. Sans doute travaille-t-il alors sur quelques-uns des dossiers qu'il a emportés avec lui de Paris la veille. Nul ne sait précisément ce qu'il fait durant cette heure creuse. Son chauffeur et son officier de sécurité viennent le récupérer un peu plus tard, juste avant d'aller remettre les récompenses à une compétition de canoë-kayak. Entre-temps, Pierre Bérégovoy leur demande de passer à la gare de Nevers. L'ancien Premier ministre descend de voiture, suivi de son garde du corps. Il s'avance vers le tableau des horaires, sort son agenda, un petit carnet en cuir de marque Hermès et note quelque chose. Puis la R25 repart en direction du stade nautique. Une équipe de journalistes, notamment de France 3, se trouve sur place pour couvrir la compétition sportive. Pierre Bérégovoy y est bien évidemment filmé et, là encore, au visionnage des images, on ne remarque pas de signe particulier de tension sur son visage, pas de lourdeur dans sa démarche, aucun indice laissant apparaître que l'homme est suicidaire. Mais plus intéressant : on le voit, sur les rushes de France 3, sortir son agenda, le fameux petit carnet en cuir Hermès. Il tourne quelques pages, lit quelque chose, le referme et le range dans sa poche. Cette image est très intéressante, car l'agenda constitue un autre détail étonnant de l'affaire Bérégovoy, puisque le précieux carnet a disparu quelques heures après la mort de l'homme politique et que nul ne sait ce qu'il contenait.

Juste après la remise des récompenses, Bérégovoy remonte en voiture, accompagné seulement de son chauffeur. En effet, il demande à son officier de sécurité d'attendre son suppléant à qui il vient de téléphoner pour fixer un rendez-vous. La R25 parcourt quelques kilomètres en direction de la piscine de la Jonction. Bérégovoy fait arrêter la voiture. Il dit à son chauffeur qu'il souhaite passer un coup de fil. Celui-ci, comme d'habitude, descend alors du véhicule. C'est le moment que Pierre Bérégovoy aurait choisi pour s'emparer de l'arme de service que l'officier de sécurité, resté au stade nautique à attendre le suppléant, aurait « oubliée » dans la boîte à gants. Quant au coup de fil, il existe réellement. L'homme aurait appelé l'une de ses amies de Paris, une femme dont l'anonymat a toujours été strictement préservé mais qui n'a pas pu apprendre grand-chose aux enquêteurs. La conversation a duré moins d'une minute, le temps pour cette amie de lui dire qu'elle avait du monde chez elle, qu'elle n'avait donc pas le temps de parler et qu'elle le rappellerait. Pendant ces quelques secondes, en revanche, cette femme est catégorique : Pierre n'avait pas la voix d'un désespéré, il était exactement comme d'habitude.

Bérégovoy fait alors signe à son chauffeur pour remonter dans la voiture. Le véhicule fait demi-tour et se dirige vers le canal sur la commune de Sermoise. L'ex-Premier ministre descend. Il part seul se promener sur les berges tandis que son chauffeur retourne chercher l'officier de sécurité resté au stade nautique. Quelques minutes plus tard, aux environs de 18 heures, un coup de feu, puis un deuxième aussitôt après, déchirent l'air humide de cette fin de journée.

Le chauffeur et l'officier de sécurité, selon leurs dires, accourent et découvrent leur patron couché sur le chemin, une balle dans la tête. Pierre Bérégovoy est encore vivant, comme en témoignent les râles qui résonnent. Les secours sont appelés et le député maire est transféré à l'hôpital de sa ville dans un état critique. À 19 h 36, sa mort est annoncée par une dépêche de l'agence Reuter. Quelques minutes plus tard – deux, pour être exact –, c'est au tour de l'Élysée de publier un communiqué de presse entérinant le décès de Pierre Bérégovoy par « suicide ». D'aucuns ne manqueront pas d'être étonnés d'une telle précipitation qui ressemble si peu au manque de réactivité habituel des services de communication. Une précipitation d'autant plus malvenue que, contrairement à ce que disent les communiqués de la préfecture de la Nièvre, de l'agence Reuter et de l'Élysée, Pierre Bérégovoy, à cette heure-ci, n'est pas encore mort ! Son décès ne sera prononcé officiellement qu'à 22 h 15 dans l'hélicoptère qui transporte le blessé au Val-de-Grâce.

À 20 heures, Gilberte Bérégovoy arrive à l'hôpital de Nevers. Elle vient d'apprendre ce qui est arrivé à son mari. Et quand on lui dit qu'il vient de se suicider d'une balle dans la tête, cette femme ne cesse de répéter :

– Ils l'ont tué ! Ils l'ont tué !

Simple parole de femme éplorée ? Sans doute pas, car Gilberte Bérégovoy ne croira que peu de temps à la thèse officielle du suicide de son mari. Devant certains éléments troublants, elle aura tôt fait d'être définitivement convaincue que Pierre, son mari, ne s'est pas tué, comme tout le monde aimerait le lui fait croire, mais qu'il a bel et bien « été suicidé ».

Et l'on comprend pourquoi ce qui, au départ, n'est qu'un sentiment, chez celle qui a passé plus de quarante-cinq ans de sa vie avec Pierre Bérégovoy, se transforme rapidement en une quasi-certitude. De nombreux éléments autorisent le doute, en effet, et sont pour le moins troublants. À commencer par l'autopsie. Celle-ci a bien été réalisée, après quelques débats. Nombre de personnalités estiment alors qu'elle n'est pas nécessaire, mais pour ne pas prêter le flanc à des critiques ultérieures, il est finalement décidé de la réaliser. La dépouille de l'ex-Premier ministre quitte donc le Val-de-Grâce dans une banale ambulance pour tromper la vigilance des journalistes présents devant les grilles de l'hôpital et est transportée à l'institut médico-légal. Ce qui pose problème avec l'autopsie, c'est que, malgré ses demandes nombreuses et régulières, la famille n'aura jamais accès aux résultats de l'examen du corps de Pierre Bérégovoy. Pourquoi ? Y aurait-il eu des éléments à dissimuler qu'on ne s'y serait pas pris autrement… Manifestement, les leçons de l'affaire Boulin, autre grand « suicide » de la République, n'ont servi à rien : dans le cas de cet ancien ministre de droite, les résultats de l'autopsie avaient été rendus publics, mais si fortement contestés que la thèse de l'assassinat ne relevait plus de l'affabulation.

Mais bien d'autres choses encore troublent Gilberte Bérégovoy. Par exemple, pourquoi le carnet en cuir, l'agenda que son mari transportait sur lui et qu'il avait consulté à plusieurs reprises dans les heures précédant sa mort, a-t-il disparu ? Car plus personne ne retrouve cet agenda. Qu'est-ce que Pierre Bérégovoy avait-il pu noter de si compromettant pour que l'on veuille le soustraire à sa famille et à l'opinion publique ? Là encore, cette disparition laisse le champ libre à toutes les spéculations. Pourquoi ne pas imaginer, par exemple, qu'il y avait consigné un rendez-vous avec un mystérieux interlocuteur qu'il aurait retrouvé ce 1er mai, seul, sur les berges du canal à Sermoise aux environs de 18 heures ? Pourquoi ne pas imaginer encore que retrouver ce carnet aurait fourni la preuve que François Mitterrand et son entourage, contrairement à ce que ceux-ci ont voulu faire croire après son décès, avaient « lâché » Bérégovoy ? Qu'ils l'avaient relégué à nouveau au rôle de petit notable de province que l'ancien fraiseur-tourneur qui n'avait qu'un BEP en poche n'aurait, selon certains officiels de la gauche caviar parisienne, jamais dû quitter. Cette hypothèse est d'autant plus réaliste que François Mitterrand et ses proches laisseront entendre que Pierre Bérégovoy devait venir déjeuner à l'Élysée le lundi 3 mai, comme par un extraordinaire hasard, quelques jours après son « suicide », ce qui est bien la preuve qu'il n'y a pas du tout eu « lâchage » du président. Oui, mais voilà, dans l'entourage de Pierre Bérégovoy, personne n'a souvenir de ce déjeuner, ce qui tout de même est étrange, car on a beau être un ex-Premier ministre, ce n'est pas tous les jours que le président en exercice vous invite au Palais pour un déjeuner informel ! Et, comme par hasard, la seule preuve réelle de ce rendez-vous aurait été de le voir figurer dans l'agenda de Pierre Bérégovoy qui, comme par hasard, a disparu… Enfin, « disparu », pas tout à fait : le carnet n'aurait tout simplement pas été rendu à la famille – là encore, en dépit des demandes répétées de celle-ci – sur ordre de l'Élysée, « pour éviter que Gilberte Bérégovoy aille fouiller la vie de son défunt mari », comme l'affirme Christophe Deloire, journaliste au *Point*, qui a consacré une partie de son ouvrage* au cas Bérégovoy.

Bien d'autres détails viennent également jeter le trouble. Les témoins, le soir du 1er mai, ont ainsi entendu deux détonations. Information confirmée par les experts, qui ont noté que le 357 Magnum avait bien tiré deux balles, dont une n'a jamais été retrouvée. Ceux qui croient au suicide affirment que Pierre Bérégovoy aurait tiré un premier coup en l'air pour vérifier que l'arme fonctionnait bien, puis un deuxième coup en pleine tête, fatal. Ceux qui doutent, en revanche, objectent à ce déroulement des faits trop parfait qu'un premier tir de 357 Magnum en l'air suffit à décourager n'importe quel candidat au suicide, même le plus motivé, tellement le bruit est effrayant.

Par ailleurs, on ne sait toujours pas – et l'on ne le saura certainement jamais – ce que faisait James Andanson ce 1er mai 1993 à Nevers. Andanson est photographe. C'est aussi une personnalité étonnante qui aurait eu maille à partir avec les services secrets français pour des histoires d'espionnage. Un temps, on

---

* Christophe Deloire, *Cadavres sous influence, les morts mystérieuses de la Ve République*, Paris, Jean-Claude Lattès, 2003.

affirma aussi que la Fiat Uno blanche qui se trouvait dans le tunnel de l'Alma au moment de la mort de la princesse Diana lui appartenait. Toujours est-il que cet homme trouvera la mort dans des circonstances étranges, brûlé dans sa voiture sur le plateau du Larzac. Tellement carbonisé qu'il fut impossible d'identifier avec certitude son corps. Bon nombre d'observateurs estiment aujourd'hui encore que le photographe – s'il s'agit bien de lui – n'a certainement pas eu un accident, mais qu'il a bien plutôt été assassiné. Alors, que faisait un personnage aussi trouble le jour de la mort de Pierre Bérégovoy à Nevers ? Les deux hommes avaient-ils rendez-vous ? C'est possible, car ils se connaissaient, Andanson ayant réalisé la photographie officielle de Bérégovoy lors de son arrivée à Matignon. Et s'ils se sont rencontrés – dans le plus grand secret, puisque personne ne les a vus ensemble ce jour-là – que se sont-ils dits ? Cela reste un mystère... Un de plus dans cette affaire qui comporte déjà bien des zones d'ombre...

Le 4 mai 1993, Pierre Bérégovoy, Premier ministre il y a un mois encore, est dans un cercueil. Les obsèques se déroulent à Nevers en présence de nombreux habitants de la ville mais aussi, bien sûr, du ban et de l'arrière-ban politique. François Mitterrand est présent et prononce un discours qui restera dans les mémoires :

– Toutes les justifications du monde ne justifieront pas que l'on ait pu livrer aux chiens l'honneur d'un homme et finalement sa vie au prix d'un double manquement de ses accusateurs aux lois fondamentales de notre République, celles qui protègent la dignité et la liberté de chacun.

Le discours de l'orateur brillant qu'est le président fera date, tant il est mordant et rejette la responsabilité de cette étrange mort sur d'autres, les journalistes en l'occurrence, ces « chiens » qui ont mordu l'os jusqu'à ce qu'il n'y ait plus rien à ronger. Autrement dit qui ont monté en épingle une affaire – celle du prêt consenti par Pelat à Bérégovoy – sans voir qu'il n'y avait là rien de répréhensible. La presse, évidemment, a eu dans cette histoire un comportement loin d'être exemplaire. Mais celui qui, le jour des obsèques de son ancien Premier ministre, se pose en moralisateur n'a-t-il rien à se reprocher ? Lui, qui, de toute évidence, a effectivement « lâché » Bérégovoy les dernières semaines comme un rebut encombrant ? Lui, qui, un an plus tard, en avril 1994, perdra un autre de ses proches qu'il avait également « lâché », le conseiller François de Groussouvre, qui se « suicidera » à l'Élysée d'une balle dans la tête. Car ces deux morts, pour le moins suspectes, symbolisent également la fin d'une ère politique, la fin du règne d'un président vieillissant, obsédé par la mort et empêtré dans des affaires qui ternissent singulièrement l'œuvre d'un homme qui, une décennie plus tôt, avait pourtant porté tant d'espoir.

L'assassinat de la députée Yann Piat

Février 1994 : l'opiniâtre députée Yann Piat est assassinée dans le Var. Quelques mois après, ses assassins sont arrêtés. Mais les « bébés flingueurs » ont-ils décidé le meurtre de leur propre chef ou bien ont-ils obéi à un commanditaire ?

Cette journée du 25 février 1994 a été ensoleillée. La cité balnéaire varoise de Hyères est envahie de touristes. Mais il est 19 h 45 et la fraîcheur s'est brutalement abattue sur la cité.

– J'ai un peu froid ! confie Yann Piat à son chauffeur alors qu'elle monte dans sa Clio Baccara noire.

La députée UDF a travaillé toute la journée et sort de sa permanence électorale du centre-ville avant de regagner son domicile, le « Mas bleu », à quelques kilomètres de là, sur les hauteurs du Mont-des-Oiseaux.

Lorsqu'elle est sortie de son bureau, Yann Piat n'a rien remarqué d'étrange dans la rue. Pourtant, à quelques mètres, plusieurs jeunes hommes sont postés. L'un d'entre eux est debout et fait les cent pas, un autre est dans une voiture, une Nissan Micra, et deux autres, casques de moto en main, attendent à côté d'une grosse Yamaha 750.

– Allez-y ! Démarrez, ! Elle part ! lance l'un d'entre eux à la cantonade.

La Clio noire enfile les avenues à vive allure avant d'entamer la montée qui mène sur la colline où Yann Piat a élu domicile, un domaine résidentiel composé de maisons et de villas typiquement provençales. Elle est au téléphone et n'échange que peu de mots avec Georges Arnaud, son chauffeur qu'elle connaît bien et qu'elle surnomme affectueusement Jo. La voiture continue sa montée. Un premier virage. Un deuxième. La députée raccroche. Un troisième virage. Et puis soudain, dans le rétroviseur, des phares qui aveuglent l'habitacle.

– Jo, qu'est-ce que c'est que cette moto ? demande Yann Piat, surprise de voir débouler un engin qu'elle n'avait pas vu venir.

Et puis presque aussitôt :

– Jo ! On nous flingue !

Une première balle fait exploser la lunette arrière de la Clio. Une deuxième est tirée presque aussitôt. La voiture s'arrête. L'air empeste l'odeur âcre de la poudre. La moto double la Clio, deux autres balles sont tirées. L'une d'elles atteint Yann Piat au poumon. Elle se recroqueville et une auréole de sang tache son tailleur bleu. L'autre balle touche Georges Arnaud à la jambe. Le chauffeur entend sa passagère gémir de douleur tandis que son téléphone portable sonne dans le vide.

Quelques mètres plus loin, le conducteur perd le contrôle de sa moto. Elle dérape et glisse sur le bas-côté.

L'un des deux occupants de l'engin parvient à se relever et, toujours casqué, se dirige droit vers la voiture de la députée. Dans le halo des phares de la Clio, « il a une allure d'extra-terrestre », comme le confiera plus tard Georges Arnaud. Arrivé à 1,50 m du pare-brise, il braque son arme en direction de Yann Piat et tire. La balle atteindra sa cible, provoquant une hémorragie.

– À ce moment-là, je me suis dit : « Si tu ne pars pas, c'est fini », raconte Jo.

Le chauffeur, malgré sa jambe blessée, enclenche la marche arrière et appuie sur l'accélérateur. Dans le virage, il fait demi-tour et fonce en marche avant, droit vers le centre-ville. Fuir. C'est son obsession. Aller loin de ces tueurs masqués qui leur ont tendu une embuscade.

Il fonce aussi vite qu'il le peut, osant à peine regarder dans le rétroviseur si la moto le suit. Arrivé en bas de la colline, il croise un automobiliste qu'il contraint à s'arrêter en lui fonçant dessus. Jo descend alors de sa Clio et ouvre la porte de l'autre véhicule dans lequel se trouve un maçon rentrant chez lui après une journée de travail :

– Monsieur, s'il vous plaît ! Aidez-nous ! On vient de nous tirer dessus ! Suivez-nous, s'il vous plaît, sinon ils vont nous tuer !

L'homme accepte. Il suit la Clio noire de la députée durant quelques centaines de mètres. Et puis à un moment, il regarde dans le rétroviseur et voit une grosse moto qui arrive derrière, phare éteint.

– Sans doute les agresseurs, pense-t-il.

La moto double sa voiture. L'homme et les passagers de la Yamaha se jettent un regard. Une centaine de mètres plus loin, la moto freine. Il a le sentiment que les motards l'attendent.

– Ils vont me tuer !

C'est la première pensée qui lui vient à l'esprit car l'affolement de Jo et le sang sur son visage et sa jambe sont gravés dans sa tête. En une fraction de seconde, il décide de faire demi-tour et de se sauver. Tant pis pour le conducteur de la Clio noire qui lui a demandé son aide.

D'ailleurs, quelques minutes plus tard, la Clio déboule dans la cour de la caserne des pompiers de Hyères. Jo klaxonne pour demander des secours. Quelques secondes plus tôt, il entendait encore Yann Piat gémir à ses côtés. Il descend de voiture et crie. Des pompiers se précipitent. Il est près de 20 h 15 lorsqu'un médecin du SMUR constate que Yann Piat n'a plus de pouls. Les massages cardiaques et l'injection d'adrénaline n'y feront rien : la députée vient de mourir.

À 21 h 21, les rédactions de France apprennent la nouvelle par une dépêche AFP : « La députée UDF du Var, Yann Piat, a été tuée vendredi soir par balles à Hyères (Var), a-t-on appris auprès de la préfecture. En effet, selon les premiers éléments dont dispose la préfecture, Mme Piat, qui réside à Hyères, a été tuée peu après 20 h 30 par deux individus circulant à moto. Les deux hommes ont laissé peu de chances à leur victime, a-t-on indiqué de même source. »

Aussitôt, tous les médias sont en ébullition. Un représentant de la République a été assassiné, ce qui, évidemment, est un symbole extrêmement fort. Et au-delà, la personnalité visée par cet acte est particulièrement emblématique et médiatique. Yann Piat, c'est la Mme Propre du Var. Elle se présente comme la députée qui souhaite assainir les mœurs politiques et les affaires de Hyères. Et puis cette députée est arrivée à la droite « classique » après un détour par l'extrême droite. Au départ, elle s'était en effet engagée au Front national et elle fut d'ailleurs la seule députée du FN à l'Assemblée nationale en 1988 avant d'être exclue quatre mois plus tard des rangs du parti. C'est loin d'être banal pour une femme qui, de surcroît, connaissait personnellement Jean-Marie Le Pen depuis son enfance, puisqu'elle en était la filleule. Après son exclusion du FN, elle dira :

– J'ai aimé Jean-Marie. J'ai détesté Le Pen. Adieu, parrain !

Tout cela confère à la députée une certaine aura au sein de la classe politique. Elle ne peut pas laisser indifférent. Ce sont autant de raisons qui expliquent l'onde de choc que représente son assassinat en ce 25 février 1994.

Il est 23 h 40 le même jour quand une épaisse fumée noire s'élève au-dessus d'un petit village des environs de Hyères. Des riverains inquiets préviennent la gendarmerie. Une patrouille arrive sur les lieux et découvre une moto à moitié détruite en train de se consumer. Ils ne vont pas tarder à se rendre compte qu'il s'agit de l'engin qui a servi aux assassins de Yann Piat. L'accident de moto au Mont-des-Oiseaux a en effet laissé des traces sur la chaussée. Or, en comparant, les gendarmes constatent que l'écartement entre la béquille et le corps de la moto est le même que celui qu'on a relevé sur les lieux du drame.

Mais hormis ce premier indice important et les balles du 357 Magnum, rien d'autre ne sera découvert. Tout ce que les enquêteurs savent, c'est que l'embuscade semble avoir été minutieusement préparée et que tout cela porte la signature de ce que, dans le Var, tout le monde appelle, pudiquement, le « milieu ».

****

Le 1er mars 1994, il pleut légèrement. Il ne fait pas encore jour lorsque les forces de police investissent les domiciles de plusieurs personnes suspectées dans l'assassinat de la députée. À peine cinq jours plus tard, les enquêteurs semblent donc avoir des premières pistes, suffisamment sérieuses en tout cas pour procéder à vingt-quatre interpellations, parmi lesquelles trois hommes qui, tous, sont des vice-présidents du conseil général du Var. Ce sont des proches de Maurice Arreckx, qui est alors président de l'instance départementale et qui sera mis en examen quelques mois plus tard et même condamné dans une affaire de recel. Les personnes arrêtées ce matin-là sont donc des personnalités locales que tout le monde connaît. Il y a tout d'abord Joseph Sercia, conseiller général divers droite de Hyères et à ce titre principal adversaire politique de Yann Piat ; Raymond Niccoletti, président de l'association des maires du Var, divers droite également ; et enfin Michel Hamaide, prétendument dauphin de Maurice Arreckx.

Si les enquêteurs ont interpellé ces trois hommes, et en particulier Joseph Sercia, c'est, entre autres, parce qu'un tract a circulé en ville. Le document anonyme affirmait que Sercia avait commandité l'assassinat de la députée. La police semble prendre cette piste suffisamment au sérieux pour avoir arrêté le conseiller général et aussi une partie de sa garde rapprochée, une vingtaine de personnes travaillant pour lui ou avec lui. Or, qui sont-ils ? De petits truands qui évoluent, pour la plupart, dans le monde de la nuit varoise, dont certains n'hésitent pas à dire qu'il est noyauté par la Mafia. Dès le début, l'enquête semble donc s'orienter vers une piste politico-affairiste, ce qui met en lumière les relations troubles de la politique et du banditisme.

Ces arrestations sont dans toutes les têtes et sur toutes les lèvres l'après-midi de ce 1er mars. Dans le petit village de La Londe, la foule se presse pour rendre un dernier hommage à celle qui, en quelques jours, est devenue une « martyre de la République ». Au premier rang des milliers de personnes, on peut apercevoir des visages connus du monde politique : le gouvernement est représenté par François Léotard, alors ministre de la Défense, le président de la République, François Mitterrand, a également envoyé un conseiller personnel même s'il ne partageait pas les opinions de la députée. Et puis on voit aussi Jean-Claude Gaudin, Philippe de Villiers, Valéry Giscard d'Estaing, Charles Million ou bien encore Bernard Pons. Quant au Front national, il est représenté par Jean-Marie Le Chevallier. Quant à Jean-Marie Le Pen, bien que parrain de Yann Piat, il n'a pas fait le déplacement.

– Sur cette petite route du Mont-des-Oiseaux, nous avons tous été visés, dira François Léotard : les citoyens, les élus, les policiers, la justice, une certaine idée que nous avons de la démocratie, du droit, de la liberté. Tous ces mots sont signés du sang d'une femme.

Mais si la classe politique est en rangs serrés aux obsèques de Yann Piat, en coulisses, les rumeurs et l'enquête n'épargnent personne. On apprend à quel point la députée – dont l'objectif était d'assainir la vie locale, les mœurs des élus, de rétablir le calme et l'honnêteté dans les affaires varoises – était haïe par bon nombre de ses collègues : par tous ceux, nombreux, qui n'avaient pas intérêt à voir débouler une Mme Propre dans leurs petites affaires.

L'enquête va ainsi révéler que, depuis de longs mois, Yann Piat était menacée. Cela remonte à 1993, alors que se déroule la campagne des élections législatives. Une nuit du mois de mars, Yann Piat est chez elle, au « Mas bleu », lorsqu'elle est réveillée par le téléphone au beau milieu de la nuit. L'esprit encore embrumé, elle décroche :

– Un contrat vient d'être mis sur ta tête… On t'aura !

Et l'interlocuteur anonyme raccroche. Quelques heures plus tard, alors que le jour vient tout juste de se lever, nouveau coup de fil. Même voix :

– On aura votre peau, à toi et à ta fille !

Encore un appel quelques heures plus tard, en milieu de matinée. Yann Piat est inquiète. La voix qu'elle a entendue est vraiment menaçante. Elle n'aime pas du tout cela, d'autant qu'elle sait à quel point on a le sang chaud dans le Var ! Prenant très au sérieux ces menaces, elle court chez le préfet, lui explique la situation et sollicite une protection policière. Sa ligne téléphonique fera ainsi l'objet d'une surveillance jusqu'en avril.

La députée vivra jusqu'à sa mort dans ce climat délétère d'angoisse et de menaces. Combien de fois a-t-elle cru entendre, la nuit, dans son jardin, des bruits de pas ? Combien de fois a-t-elle retrouvé ses affiches électorales souillées d'insultes ? L'une de ses filles n'a-t-elle pas aperçu, un jour, dans le jardin, un homme qui observait la maison, un casque de moto à la main et qui a pris la fuite lorsque sa présence a été découverte ?

Lors du procès des assassins, en 1998, Angélique Piat viendra raconter à la barre ce climat de violence :

– Il n'y a pas de demi-mesure dans le Var. Des bars sautent, des gens meurent. Si ma mère voulait se présenter à la mairie de Hyères, c'était dans le but d'assainir la ville, pour que tout cela cesse. Je voudrais dire aussi que ma mère était une femme menacée et qu'elle craignait surtout pour ma vie. Le soir, on entendait des motos rôder autour de la maison, des gens frapper à nos volets. Cette affaire, ce n'est pas seulement le dossier Piat. C'est aussi une femme, une mère, qui a été assassinée.

Toujours durant le procès, le substitut du procureur de la République de Toulon, Albert Lévy, affirme qu'il était informé, lui comme tous les représentants de la justice locale, que Yann Piat pouvait être à tout moment visée par un attentat, et ce dès 1993, soit un an avant son assassinat :

– En 1993, j'avais tenté de tirer la sonnette d'alarme. J'ai interpellé ma hiérarchie. Il semblait que Mme Piat était susceptible d'être victime d'agissements crapuleux. On pouvait craindre le pire sans être excessif.

Et d'ajouter :

– Il apparaissait clairement qu'il existait des interférences entre le milieu politique local et la pègre.

Parmi les nombreuses personnes arrêtées le matin des obsèques de Yann Piat, seulement cinq jours après son assassinat, deux intéressent particulièrement les enquêteurs : Denis Labadie et Epifanio Pericolo. Les deux hommes, qui travaillent pour Sercia, notamment en tant que colleurs d'affiches et hommes à tout faire, ont été vus, quelques mois plus tôt, en 1993, en train de perturber un meeting électoral de Yann Piat. Ils avaient alors, avec d'autres gros bras, entamé une bagarre et jeté une grenade fumigène dans la salle. La députée, qui faisait alors campagne, menait la bataille autour du thème de l'assainissement de la vie publique, dénonçant en particulier le climat mafieux de la politique varoise.

Un autre élément accable Labadie et Pericolo, bien plus grave et compromettant que celui-ci. Le soir de l'assassinat de Yann Piat, un étudiant avait été témoin d'une scène qu'il était allé raconter aux enquêteurs. À deux kilomètres du lieu du drame et quelques minutes seulement après celui-ci, il avait vu une moto roulant phares éteints et avait eu le temps de voir précisément le visage du conducteur et de son passager. Il avait même pu en dresser un portrait-robot. Lors de l'arrestation du 1er mars, le témoin se trouve dans les locaux de la police pour une séance d'identification. Et qui reconnaît-il formellement, certain de ne pas se tromper ? Pericolo et Labadie.

Si l'assassinat de Yann Piat a constitué une véritable onde de choc en France, au moins les coupables n'auront pas été longtemps dehors… C'est en tout cas ce que croient les policiers à ce moment-là, persuadés de tenir les auteurs du crime. Ils ont le mobile – il est politique – et, de surcroît, les coupables présumés ont été identifiés par un témoin tout à fait digne de foi.

Mais les choses ne sont pas aussi simples. Les deux hommes arrêtés nient toute participation, de près ou de loin, à l'attentat contre Yann Piat. Ils affirment être innocents : d'ailleurs, tous les deux ont un alibi que les enquêteurs s'empressent de vérifier. Et effectivement, contre toute attente, leurs alibis sont confirmés. L'un d'entre eux se trouvait le soir du drame dans le restaurant de ses parents, ce qui est attesté par plusieurs clients. Quant à l'autre, il était dans sa brasserie, ce que des centaines de personnes ont pu, là aussi, confirmer. Aussitôt arrêtés, aussitôt relâchés : Pericolo et Labadie ressortent libres et blanchis.

L'enquête suit alors une autre piste, car un étonnant rebondissement se produit. Deux ans avant sa mort, Yann Piat avait donné à une attachée parlementaire, un courrier scellé par une enveloppe à n'ouvrir qu'en cas de décès. Digne d'un film policier ! Et quelle n'est pas la surprise des enquêteurs lorsqu'ils ouvrent cette missive, dans laquelle Yann Piat donne le nom de ses assassins : « Je soussigné Yann Piat, saine de corps et d'esprit, accuse, en cas « d'accident » mortel sur ma personne ou autre suicide, MM. M. Arreckx, J.-L. Fargette, J.-F. Barrau, B. Tapie, D. Savastano, avec qui je suis en relation politique « forcée ». Photocopies de la présente sont déposées chez Me Raffaeli, conseiller juridique (Hyères, Var)et Me Bachelet (notaire). L'original est confié à Mme Geneviève Salsat*. »

Toutes les personnes citées par Yann Piat sont donc entendues. Sans résultat, même si les noms de Fargette et Savastano semblent confirmer ce que beaucoup pensent : l'assassinat de la députée est certainement lié au milieu du banditisme local. Les enquêteurs ressortent ainsi d'anciennes écoutes téléphoniques qui datent d'un an et dans lesquelles les deux hommes ne sont pas tendres pour la députée, qu'ils insultent à longueur de conversation. Il faut dire que celle qui veut lutter contre la mafia locale a de quoi gêner les deux hommes.

* NDA : l'attachée parlementaire en question.

Fargette est le caïd varois qui trempe dans toutes les affaires louches de la ville. Obligé de s'exiler en Italie parce qu'il était recherché par la police en France, il s'installera de l'autre côté des Alpes tout en gardant toute son influence sur la vie politique varoise. Ses conversations téléphoniques avec les personnalités locales étaient quotidiennes jusqu'à ce qu'il soit retrouvé assassiné un jour de mars 1993, abattu dans son appartement italien. Le meurtre porte la signature du milieu. En Italie, Fargette était en affaire avec la Camorra. En tout cas, une chose est sûre : Fargette ayant été assassiné un an avant Yann Piat, ce n'est pas lui qui a fait le coup... Et après enquête, les policiers en concluent que le clan qui lui reste fidèle dans le Var, pas plus que ses frères, ne sont impliqués dans l'assassinat de la députée.

Alors ? Alors, le mystère Yann Piat, au fil des jours, s'épaissit.

Mais, comme toujours dans le sud de la France, les situations sont mouvantes et les choses peuvent changer très rapidement. Il y a toujours quelqu'un qui connaît quelqu'un qui a entendu dire que... Le 17 mars, la police rédige une note qui se révélera décisive : « Le nommé Gérard Finale animerait une équipe de jeunes motards dont l'activité passée ne serait pas étrangère à l'affaire Piat et dont l'objet actuel consisterait à semer le trouble au sein des débits de boissons de Hyères dans le but d'une prise de contrôle. Cette équipe serait dirigée par un certain Salusse. Elle fréquenterait régulièrement le bar *Le Macama* sur le port de Hyères. »

Aussitôt, les policiers placent Gérard Finale, le patron du *Macama*, sur écoute, et se rendent incognito dans son bar pour observer ce qui s'y passe. Cette surveillance dure deux mois, jusqu'au jour où un événement inattendu se produit, qui donne un coup d'accélérateur à l'enquête. Le 1er juin, une jeune femme, Delphine, qui n'a pas 20 ans, est arrêtée pour une broutille. Or, elle avait participé au vol de la moto ayant servi à l'assassinat de Yann Piat. Ce qu'elle ignore, en revanche, c'est que ce sont ses complices qui ont également tué la députée... Alors, ce 1er juin, pour amadouer les policiers, leur donner quelques chose en espérant qu'ils oublieront le petit délit pour lequel elle vient d'être arrêtée, elle lâche subitement :

– Je sais qui a volé la moto avec laquelle on a tué Yann Piat !

Les policiers n'en croient pas leurs oreilles. Ce qu'ils cherchent depuis des mois leur serait donné par hasard ? Un peu sceptiques, mais attentifs, ils essayent d'en savoir plus jusqu'au moment où Delphine craque et lâche :

– Ils s'appellent Olivier et Marco...

Ressortant libre, Delphine panique à l'idée d'avoir « balancé » ses amis. Pour se dédouaner quelque peu, elle avertit aussitôt Gérard Finale, le patron du *Macama*. Elle se rend donc à son domicile pour lui expliquer qu'elle a avoué avoir participé au vol de la moto. Elle veut, dit-elle, prévenir Marco et Olivier qu'ils vont certainement recevoir la visite des policiers. Gérard

Finale fait mine de se désintéresser de l'affaire, qui sent de plus en plus mauvais.

– Il faut que tu me dises comment je peux contacter Olivier et Marco, explique Delphine à Finale.

– Je n'en sais rien... Je ne connais pas leurs numéros ! réplique-t-il. Tout ce que je peux faire, c'est te donner le téléphone de Lucien Ferri et tu vois ça avec lui... Moi, je ne suis au courant de rien et ça ne me regarde pas !

Delphine sort de chez Finale et contacte Ferri, qui lui donne rendez-vous le soir-même à minuit. Lulu, comme tout le monde l'appelle, fait partie de la bande du *Macama* avec Delphine, Olivier et Marco. C'est même lui le « chef ». Delphine lui explique la situation. Ferri décide alors de contacter Finale pour prendre des conseils. Depuis le départ de Delphine, celui-ci a eu le temps de concocter un alibi qu'il détaille à Ferri :

– Quand les flics viendront vous voir toi, Olivier et Marco, vous n'aurez qu'à dire que vous avez volé la moto pour de l'argent. Qu'après l'avoir dérobée, quelqu'un vous l'a achetée pour 4 000 F et que vous ne connaissiez pas l'identité de l'acheteur.

Ferri va alors voir Olivier et Marco et leur explique à son tour qu'ils doivent raconter ce scénario aux flics si jamais ils sont arrêtés. Après tout, les policiers savent que c'est cette moto qui a servi à tuer Yann Piat, mais ils ne sont pas censés savoir que les voleurs sont aussi les assassins.

15 juin 1994. Il fait à peine jour. Brusquement, certaines rues de Hyères bruissent d'une activité étonnante. Des véhicules de police partent dans plusieurs directions. Quelques minutes plus tard, trente-quatre personnes sont interpellées et placées en garde à vue. C'est l'opération « Raz de marée », qui vise à interpeller toutes les personnes susceptibles d'être mises en cause dans l'affaire Yann Piat, parmi lesquelles, évidemment, Gérard Finale et toute sa bande, c'est-à-dire Lucien Ferri, Olivier Tomassone, Marco Di Caro, Romain Gressler et Delphine. Tous sont très jeunes : ils ont entre 18 et 22 ans !

Les interrogatoires commencent. Dans des pièces séparées, chacun est interrogé sur le vol de la moto, mais aussi sur l'assassinat de Yann Piat. Gérard Finale s'en tient à la version qu'il a patiemment échafaudée depuis que Delphine est venu le voir, il y a quinze jours :

– Les « petits » m'ont confirmé que la moto avait bien servi à ce crime. Ils étaient tous affolés. Je leur ai dit que si la police savait, elle viendrait les chercher. (…) Je ne leur ai pas conseillé de venir vous trouver et ils n'en ont pas manifesté l'envie. (…) Ils m'ont dit qu'ils avaient vendu la moto à un type pour 4 000 balles. Ils ne m'ont donné aucun élément sur ce type et ils ne le connaissent sûrement pas.

– Comment expliquez-vous que ce soit Delphine qui vous ait dit que la moto volée avait servi pour l'assassinat de Yann Piat et pas les principaux intéressés eux-mêmes ? demandent les policiers.

– Je pense qu'ils ne m'en ont pas parlé parce qu'ils craignaient que je leur fasse des reproches ou que je les engueule.

La ligne de défense de Gérard Finale est donc claire : il ne sait presque rien, n'a appris l'affaire que par hasard et ses « petits », comme il appelle Di Caro, Tomassone et Ferri, ne sont pas de mauvais bougres au fond, tout juste sont-ils un peu voleurs...

Mais pendant que Finale débite les sornettes qu'il a consciencieusement répétées chez lui pendant deux semaines, dans une salle à côté, l'affaire prend une tout autre tournure. Un homme de la bande du *Macama* vient en effet de passer aux aveux, Lucien Ferri :

– J'ai agi sur l'ordre de quelqu'un. J'étais le passager arrière de la moto, de marque japonaise et de couleur rouge. J'ai tiré avec une arme de poing à trois reprises sur une voiture Renault Clio. Je n'ai tué personne, mais j'ai blessé le conducteur de ce véhicule. La scène s'est passée au Mont-des-Oiseaux à Hyères. J'ai vu que le chauffeur était blessé car la voiture s'est arrêtée. Je ne dénoncerai pas le pilote de la moto.

Quelques heures passent avant que Ferri change d'avis : finalement, il avoue que le conducteur de la moto est Marco Di Caro, et il va encore plus loin dans ses révélations :

– J'affirme que Di Caro savait pertinemment que nous allions assassiner Yann Piat. J'affirme que Di Caro, immédiatement après la chute de la moto, a sorti sa propre arme et a fait feu en direction de la Clio à plusieurs reprises.

On connaît donc désormais le nom du conducteur de la moto, par ailleurs auteur de plusieurs coups de feu : il s'agit de Marco Di Caro. On connaît aussi le nom du passager qui a également tiré sur Yann Piat : Lucien Ferri. On connaît enfin le nom d'un complice qui a aidé à voler la moto : il s'agit de Romain Gressler, un autre jeune de la bande. Reste donc à connaître le nom de celui qui a commandité l'exécution de la députée du Var. Et là, les bouches se ferment. Les hommes qui, en quelques heures, ont pourtant tous avoué leur culpabilité dans le crime, se taisent et refusent de parler :

– Je persiste à refuser de vous révéler le nom du commanditaire de l'assassinat de Yann Piat, que je vous ai désigné sous la lettre X, explique Ferri dans sa déposition.

C'est toujours sur ce point précis qu'achoppera le dossier Yann Piat. L'instruction tentera bien de découvrir qui se cache derrière l'assassinat de la députée, mais personne d'autre que Gérard Finale, le patron du *Macama*, ne sera inquiété. Ni un homme politique, ni un bandit lié au milieu varois. Admettons que le commanditaire soit effectivement Gérard Finale. Pourquoi alors Marco Di Caro obtiendra-t-il de pouvoir mettre un gilet pare-balles chaque fois qu'il sera extrait de sa cellule pour aller devant le juge d'instruction, comme si un contrat avait été mis sur sa tête ? Comment expliquer, alors, cette phrase d'Olivier Tomassone :

– Nous en savons trop…

Si Finale est bien le commanditaire, qu'est-ce que les « bébés flingueurs» peuvent bien redouter de lui, qui, de toute façon, est incarcéré ? Difficile donc de croire que personne d'autre, de plus puissant, de plus redoutable aussi, ne soit derrière l'assassinat de la députée.

Cette traque du commanditaire alimentera tous les fantasmes puisqu'elle sera à l'origine d'un énorme scandale dans le milieu de la presse et de l'édition en 1996. Cette année-là, un journaliste du *Canard enchaîné* publie plusieurs articles dans l'hebdomadaire satirique qui donneront ensuite lieu à un livre*. La première salve est tirée dans *Le Canard enchaîné*. Le journaliste y développe la thèse suivante : « Quand Yann Piat a été assassinée, le 25 février 1994, son téléphone avait été placé sur écoute depuis plusieurs semaines, ainsi que sept autres, à la demande d'un service de l'armée, lequel suspectait plusieurs notables de la région de porter atteinte à la sécurité nationale en se sucrant sur des marchés d'armes et sur des ventes de terrains appartenant au ministère de la Défense. Elle n'avait pas partie liée avec ce beau monde, mais on l'écoutait. Car Yann Piat avait la langue bien pendue. Et ses conversations pouvaient, soit directement, soit par recoupement,

* André Rougeot, *L'Affaire Yann Piat, des assassins au cœur du pouvoir*, Paris, Flammarion, 1995.

apporter de l'eau au moulin des militaires à l'écoute. Ainsi avaient-ils appris grâce à ces branchements – dont les comptes rendus sont soigneusement dissimulés – qu'une « blanchisserie » avait été montée pour abattre la députée, qui en savait trop. Une « blanchisserie », dans leur jargon, c'est un petit commando chargé de neutraliser (c'est-à-dire de tuer) une personne bien informée qui parle trop. Ce qui était le cas de Yann Piat, selon ces barbouzes militaires. »

L'affaire Yann Piat ne cesse alors plus de défrayer la chronique et devient, dans les colonnes du *Canard enchaîné*, un véritable feuilleton. Le journaliste, au fil des semaines, se fait de plus en plus précis et fournit des détails qui n'en finissent pas d'étonner et de transformer l'assassinat de la députée en un scandale national dont l'envergure dépasse largement les frontières varoises. Le journaliste écrit, par exemple : « Grâce à leurs écoutes, les barbouzes apprirent aussi que Yann Piat était en relation avec le cadet des frères Saincené, Christian. Celui-ci l'ayant sollicitée pour régler un différend fiscal, tous deux avaient alors échangé leurs informations. »

Or, les frères Saincené ont été retrouvés morts asphyxiés dans leur voiture dix semaines après l'assassinat de Yann Piat. Nombreux sont ceux qui, à l'époque, s'étaient interrogés sur cette affaire qui avait officiellement été classée en suicide. L'un des deux frères était un ancien détective privé qui baignait dans le milieu politique local, il avait été incarcéré dans une affaire de corruption au conseil régional.

En clair, ce que sous-entend *Le Canard enchaîné*, c'est que les frères Saincené ont été assassinés et que cette affaire est liée à l'attentat contre Yann Piat. Et plus précisément encore, que la députée et les Saincené auraient été tués parce qu'ils en savaient trop dans une affaire de commissions occultes sur la vente de terrains militaires. Des commissions qui auraient été empochées par un parti politique de la majorité de droite de l'époque.

Quelques semaines plus tard, les accusations sont encore plus directes, puisque le journaliste accuse clairement deux personnalités de premier plan : « Les noms de deux vedettes d'un parti de la majorité figurent dans un document qui les désigne – à tort ou à raison – comme les commanditaires de l'assassinat. »

Dans le livre qui paraîtra quelques mois plus tard, le même journaliste du *Canard enchaîné* reprendra sa thèse en désignant les hommes politiques en question par des surnoms grotesques : Trottinette et L'Encornet. Dans le Landernau politico-médiatique, les véritables identités se murmurent et seront révélées par un hebdomadaire. Il s'agit de François Léotard et de Jean-Claude Gaudin. Mis en cause, ils riposteront devant les tribunaux et obtiendront de très fortes indemnités pour diffamation. Car les juges concluront que le journaliste et l'auteur du livre n'avaient aucune preuve de ce qu'ils avançaient. Pire : ils se sont même laissés duper par leur soi-disant informateur, un imposteur s'étant fait passer pour un ancien agent secret.

Finalement, ce qui s'annonçait depuis des mois comme le grand scandale d'État retombe comme un soufflet et l'on n'en sait toujours pas plus sur l'affaire Yann Piat. En mars 1997, le juge d'instruction prononce donc son arrêt de renvoi des « bébés flingueurs » et de leur commanditaire présumé devant la cour d'assises du Var.

Le procès s'ouvre un an plus tard, en juin 1998, à Draguignan. Et là encore, pour ceux qui espéraient en apprendre plus long, c'est une véritable déception. C'est vrai, des doutes sont bien sûr levés : ainsi, le lien avec le « suicide » des frères Saincené est écarté. Les enquêteurs ont expertisé les ordinateurs des frères, dont les disques durs étaient censés contenir les révélations sur les commissions occultes concernant des ventes de terrains militaires. Sans succès. En fait, ces ordinateurs n'ont jamais contenu de documents de cette nature.

Les experts se sont aussi penchés sur la mort de Delphine, la jeune femme qui avait mis les policiers sur la piste de la bande du *Macama*. Quelques mois après avoir « balancé » ses complices, elle avait en effet été retrouvée morte dans sa chambre. D'aucuns en avaient conclu qu'elle avait été assassinée. Là encore, les experts scientifiques n'ont aucune certitude, mais ils penchent très nettement pour la thèse d'une mort naturelle par intoxication médicamenteuse.

L'instruction, en revanche, souffre toujours du même point faible : pourquoi Gérard Finale, le patron du *Macama*, aurait-il commandité l'assassinat de Yann Piat ?

Sur ce point, le mobile n'a jamais été très évident. Certes, une enquête financière a bien montré que Finale cherchait à racheter des bars et des discothèques varoises, un peu comme s'il voulait devenir le successeur du « parrain » assassiné, Jean-Louis Fargette. De cela, les policiers ont la preuve. D'ailleurs, quelques mois après le procès pour l'assassinat de Yann Piat, les mêmes accusés comparaîtront pour d'autres affaires, comme le meurtre d'un proxénète, celui d'un proche de Fargette et l'agression d'un couple de restaurateurs. Finale aurait donc demandé à sa bande d'intervenir pour faire le ménage afin d'étendre son empire.

Il n'empêche : pourquoi avoir assassiné une députée ? Pour ses prises de position anti-mafia ? Sa lutte et son engagement pour assainir la vie politique locale ? Peut-être. Mais il reste difficile de ne pas penser que si le mobile est valable et sérieux, d'autres personnes auraient pu en vouloir à la vie de la députée pour des motifs sans doute bien plus sérieux encore.

Et d'ailleurs, lors du procès, les tueurs de Yann Piat n'ont jamais, à aucun moment, reconnu que Finale était le commanditaire. Cette conversation entre Lucien Ferri et le président du tribunal est édifiante :

– Pourquoi avez-vous fait cela ? interroge le président.

– Pour plusieurs raisons que je ne vous donnerai pas toutes, rétorque Ferri. D'abord, j'avais besoin d'argent. On était à la rue. Et j'allais avoir une petite fille. De toute façon, Yann Piat était menacée par beaucoup de gens. Et si ce n'était pas moi qui la tuais, d'autres s'en seraient chargés…

– Qu'est-ce que cela vous a apporté ?

Rien

– Mais pourquoi vous ?

– Je ne peux pas vous expliquer, Monsieur le Président.

– Comment la préparation s'est-elle déroulée ?

– Il y a eu des réunions préparatoires avec les commanditaires. J'étais présent, mais seul (NDA : c'est-à-dire sans ses complices Di Caro, Gressler et Tomassone).

– Qui sont ces commanditaires ?

– Je ne peux pas vous le dire.

– S'agissait-il d'hommes politiques ou de voyous ?

– Les deux camps.

– Y avait-il des personnalités politiques ?

– Oui.

– Ces politiques sont-ils si puissants que vous les redoutiez ?

– Ma foi, oui, autrement je vous dirais leurs noms.

On n'en saura effectivement pas plus. Ferri ne donnera jamais aucun nom. Ses complices resteront tout aussi muets et mystérieux quant à l'identité de leurs éventuels commanditaires.

Après six heures de délibéré, les jurés prononcent les sentences. Marco Di Caro, l'un des tueurs sur la moto, est condamné à vingt ans de prison. Romain Gressler, qui avait surveillé la permanence de Yann Piat le soir du meurtre et fait disparaître ensuite les armes du crime, est condamné à quinze ans de prison. Oliver Tomassone, qui avait lui aussi surveillé la permanence de Yann Piat et aidé à voler la moto, est condamné à treize ans de prison. Quant à Lucien Ferri, l'un des deux tueurs sur la moto, par ailleurs chef de la bande, et Gérard Finale, présenté par les enquêteurs comme le commanditaire, ils sont tous les deux condamnés à la réclusion criminelle à perpétuité.

En apprenant le verdict, Ferri lâchera ces mots, qui font de l'affaire Yann Piat, dix ans après, une véritable énigme :

– Si j'étais là-bas le 25 février 1994, c'est parce que des gens en ont eu l'idée ! Monsieur le Procureur, vous nous avez comparé à des chiens et des moutons, mais les loups sont toujours dehors !

L'affaire Dubois

Avril 1993 : la chef d'établissement d'un collège de banlieue, est retrouvée assassinée dans le bureau de sa secrétaire. Rapidement, la police soupçonne Pierre Dubois, un professeur qui ne s'entendait pas avec sa supérieure. Cet homme a été condamné aux assises à dix-huit ans de prison. Pourtant, les jurés n'avaient aucune preuve de sa culpabilité. Un procès qui pose une fois encore la question de la « justice populaire ».

Faire la tournée complète des locaux fait partie des attributions de Félix, le concierge du collège Pierre-Brossolette. L'établissement est sans charme, et c'est encore un euphémisme pour décrire ces longs bâtiments de béton à un ou deux étages, mais le collège assume pleinement son rôle au sein d'un quartier situé en ZUP, zone urbaine prioritaire. Tout autour de l'établissement, les HLM encadrent sagement quelques pelouses bien entretenues. C'est une banlieue classique où il y a certes des tensions, mais qui n'ont rien à voir avec les zones de non-droit que l'on a pu voir s'instaurer en périphérie des grandes villes. Si certains immeubles ont été surnommés « Chicago » ou « la Tour infernale » dans les années 80, cette époque est maintenant révolue. Au fil du développement urbain, La-Chapelle-Saint-Luc est devenue partie intégrante de la banlieue de Troyes où le quotidien des personnes les plus modestes n'est ni meilleur ni pire qu'ailleurs.

En ce 21 avril 1993, les vacances scolaires de Pâques battent leur plein et les élèves profitent des premiers beaux jours en famille. Les salles de classe sont désertes, mais le personnel administratif, lui, est en partie présent. Il faut préparer la rentrée, mettre à jour les carnets de notation, remplir les demandes de subventions… Trois maçons sont également à pied d'œuvre pour donner un indispensable coup de frais. Le travail ne manque pas et, en ce mercredi, une vingtaine de personnes sont dans les locaux, dont la directrice de l'établissement.

Le concierge poursuit son tour d'horizon en passant dans le couloir qui mène au secrétariat et au bureau de direction. Il est 13 h 35. Il remarque que la porte du bureau de Mme Descaves, la chef d'établissement, n'est plus fermée à clé.

– Ce n'était pas dans ses habitudes… Elle aimait travailler en s'enfermant entre 12 h et 14 h pour ne pas être sans cesse dérangée.

Le concierge toque et, n'obtenant pas de réponse, pousse la porte pour voir s'il y a quelqu'un ou s'il doit refermer à clé, le bureau de Madame la Directrice étant loin d'être un moulin ouvert aux quatre vents. Immédiatement, il remarque que deux fauteuils ne sont pas à leur place : ils sont poussés contre un mur, tout près d'une plante verte.

– Vous êtes là, Mme Descaves ?

Pas de réponse. Pourtant les clés de la directrice sont bien là, dans la serrure intérieure. Une fenêtre est entrebâillée, l'un des rideaux bouge légèrement sous la brise agréable de la mi-journée. La moquette est constellée de petites taches brunâtres et plusieurs objets sont tombés.

– Mais qu'est-ce qui s'est passé, ici ?

Le bureau de la direction communique directement avec son secrétariat, et la porte est grande ouverte. Le concierge aperçoit le bureau également en désordre, le téléphone et le fauteuil sont déplacés, il y a des papiers par terre. Il y a aussi, coincé entre un fauteuil et le mur, le corps de la Principale : Denise Descaves est allongée sur le dos, un coupe-papier planté dans le ventre… Pas de doute, il n'y a plus rien à faire… Le regard est fixe, sans vie, et du sang a coulé de plusieurs blessures.

****

La brigade de police de Troyes ne met pas longtemps pour arriver sur les lieux et se livrer aux premières constatations. Mme Descaves a été frappée au ventre et au cou par un objet tranchant, sa main gauche est également largement tailladée et son agresseur lui a passé le cordon du fil du téléphone autour du cou. Il a serré très fort, comme en atteste la profonde marque violacée qu'il a laissée. L'agression a été particulièrement sauvage. Des traces de sang sont repérées sur la moquette, sur les murs, sur les rideaux ainsi que sur le pot d'une plante. Trois coupe-papier ont été utilisés : l'un est planté dans le ventre de la victime, un autre est juste à côté et présente des traces de sang, le dernier est tordu, un peu plus loin.

La responsable d'établissement s'est défendue, ou a tenté de se défendre. Elle s'est traînée de son bureau à celui de sa secrétaire, où elle a été achevée. Le médecin légiste, arrivé sur les lieux deux heures plus tard, déterminera que les blessures en tant que telles n'étaient pas mortelles, mais que c'est la strangulation par le fil du téléphone qui a provoqué la mort. L'agresseur a tiré tellement violemment sur le câble que cela a provoqué des lésions similaires à celles d'une pendaison. Sans doute a-t-il même traîné le corps par ce fil électrique. Plus tard, un autre légiste estimera possible que l'agresseur ait d'abord tenté d'étrangler la victime à mains nues. De toute façon, Denise Descaves n'avait aucune chance de s'en sortir…

Cette femme sportive, ancienne professeur d'éducation physique, n'était pourtant pas du genre à s'en laisser conter, ayant l'habitude de se battre pour obtenir ce qu'elle voulait. À 55 ans, elle dirigeait le collège depuis trois ans et avait su s'imposer. Il ne fallait pas lui chercher querelle ou la contredire si l'on n'avait pas des arguments imparables.

– Elle était sévère mais juste avec les élèves, tout comme avec les enseignants, confie l'un des membres du personnel. Elle montrait l'exemple en étant toujours la première arrivée et la dernière à rentrer chez elle.

– Est-ce qu'elle était appréciée de tous ?

– Dans une très large majorité, elle était respectée pour son travail et sa rigueur. Mais on ne peut pas s'entendre avec tout le monde !

Et nombreux sont ceux qui affirment qu'il valait mieux ne pas la contredire.

La mort violente de la directrice fait l'effet d'une bombe dans la cité, puis dans la France entière. C'est la première fois qu'un responsable d'établissement est assassiné dans le cadre de ses fonctions. Les médias se déchaînent, d'autant que le contexte est au débat sur la violence dans les banlieues. Dès les premières dépêches, des dizaines de journalistes se précipitent sur les lieux et tentent d'obtenir des informations de la part des policiers ou des habitants. À ce stade, personne n'est en mesure de dire ce qui a pu se passer mais, pour les habitants comme pour les journalistes, il est assez probable que les jeunes de la cité ne soient pas étrangers à l'affaire. C'est en tout cas ce qui se dégage des nombreux articles et interviews. L'œil médiatique se focalise pendant dix jours sur cette petite banlieue qui n'en demandait pas tant. Pour la France entière, La-Chapelle-Saint-Luc symbolise alors LA cité difficile où les enseignants travaillent au péril de leur vie. Les 18 000 habitants ne reconnaissent pas leur quotidien dans les reportages sur les trafics de drogue, les bandes rivales, les vols et incendies de voiture, les cambriolages, les cohabitations ethniques difficiles. Bien sûr, la réalité est là, mais déformée par le fait même que l'on en parle en première page des journaux nationaux, sur les radios ou dans les journaux télévisés de 20 heures.

Tout cela fait un beau tapage. Le fait divers devient fait de société.

– À ce moment-là, se souvient un avocat de la région, je m'occupais d'un autre dossier : une vieille dame torturée à mort par un gamin pour quelques dizaines de francs. L'enquête s'est déroulée dans l'indifférence générale… Pas une ligne dans les journaux. Avec l'assassinat de Mme Descaves, il y a eu des reportages tous les soirs à la télévision, des directs depuis l'hôtel de police de Troyes… J'étais abasourdi.

Les forces de l'ordre sont alors soumises à une pression médiatique extrême.

– L'enquête s'annonce difficile, avoue au bout d'une semaine le juge Bouchan, dont l'intuition se révélera particulièrement juste.

Pour donner l'impression que la justice fait son travail, des dizaines d'interpellations sont effectuées : essentiellement des jeunes du quartier qui sont connus pour divers petits délits. Chaque fois, la réponse est la même :

– Je n'ai rien à voir avec cette affaire ! Je n'ai entendu parler de rien !

Les éducateurs spécialisés qui travaillent sur le terrain avec les jeunes sont inquiets.

– Pendant quelques semaines, raconte Michel, responsable d'un club de prévention, j'ai prié pour que ce ne soit pas un gamin qui ait fait une énorme connerie. Et surtout pas un Arabe…

La cité s'échauffe un peu, surtout après le doublement des patrouilles de policiers, mais ce n'est tout de même pas le Bronx et les esprits s'apaisent petit à petit.

– Finalement, les jeunes ont pris cela avec un certain naturel, sans s'énerver. Ils sont tellement habitués à regarder la télé qu'ils ont presque trouvé cela normal d'y passer !

La cité se calme et la police urbaine de Troyes piétine. L'hypothèse initiale de la vengeance d'un ancien élève ne trouve aucune base crédible, d'autant que cela fait des années que le conseil de discipline n'a pas eu à prononcer de véritable sanction. Un vol qui aurait mal tourné ? Pourquoi pas. Mais pour voler quoi ? La seule chose de valeur dans l'établissement, ce sont les ordinateurs, et ils sont enfermés dans une salle située à l'autre bout du bâtiment.

Il ne semble y avoir aucun mobile valable à l'agression et la seule piste prometteuse a dû finalement être abandonnée. Dès les premiers interrogatoires des enseignants du CES, les policiers ont en effet noté qu'un nom revenait souvent dans la liste des personnes qui ne s'entendaient vraiment pas avec Denise Descaves, celui d'un homme que certains collègues ne se privaient pas de dénigrer : Pierre Dubois. La secrétaire de la Principale confirme d'ailleurs immédiatement que les rapports avec le professeur, responsable de la section d'éducation spécialisée réservée, étaient très mauvais. Un autre élément alimente les soupçons des enquêteurs. Deux jours après le crime, ils découvrent dans le conteneur à ordures de l'établissement une liasse de feuilles déchirées, des photocopies de courriers entre la Principale et l'inspection d'académie au sujet de Pierre Dubois, et ces documents sont loin d'être flatteurs pour le professeur, qui risquait d'être rétrogradé.

Les policiers pensent enfin avoir trouvé un mobile : l'homme serait venu voir sa supérieure pour arrondir les angles et obtenir une meilleure notation, ou pour tenter de récupérer le rapport. La discussion aurait dégénéré et il aurait alors sauvagement frappé, puis étranglé sa supérieure hiérarchique. Le 26 avril, Pierre Dubois est placé en garde à vue, ce qui a le mérite de montrer aux médias que la police travaille. C'est un drôle de « client » que les policiers interrogent au commissariat : un homme grand et sec au regard un peu fuyant derrière ses lunettes. La voix est un peu haut perchée, hésitante, laissant souvent transparaître son émotivité. Il explique le différend qui l'opposait à la directrice :

– En tant que directeur de la section spécialisée, c'est à moi de gérer le budget que nous allouent les entreprises de la région. Madame la Directrice voulait que ce budget soit au contraire réintégré dans le budget de l'ensemble de l'établissement. Nous n'étions pas d'accord sur ce point, mais le conflit est résolu depuis un an. Il est toutefois très possible qu'elle m'en ait encore voulu après cette histoire…

Pierre Dubois a 51 ans. Il est en poste depuis six ans à Pierre-Brossolette et s'y trouve bien, même s'il ne fait pas l'unanimité auprès de ses collègues. C'est en effet un homme un peu spartiate, très « vieille France », qui ne parle que d'ordre, de méthode et d'efficacité. Certains professeurs le trouvent cependant trop distant, peu arrangeant, et à la personnalité qualifiée de

« complexe ». Ses compétences en tant que professeur sont pourtant bien réelles et il n'a jamais eu de problèmes avec ses élèves, qui sont pourtant en situation d'échec scolaire.

Face aux policiers, Pierre Dubois n'en mène pas large. Il répond avec peine aux questions, hésite sur son emploi du temps, transpire. L'interrogatoire, qui dure six heures, devient de plus en plus précis, de plus en plus incisif :

– Racontez-nous ce qui s'est passé ! Ce n'est pas la peine de nier ! De toute façon, votre fille va être placée en garde à vue et votre femme y est déjà... Votre alibi ne tiendra pas ! D'ailleurs, il est évident que le crime a été commis par plusieurs personnes... Ce sont elles qui vous ont aidé ?

– Ma femme ? Ma fille ? Mais elles n'ont rien fait !

Au bout du compte, Pierre Dubois craque face à la pression.

– Oui ! Oui ! C'est moi qui ai tué Mme Descaves ! L'envie de tuer m'est venue subitement !

Le commandant qui a assisté à l'interrogatoire se souvient de cet homme « prostré », à la personnalité visiblement fragile.

– Expliquez-nous comment s'est déroulé le crime...

– Je suis allé la voir pour discuter et les choses ont dérapé... Je l'ai tuée !

– Comment ?

– Euh... Avec quoi ?

– C'est à vous de nous le dire !

– Avec mes mains... Comment aurais-je pu la tuer ?

– C'est à vous de répondre !

– Si je l'ai tuée, ai-je pu oublier si vite ? (...) Je crois que je l'ai étranglée avec mes mains... Et j'ai frappé dans le cœur avec un cutter qui traînait sur un bureau ! J'ai laissé le corps dans le bureau, près de l'armoire !

Pierre Dubois hésite encore, se tourne vers les policiers comme pour obtenir des détails.

– Il était incapable de préciser quoi que ce soit, souligne le commandant, il avait entendu parler de certaines choses par la presse, mais nous sommes restés sur notre faim.

La manière dont le professeur décrit le crime ne correspond absolument pas. Il affirme que la Principale a été tuée dans son bureau alors qu'elle l'a été dans celui de sa secrétaire, que c'est un cutter qui a servi d'arme alors que les expertises montrent qu'il s'agissait plutôt d'un couteau à lame double, un couteau de chasseur, il n'évoque pas le fil du téléphone, il déclare que le corps était près de l'armoire alors qu'il était à côté de la porte... Et puis il y a son alibi qui tient toujours la route puisque sa femme et sa fille persistent à dire qu'il déjeunait avec elles au moment du meurtre.

– Il était totalement incohérent, il pleurnichait. Il était vraiment perturbé, dira plus tard l'un des enquêteurs. Soit il avait été dément au moment des faits et avait tout oublié, soit il voulait être tranquille en nous disant ce qui pouvait nous faire plaisir !

Les policiers font part de leurs doutes au juge d'instruction :

– Et si Dubois n'avait avoué que sous la pression ? Il n'a plus la tête sur les épaules. L'accusation risque de ne pas tenir.

Le juge examine les éléments du dossier, le détail des aveux.

– Ce n'est sans doute pas notre homme... En tout cas, il n'y a pas suffisamment d'éléments à charge.

Pierre Dubois est finalement relâché à l'issue de sa garde à vue. L'épreuve l'a marqué, physiquement et moralement. Immédiatement, il demande sa mutation dans un autre département, incapable de supporter le regard des collègues qui l'ont mis en cause lors de l'enquête. Mais si ce n'est pas l'enseignant, qui est coupable ? Peut-être Karim.

C'est un ancien élève de Pierre-Brossolette âgé de 21 ans, un petit trafiquant de drogue qui alimente les élèves et se livre à toute sorte de trafics dans la cité. C'est *a priori* un bon candidat. D'autant que lui aussi a fait des aveux. Pas à la police, mais à son compagnon de cellule. Karim purge en effet une peine pour trafic de stupéfiants et, une nuit, alors qu'il est en manque, il s'éveille en nage d'un mauvais cauchemar.

– Il était mal, raconte son compagnon de cellule. Il vomissait et pleurait en disant : « Je ne voulais pas tuer cette femme ! la femme du collège... Je ne voulais pas le faire ! »

Karim raconte qu'il a pénétré dans le bâtiment avec un ami pour récupérer du hasch caché dans un couloir et que la directrice les a surpris. Alors qu'elle faisait mine de téléphoner au commissariat, il se serait jeté sur elle et l'aurait tuée.

Ce n'est que plusieurs mois plus tard que le codétenu de Karim s'est confié aux policiers, incapable, dit-il, de « porter le poids d'une telle confession sur ses épaules ». La piste de l'intrusion reprend de la crédibilité et le jeune trafiquant est mis en examen. Pendant quinze jours, les policiers tentent de lui faire dire ce qui a pu se passer, mais le jeune homme n'est plus dans le même état d'esprit. Il revient sur ses déclarations :

– Ce que j'ai dit, c'était pour la frime… Je n'étais pas dans mon état normal… Je n'ai rien à voir avec tout ça !

– Quelqu'un peut témoigner en votre faveur ?

– Oui ! Vous dites que j'ai fait le coup avec un copain… Il ne pouvait pas être avec moi, il était en classe à ce moment-là !

Vérifications faites, le fameux M*** était effectivement dans son établissement à 12 heures et à 12 h 30, mais il n'y a pas déjeuné, contrairement à son habitude. Il aurait donc pu – en théorie – effectuer le trajet avec son scooter jusqu'au collège Pierre-Brossolette (il faut moins de dix minutes) et participer à l'agression… Les policiers n'ont pourtant pas jugé bon de poursuivre les investigations en ce sens. Karim est libéré au bout de deux semaines, aucune charge précise et vérifiable ne pouvant être retenue contre lui.

– C'est un affabulateur qui a voulu se donner de l'importance, conclut le juge, qui se retrouve sans suspect crédible, et donc sans piste sérieuse.

Même l'arme utilisée dans l'agression, qui a causé les profondes plaies au cou et à la main, reste introuvable.

L'affaire va en rester là pendant deux ans et demi. Jusqu'à l'arrivée d'un nouveau commissaire principal au SRPJ de Reims, qui suit désormais le dossier. Le commissaire W*** a bien l'intention de mettre le nom d'un coupable sur ce crime. Pas question de refermer le dossier sur un échec. Il a de l'ambition, il est sûr de ses qualités, de son talent d'enquêteur, de son intuition. Un vrai flic sans complexes et sans doutes. Il se penche sur les éléments accumulés depuis la mort de Mme Descaves, décortique les rapports, et décide que c'est bien Pierre Dubois qui a fait le coup ! D'ailleurs, qui d'autre pourrait être coupable ? Si l'homme est passé entre les mailles du filet, c'est parce que les policiers n'ont pas fait correctement leur travail. En janvier 1996, le commissaire W*** convoque Pierre Dubois et le place en garde à vue, tout comme sa fille, qui persiste à fournir à son père un alibi auquel le commissaire ne croit pas. Comme en 1993, les policiers tentent de faire craquer le suspect, mais Pierre Dubois a compris le système. Il est déjà passé par là et refuse de parler, s'accrochant à sa version des faits : à l'heure du crime, il n'a pas bougé de son logement de fonction situé dans l'enceinte du collège Pierre-Brossolette. Il a déjeuné en famille vers 12 h 30 avant de partir pour sa maison de campagne de l'Isle-Aumont à 13 h 15.

Mais le commissaire possède quelques nouvelles cartes dans sa manche : il a obtenu le témoignage du jardinier du collège, qui affirme avoir vu Pierre Dubois dans la cour du collège à 12 h 20 – détail qu'il avait « oublié » lors des premières dépositions. Le commissaire a aussi demandé un nouveau rapport d'expertise, qui élargit la plage horaire pendant laquelle le meurtre aurait pu être commis. Le premier légiste, arrivé très rapidement sur place, a fixé l'heure du décès entre 13 heures et 14 heures, ce qui disculpe totalement Dubois, sans contestation possible. Mais le Dr Müller, le second expert choisi par le commissaire, est plus près de 12 heures, voir de 12 h 30. Dans cette configuration, il est donc possible que Pierre Dubois ait tué la directrice pendant le « trou » dans son emploi du temps qui va de 12 h 05 à 12 h 20.

Ces nouveaux éléments sont transmis au juge, le même qui avait ordonné deux ans plus tôt la libération du professeur. Il estime que ces nouveaux éléments sont insuffisants. D'ailleurs, le nouveau rapport du légiste a été élaboré deux ans et demi après les faits, et uniquement sur la base du dossier d'autopsie. Quel légiste a raison ? Celui qui était sur les lieux et a procédé aux analyses, ou le second, qui interprète les résultats de son collègue ? Le juge ne prend pas de risque dans cette bataille d'experts et refuse de poursuivre la procédure contre Pierre Dubois.

Mais le commissaire W*** n'est pas homme à lâcher sa proie aussi facilement. Il en fait une affaire personnelle. Et il ne laisse pas passer la nouvelle opportunité qui se présente lors du changement de juge à Reims. Mme E***, juge d'instruction, n'a pas les scrupules de son prédécesseur et se verrait bien réussir un coup d'éclat en mettant enfin derrière les barreaux le coupable qui nargue la justice depuis trois ans. La mécanique s'accélère.

En avril 1997, le juge d'instruction estime officiellement que les éléments à charge sont suffisants et ordonne la mise en détention de Pierre Dubois. Le commissaire exulte devant la presse et les enquêteurs se félicitent :

– On a tout repris depuis le début, avec un œil neuf, et ça a payé. Ça fait plaisir d'y être arrivé après tout ce temps. L'histoire avait tellement secoué Troyes et notre service aussi.

Cette fois, la justice se passe d'aveux, soulagée d'avoir trouvé son coupable. L'enseignant est incarcéré. Il ne sortira plus.

Le procès a lieu le 10 juin 2000 devant la cour d'assises de l'Aube, sept ans après les faits. À la barre, l'enseignant apparaît voûté, hésitant, presque effacé. Il écoute avec un fugace sourire d'anciens collègues venus à la barre pour faire son éloge :

– C'est un homme intègre, un professionnel parfait !

– Il était très à l'écoute des autres !

Le climat devient très différent avec la ronde de ceux qui avaient un contentieux avec l'enseignant :

– Il était odieux, malhonnête, insaisissable !

– Quand il se mettait en colère, l'écume lui venait aux lèvres ! témoigne un ancien proviseur qui l'a eu sous ses ordres.

– Je le soupçonnais de détourner des laitages destinés aux élèves, précise un économe à qui Dubois ne peut s'empêcher de répliquer :

– Et vous, Monsieur, vous ne nous racontez pas comment vous frappiez votre femme !

Le ton est donné, et les vieilles rancœurs, celles qui avaient conduit les policiers sur les traces de Pierre Dubois apparaissent au grand jour. Les petites mesquineries et les haines tenaces d'une vie entre collègues sont étalées sans pudeur devant les jurés. Honnêtement, on ne peut guère trouver du charisme à l'accusé : il est desservi par sa voix fluette, ses lèvres pincées et ses remarques parfois acerbes. Mais il est bien décidé à se défendre, remettant en cause les résultats de l'enquête et le contenu « approximatif » du dossier. Son avocate souligne les incohérences entre les expertises censées déterminer l'heure de la mort de la victime et les différents témoignages contradictoires. Le jardinier a, par exemple, déclaré avoir aperçu Dubois en « survêtement bleu clair », alors que l'homme portait ce jour-là – selon ses déclarations et celles de sa famille – un pantalon côtelé marron, les enquêteurs affirmant, eux, qu'il avait passé un pantalon de jogging vert pour rencontrer la Principale. Ce dernier point a une importance capitale.

En effet, sur la veste que portait la victime, la police scientifique a retrouvé quelques fibres de couleur verte, un mélange de coton et d'acrylique ainsi que des fils de laine. Or, lors de la perquisition dans la maison de campagne de Pierre Dubois, un pantalon de survêtement de cette couleur a été retrouvé. Même si l'accusé et sa famille jurent qu'il n'a jamais été porté au collège et qu'il ne servait que pour des travaux de jardinage, cela représente un indice jugé capital par l'accusation. Le laboratoire confirme d'ailleurs que la composition des fibres du survêtement est la même que celle des fibres qui ont été retrouvées sur la scène du meurtre. Preuve ? Pas totalement. Des millions de vêtements à bas prix sont fabriqués par les mêmes usines et vendus dans des dizaines de magasins de Troyes. Dans une contre-enquête organisée par le comité de soutien à Pierre Dubois – comité composé de la famille de l'accusé et d'anciens collègues –, Michèle Rudler, l'ancienne directrice du laboratoire de police scientifique, exprime son scepticisme :

– Ce sont toujours les mêmes types de fibres qui sont utilisés dans les vêtements. Tout ce que l'on peut dire, c'est qu'il y a une même communauté d'origine du vêtement. Maintenant, dire qu'il s'agit de ce jogging-là en particulier n'est qu'une élucubration !

Autre élément qui sème le doute : le pantalon de survêtement, analysé sous toutes ses coutures, ne présente pas la plus infime trace de sang. Peut-on imaginer qu'il ait servi dans un meurtre où le sang a giclé jusque sur les murs et les rideaux, mais sans en avoir gardé la moindre trace ?

Quoi qu'il en soit, le scénario exposé au procès par l'accusation est, à première vue, limpide : Dubois est rentré chez lui vers midi. Comme le repas n'était pas encore prêt, il s'est dirigé en chaussons et en survêtement vers le bureau où il savait pouvoir trouver la Principale. Son but était d'obtenir une meilleure notation que ce qui était prévu et qui risquait de lui coûter – en théorie – sa place dans la hiérarchie de l'établissement et entraîner une mutation. Il frappe à la porte du bureau vers 12 h 10, s'annonce, Mme Descaves se lève pour déverrouiller la porte et le laisser entrer. La discussion devient immédiatement violente. Dubois s'empare d'un coupe-papier et se jette sur sa supérieure. Il la blesse plusieurs fois. Il se saisit ensuite du couteau de chasse – qu'il aurait pris soin d'emporter et que personne n'a pu retrouver – et la frappe sur le côté droit du cou avant de l'étrangler avec le fil du téléphone. À 12 h 20, il sort tranquillement du bureau et rentre chez lui pour changer de pantalon, puis déjeuner en famille avant de partir à la campagne.

Ce scénario se tient, mais appelle néanmoins un certain nombre de questions. La secrétaire de Mme Descaves est partie à 12 h 05 et elle est formelle : la Principale a eu le temps de traiter presque deux dossiers – ce qui lui prend au minimum dix minutes – avant de s'interrompre au milieu d'une phrase. Il n'y a donc pas eu d'agression avant 12 h 15. Et Dubois a été vu, selon l'accusation, par le jardinier à 12 h 20. Aurait-il pu, en cinq minutes, commettre un assassinat aussi sauvage ? Les médecins légistes sont d'ailleurs d'accord – pour une fois : la bagarre et le meurtre ont pris au moins quinze minutes. Si Pierre Dubois est le coupable, alors il a fait très, très vite. Et puis il est assez étonnant, pour qui connaît l'accusé, qu'il se soit rendu en tenue débraillée chez la Principale, surtout dans le but d'obtenir sa clémence. Jamais on ne l'a vu se promener en survêtement dans l'enceinte de l'établissement, lui, toujours si strict, si « vieille France », comme aiment à le répéter ses anciens collègues. Il y a aussi la violence du crime. Il a fallu une grande force physique pour parvenir à maîtriser Mme Descaves au point de pouvoir l'étrangler avec le fil du téléphone. On ne peut pas dire que le frêle Pierre Dubois ait – *a priori* – la carrure, d'autant qu'il est asthmatique et souffre alors d'une tendinite... Mais, passons, certaines personnes sont capables de se surpasser dans des situations de stress extrême. Pour ce qui est de l'un des mobiles possibles, c'est-à-dire la récupération de son dossier administratif, l'accusé répond lui-même à la barre :

– Mon dossier complet se trouve à Reims... Le double, certainement à l'inspection d'académie de Troyes... On m'a crédité dans cette enceinte d'une certaine intelligence et je vous en remercie, mais on me traite comme un abruti. Pensez-vous que j'aurais tué la Principale pour la copie d'un dossier ?

Cela fait tout de même plusieurs éléments troublants, des questions en suspens, dérangeantes. Elles n'empêchent pas la condamnation de Pierre Dubois à vingt ans de prison. Les jurés n'ont retenu que l'aplomb du commissaire W***, son intime conviction assénée avec une détermination sans faille. Les incohérences, les zones d'ombre, l'absence de preuves matérielles fiables n'ont pas pesé bien lourd face aux fameux aveux prononcés juste après le meurtre.

Mais pourquoi ces aveux ? Cette question revient, lancinante, pendant les interrogatoires, pendant les débats au tribunal et dans la presse. Pourquoi reconnaître un meurtre si l'on y est étranger ? N'est-ce pas la preuve ultime d'une culpabilité ?

Il y a une autre affaire tragique dans laquelle la question s'est posée de la même façon, mais chez un adolescent de 16 ans qui a reconnu avoir fracassé le crâne de deux jeunes garçons parce qu'ils l'avaient insulté. À cause de ces aveux, Patrick Dils a passé quinze ans derrière les barreaux avant d'être finalement blanchi lors de son procès en révision. Lorsque Pierre Dubois passe aux aveux, il est tellement imprécis, tellement hésitant, que même les policiers doutent de sa culpabilité. Ils sont d'ailleurs suivis en ce sens par le procureur. Pierre Dubois était alors dans un état de stress extrême :

– J'ai été terriblement choqué d'être accusé ! tente-t-il d'expliquer. Moi, qui ne ferais pas de mal à une mouche. Mon très grand souci était de faire admettre que ma femme et ma fille – menacées de garde à vue – étaient étrangères à l'affaire. C'est vrai que l'émotivité a pris le dessus. Les policiers voulaient à tout prix que j'avoue. J'avais le sentiment que, si je n'avouais pas, ils ne me lâcheraient pas. Je n'ai jamais considéré ça comme de réels aveux.

D'autres explications encore lors d'une autre audience :

– Quand j'ai dit cela, j'étais persuadé – c'était con – que ma femme et ma fille n'auraient plus d'ennuis. Je m'en veux encore. C'est toujours plus facile de souffrir soi-même que de voir souffrir ceux que l'on aime. Il n'y avait pas de menaces, de sévices, de coups de la part des policiers, mais dans leurs regards, vous lisez : « Vous êtes un salaud ! » Pour le policier en face de vous, vous êtes coupable. J'ai craqué, je n'ai plus réfléchi… C'était comme s'ils voulaient absolument un coupable… S'ils m'avaient dit : « C'est vous qui avez tué Kennedy ? », j'aurais répondu : « oui ! »

Il est bien difficile de faire la part des choses dans cette enquête où les preuves matérielles sont tellement fragiles et les expertises sujettes à caution, dans un sens ou dans l'autre. Il y a pourtant un élément qui aurait peut-être permis d'y voir plus clair : un cheveu long et blond a été retrouvé dans la main gauche de la victime, qui était brune aux cheveux courts. Par malheur, les techniques d'analyses ADN sont encore hésitantes en 1993 et l'indice est tout bonnement brûlé lors des tentatives d'identification. Une seule chose est sûre : il n'appartenait pas à Pierre Dubois...

Malgré les zones d'ombre et malgré les incohérences, le tribunal condamne donc l'ancien enseignant, qui dépose immédiatement un recours, le Parlement venant tout juste d'adopter la nouvelle loi sur la possibilité de faire appel dans des affaires criminelles.

Le procès en appel se tient en juin 2000. Pierre Dubois, 61 ans, paraît bien fragile dans son box de verre, menottes aux poignets. Les débats n'apportent aucun éclairage nouveau. D'ailleurs, le commissaire W*** martèle son credo devant les jurés :

– C'est une affaire simple et claire !

Pourtant, plusieurs autres pistes n'ont pas été approfondies lors de l'enquête. Notamment celle de Karim, le jeune toxicomane qui s'était confié en prison à son voisin de cellule, mais également à sa sœur, déclarant, dès le lendemain du crime, qu'il avait « zigouillé une bonne femme, la plantant avec un truc à lettres ».

Comme le souligne à la barre Hervé Meunier, ancien policier du SRPJ de Reims, les déclarations du jeune homme avaient de quoi alimenter le doute :

– J'ai du mal à penser qu'il ait pu s'agir d'une plaisanterie. Lorsqu'il s'est confié à sa demi-sœur, lui, d'ordinaire si exubérant, ne parvenait plus à parler. Il était blême, disait qu'il avait envie de vomir.

Un responsable du service des stupéfiants de Reims se souvient également de la garde à vue de Karim :

– Il était d'une violence hors du commun lors de son interrogatoire ! Il parlait de « planter », de « clouer » ! Il injuriait Mme Descaves, qu'il ne connaissait pourtant pas.

Mais Karim, lui, n'a jamais reconnu quoi que ce soit devant les policiers, qui parlent alors de simples « vantardises ».

L'avocat général de la cour d'assises d'appel de Paris demande quinze ans de réclusion criminelle pour meurtre. Il reconnaît l'existence de zones d'ombre, mais fait part de son « intime conviction » de la culpabilité de l'accusé ! À quoi tient la vie d'un homme…

Dans la nuit du 1er au 2 mars 2002, Pierre Dubois est donc une nouvelle fois condamné.

Il bénéficiera pourtant, chose exceptionnelle, d'un autre procès en cassation, ses avocats ayant trouvé un vice de procédure : la déposition d'un témoin avait en effet été interrompue par une suspension d'audience, ce que la loi interdit.

L'ancien directeur de la section d'éducation spécialisée du collège Pierre-Brossolette se retrouve une fois de plus à la barre d'une cour d'assises, dans le Loiret. L'accusation fait reposer son dossier en grande partie sur les fibres retrouvées sur la veste de la victime, ces fameux filaments verts. Mais, comme tente de le souligner la défense, on oublie un peu vite les autres fibres, en laine, dont une centaine ont été récoltées au même endroit et dont la provenance reste mystérieuse. Elles ont été détruites après le premier procès, rendant les expertises complémentaires impossibles :

– Ces fibres ne nous intéressaient pas ! explique un peu benoîtement un membre de la police scientifique.

Dans la contre-enquête à laquelle s'est livré, à la demande du comité de soutien de l'accusé, un ancien commissaire à la retraite, il y a également des éléments intéressants, des pistes que les enquêteurs « officiels » n'ont apparemment pas jugé indispensable d'approfondir.

Ainsi, il est désormais avéré que Mme Descaves était loin de n'avoir que des amis dans l'exercice de sa profession. Lors de son précédent poste, dans un collège de Nogent, elle avait été plusieurs fois menacée par l'un des enseignants qu'elle avait sanctionnés pour une histoire de lettres anonymes. Cet homme est connu pour avoir publié plusieurs fois des tracts violents. C'est un paranoïaque notoire qui pense que la terre entière est une menace pour lui. Il a été interpellé dans le cadre d'une autre affaire et a disparu de la circulation pendant plusieurs mois. Où était-il en avril 1993 ? Les policiers n'ont pas cherché à le savoir !

Pourtant, certains proches de Mme Descaves affirment que la Principale avait aperçu cet homme à proximité du collège. C'était une semaine à peine avant le meurtre...

Les ouvriers qui travaillaient à une partie de la rénovation du collège se souviennent d'ailleurs parfaitement d'avoir aperçu, le jour fatidique, un homme arborant des tatouages pénétrant dans le collège par un trou du grillage. Un intrus qui n'a jamais été retrouvé.

On peut aussi mentionner cet étrange dossier que montait la victime sur un trafic de drogue qu'elle avait repéré au sein de son établissement. Il y avait des photos, des noms, des témoignages que la Principale s'apprêtait à transmettre à la police après avoir découvert la tête du réseau. Ce dossier n'est pas un fantasme : deux éducateurs au moins se rappellent l'avoir vu et en avoir parlé avec la Principale, quelques semaines avant l'agression. Ce dossier n'a jamais été retrouvé.

Ces éléments conduisent dans des directions qui mériteraient de l'attention, pourtant ils ne sont pas retenus par les jurés. Cette fois, c'est à dix-huit années de prison que le tribunal condamne Pierre Dubois, en octobre 2003, sans autre espoir désormais qu'une bien improbable grâce présidentielle.

Que Dubois soit ou non coupable n'est finalement pas la question. Il est peut-être effectivement l'auteur du meurtre, mais alors il n'a laissé aucune trace et aucun témoin n'est capable de l'incriminer. Ce qui est en cause dans cette affaire, c'est la manière dont il a été jugé coupable : sur la base unique de « l'intime conviction » de policiers très persuasifs ! Il n'y a aucune preuve matérielle indubitable, les experts n'étant même pas d'accord sur l'heure de la mort de la victime, paramètre pourtant déterminant pour l'alibi de l'ancien enseignant ! Et que dire des autres pistes qui n'ont pas été explorées jusqu'au bout ? Comme l'ont souligné à plusieurs reprises des journalistes, dès les premières conclusions du commissaire W***, il est évident que les investigations ont été menées à charge, dans le seul but d'étayer la conviction intime du policier.

En 1998, l'accusé avait écrit une longue lettre au juge d'instruction pour plaider son cas :

– L'opinion publique a-t-elle tant besoin d'un coupable que la vie d'un homme innocent vous importe si peu pourvu que vous puissiez fournir un bouc émissaire ? Pourquoi cet acharnement ? Voulez-vous à tout prix un coupable ?

À la barre, la personnalité de Pierre Dubois, sa tête, sa voix, son caractère dépressif, ne l'ont guère rendu sympathique auprès des jurés. Comme il a la « gueule de l'emploi », malgré les doutes que l'on peut avoir, on le condamne. C'est oublier un peu vite que le doute est toujours censé, selon le droit français, profiter à l'accusé… Mais les aveux prononcés lors d'une éprouvante garde à vue demeurent une preuve capitale : ils pèsent particulièrement lourd dans la balance judiciaire.

L'histoire de Pierre Dubois et le déroulement de l'enquête, à charge, devraient pour le moins appeler l'institution judiciaire française à réfléchir sur son mode de fonctionnement lorsqu'il n'y a pas d'éléments rationnels d'accusation. Mais juger « en son âme et conscience », c'est-à-dire sans preuve, est sans doute ce que certains appellent « la justice des hommes »...

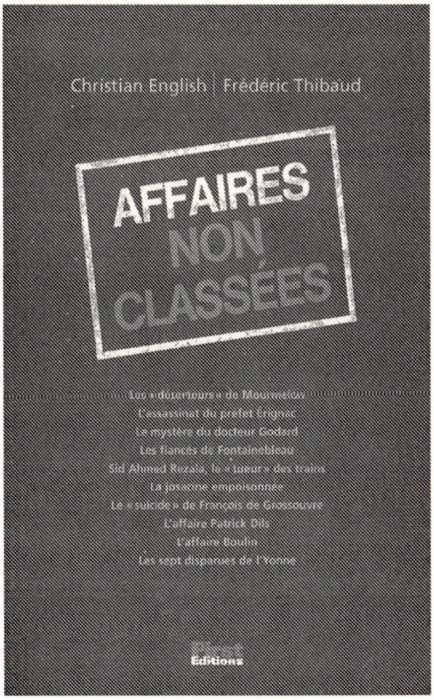

Retrouvez d'autres affaires captivantes qui ont marqué l'actualité :

- Les « déserteurs » de Mourmelon
- L'assassinat du préfet Erignac
- Le mystère du docteur Godard
- Les fiancés de Fontainebleau
- Sid Ahmed Rezala, le « tueur » des trains
- La josacine empoisonnée
- Le « suicide » de François de Grossouvre
- L'affaire Patrick Dils
- L'affaire Boulin
- Les sept disparues de l'Yonne

Également disponible aux Éditions First

Prix : 16,90 €

Code ISBN : 2-87691-766-1

CET OUVRAGE
A ÉTÉ ACHEVÉ D'IMPRIMER
SUR ROTO-PAGE
PAR L'IMPRIMERIE FLOCH
À MAYENNE EN JUIN 2004

N° d'impr. 60321.
D.L. : juin 2004.
(Imprimé en France)